크리스마스 —
당신 눈에만
보이는 기적

크리스마스 — 당신 눈에만 보이는 기적

헤르만 헤세	요한 볼프강 폰 괴테
오스카 와일드	표도르 도스토옙스키
기 드 모파상	니콜라이 레스코프
한스 안데르센	아달베르트 슈티프터
셀마 라겔뢰프	펠릭스 티메르망
빌헬름 라베	테오도르 슈토름
안톤 체호프	헨리 반 다이크

강명희 · 명정 옮김

꼼지락

차례

전나무 이야기

*

성냥팔이 소녀

한스 안데르센

Hans Christian Andersen
1805~1875

덴마크 오덴세 출생. 14세 때 코펜하겐의 덴마크 왕립 극장의 단원이 되어 배우의 꿈을 키우지만 변성기가 오면서 글쓰기에 집중하게 된다. 1822년 완성한 희곡 『알프솔Alfsol』은 상연에 적합하지 않다는 평을 들었지만, 그의 재능을 알아본 정치가 요나스 콜린과 국왕 프레데리크 6세의 도움으로 본격적인 공부를 시작한다. 1827년에는 시 「죽어가는 아이Det døende Barn」가 코펜하겐 신문에 실렸고, 1835년에는 자전적인 첫 소설 『즉흥시인Improvisatoren』을 출간하며 유럽 전체에 이름을 알렸다. 같은 해 출간된 두 권의 동화집 또한 그에게 엄청난 성공을 안겨주었으며, 그를 본격적인 동화작가의 길로 이끌었다. 「인어공주Den lille Havfrue」, 「벌거벗은 임금님Keiserensnye Klæder」, 「미운 오리 새끼Den grimme ælling」, 「눈의 여왕Sneedronningen」 등 그의 동화들은 '불멸의 이야기'라는 찬사를 받으며 100여 개가 넘는 언어로 번역되었다.

1875년 친구인 멜히오르가(家)의 별장에서 죽음을 맞이할 때까지 덴마크 국민들의 크나큰 사랑을 받았으며 그의 장례에는 국왕 내외도 참석했다.

「전나무 이야기Grantræe」는 1844년, 「성냥팔이 소녀Den lille Pige med Svovlstikkerne」는 1848년 발표된 것이다.

전나무 이야기

저 먼 숲속에 작고 귀여운 전나무가 한 그루 있었다. 그 전나무
는 햇볕이 잘 들고 신선한 공기를 충분히 마실 수 있는 아주 좋
은 위치에 있었다. 주위에는 훨씬 큰 소나무들과 가문비나무들
이 자라고 있었다. 이 키 작은 전나무는 그들처럼 쑥쑥 무럭무럭
자라기를 원했다. 전나무는 따뜻한 햇볕과 신선한 공기에는 관
심도 없었고, 농가의 아이들도 안중에 없었다. 아이들은 산딸기
를 따러 숲 근처에 몰려올 때면 전나무가 있는 곳으로 와 쫑알
거리며 수다를 떨었다. 종종 아이들은 딸기를 단지 하나 가득 담
거나 지푸라기에 담아 작은 전나무 옆에 앉으며 말했다.

"말도 안 돼! 어쩌면 이렇게 작고 귀여울 수가 있지!"

하지만 그 말은 전나무의 마음에 들지 않았다.

이듬해 키 작은 전나무는 벌써 한 뼘 정도 자랐고, 그 이듬해에는 다시 한 뼘이 더 자랐다. 전나무의 경우 새로운 가지가 얼마나 생겼는지 세어보면 금세 정확하게 나이를 계산할 수 있다.

"아, 나도 다른 나무들처럼 조금만 더 컸으면 좋으련만! 그러면 가지를 넓게 쫙 뻗을 수 있고 저 먼 세상을 내다볼 수 있을 텐데! 그러면 새들이 내 가지 사이에 둥지를 틀고, 폭풍이 휘몰아치면 다른 나무들처럼 우아하게 몸을 숙일 수 있을 텐데."

전나무는 한숨을 내쉬며 말했다. 따스한 햇살도 새들과 아침저녁 지나가는 붉게 물든 구름들도 전나무를 행복하게 하지 못했다. 겨울이 되어 사방을 온통 눈부시게 할 정도로 새하얗게 눈이 내리면 종종 토끼가 키 작은 전나무를 뛰어넘어 갔다. 하지만 겨울이 두 번 지나고 세 번째 겨울이 왔을 때, 전나무는 토끼가 주위를 돌아서 갈 정도로 이미 훌쩍 커 있었다.

'아, 쑥쑥 무럭무럭 자라라. 어서 자라 나이를 먹으면 이 세상에서 가장 아름다운 나무가 되어야지!' 전나무는 생각했다.

늦가을이 되면 벌목꾼들이 나타나 키가 제일 큰 나무들 중 몇 그루를 베어 간다. 매해 그런 일이 되풀이된다. 그럴 때면 이제는 제법 하늘 높이 자란 젊은 전나무는 벌벌 떨며 전율을 느꼈다. 쿵쾅, 우지끈, 요란한 소리를 내며 나무들이 땅에 쓰러졌다. 가지가 잘려나간 나무는 완전히 벌거벗은 것처럼 보였고, 더욱 길고 가늘게 여겨졌다. 그리고 그 나무들은 다시 되돌아오지 못했다. 그 나무들이 수레에 실리면, 말이 수레를 끌고 숲 밖으로 사라졌다.

'어디로 가는 걸까? 저 나무들한테 무슨 일이 생길까?'

이듬해 봄 제비와 황새가 찾아들자, 전나무는 물었다.

"그 나무들이 어디로 실려 가는지 너희들 모르니? 너희들 그 나무들을 만난 적 없어?"

제비는 아무것도 몰랐다. 하지만 황새는 잠시 생각에 잠긴 듯하더니 고개를 끄덕이며 말했다.

"봤어. 확실해. 이집트에서 돌아오는 길에 새로운 배들을 많이 봤어. 배에는 커다란 돛대가 달려 있었어. 그 나무들이 돛대였을 거야. 소나무 냄새가 났거든. 나는 여러 번 인사를 했어. 그 나무들 정말 아주 멋있었어. 아주 멋있었다고."

"아, 나도 바다를 건널 정도로 그렇게 키가 컸으면 좋았을 것을. 바다는 어때? 뭐하고 비슷해?"

"음, 그건 설명하자면 너무 길어!"

황새는 이렇게 대답하고는 날아가버렸다.

"아직 젊은 걸 기쁘게 생각해! 지금 네 나이, 아직 청춘인 네 삶을 즐기라고!" 햇살이 말했다.

바람이 전나무를 가볍게 스쳐 지나갔고, 이슬은 전나무에 눈물을 뿌려주었다. 하지만 전나무만이 그 뜻을 이해하지 못했다.

크리스마스 시즌이 되자 제대로 크지도 않은 아주 어린 나무들이 잘려나갔다. 평온한 휴식보다는 숲을 떠나 먼 곳으로 가기만을 바라는 전나무처럼 어린 나무들이었다. 숲에서 가장 예쁜 어린 나무들은 가지가 잘리지 않은 채 말이 끄는 수레에 실려 숲에서 나갔다.

"저 어린 나무들은 어디로 가는 거지? 쟤네들은 나보다 크지도 않은데, 아 물론 심지어 더 작지. 그래서 가지가 잘리지 않은 걸까? 어디로 갈까?" 전나무는 궁금했다.

"우리는 알고 있어. 우리는 알고 있어!" 참새들이 재잘거렸다.

"저 아래 마을에서 창문을 통해 봤어. 우리는 그 나무들이 어디로 갔는지 알고 있어! 아, 그 나무들은 화려하고 멋진 나무가 되었어! 창문가에서 안을 들여다보았는데, 글쎄, 그 나무가 따뜻한 거실 한가운데 서 있는 게 아니겠어. 아주 멋진 물건과 황금 사과와 과자와 장난감 그리고 수백 개의 촛불들로 장식이 되었더라고!"

"그래서? 그래서 어떻게 됐는데?" 전나무는 나뭇가지를 흔들며 물었다.

"더 이상 보지 못했어. 하지만 정말 아주 훌륭했어!"

그러자 전나무가 환호성을 지르며 말했다. "나에게 그런 화려한 모습을 할 수 있는 기회가 찾아올까? 그게 바다를 건너는 것보다 훨씬 멋지겠는걸. 아, 나도 그렇게 되고 싶어 몸살이 날 지경이야! 크리스마스라면 좋을 텐데! 이제는 나도 제법 커서 지난번에 잘려간 나무들만큼이나 자랐다고. 수레에 실려가 화려하고 멋진 물건들로 장식되어 따뜻한 거실에 있으면 좋으련만! 그리고 나면? 물론 그리고 나면 더 훌륭해지고 더 아름다워지겠지. 사람들이 그렇게 장식할 거야! 틀림없이 훨씬 더 화려하고 멋지게 될 거야. 그러나 현실은! 아, 괴롭다. 그렇게 되고 싶어. 어떤 기분일지 상상도 못 하겠어!"

"기쁘게 생각해! 이 숲속에서 풋풋한 네 삶을 즐기라고!" 공기와 햇살이 말했다.

하지만 전나무는 조금도 기쁘지 않았다. 전나무는 자라고 또 자랐다. 겨울에도 여름에도 전나무는 푸르렀다. 짙푸른 색을 자랑하며 그렇게 서 있었다. 전나무를 본 사람들은 저마다 한마디씩 했다.

"정말 예쁜 나무네!"

크리스마스 시즌이 되자 전나무는 다른 나무들 중 제일 먼저 베어졌다. 도끼가 골수까지 깊게 박혔다. 전나무는 신음 소리를 내며 땅에 쓰러졌다. 전나무는 고통을 느끼고 기절했다. 어떤 행복도 생각할 수 없었다. 단지 고향을 떠나야 한다는 사실이, 하늘 높이 솟아 있던 그 자리를 떠나야 한다는 사실이 슬펐다. 물론 전나무는 잘 알고 있었다. 정든 옛 친구들, 전나무 주위를 에워싼 작은 덤불과 꽃들 그리고 새들을 다시는 볼 수 없을 거라는 사실을. 여행은 전혀 즐겁지 않았다.

전나무는 마당에 도착해 다른 나무들과 함께 내려질 때 비로소 의식을 되찾았다. 그리고 어떤 남자가 하는 소리를 들었다.

"이거 정말 훌륭하군! 다른 건 필요 없어!"

정장 차림의 하인 두 명이 와서 전나무를 크고 화려한 홀로 옮겼다. 주위 벽에는 초상화들이 걸려 있었고, 커다란 난로 옆에는 몸통에 사자가 그려진 중국식 꽃병이 있었다. 흔들의자와 비단 커버가 씌워진 소파, 커다란 테이블도 있었다. 테이블 위에는 은 화로 만 휠던은 거뜬히 나갈 값비싼 그림책들과 장난감들이 널려 있었다. 전나무는 모래가 가득 채워진 커다란 통 속에 세워졌다. 하지만 통은 녹색 천으로 둘러싸여 커다란 형형색색의 양탄자 위에 있었기 때문에 아무도 그것이 통이라는 사실을 눈치채지 못했다. 전나무는 떨고 있었다.

'과연 이제 무슨 일이 벌어지는 것일까?'

하인들뿐만 아니라 시녀들까지 전나무에 달라붙어 가지를 쳐서 손질했다. 그리고 나뭇가지에 여러 가지 색종이를 잘라 만든 작은 그물들을 매달았다. 모든 그물마다 사탕으로 가득 차 있었다. 황금 사과와 호두들이 딱 달라붙듯 매달려 있었고, 백 개도 넘는 빨갛고 파랗고 하얀 촛불들이 나뭇가지에 붙어 있었다. 이제까지 전나무가 한 번도 본 적 없는, 정말 살아 있는 것처럼 보이는 인형들이 푸른 전나무 가지 사이에 달랑달랑 매달려 있었고, 제일 꼭대기에서는 황금 별이 반짝반짝 빛났다. 정말 아름다웠다. 더할 나위 없이 아주 화려했다!

"오늘 저녁에 이 나무의 초에 불을 밝힐 거야."

모두가 말했다. 그러자 전나무는 생각했다.

'오, 어서 저녁이 되었으면! 그러면 초에 불이 켜지겠지! 그다음에는 무슨 일이 생길까? 혹시 나무들이 숲에서 와서 나를 쳐다보지 않을까? 참새들이 창밖으로 날아오겠지? 난 여기 이 자리에 박혀서 겨울에도 여름에도 이렇게 장식이 된 채 서 있게 되겠지?'

하지만 너무 간절히 생각했더니 껍질통이 났다. 전나무에게 껍질통은 사람의 두통만큼이나 고통스러운 일이다.

이제 초에 불이 밝혀졌다, 그 우아함이란! 그리고 또 얼마나 화려하던지! 전나무는 온 가지를 부르르 떨었다. 그랬더니 몇 개의 뾰족한 잎이 초에 닿아 불붙어 타고 말았다.

"하느님, 맙소사!"

한 시녀가 소리치며 얼른 불을 껐다.

이제 전나무는 결코 떨어서는 안 되었다. 얼마나 놀랐던지! 전나무는 자신을 꾸미고 있는 것들 중 어느 것 하나라도 잃을까 봐 걱정이 되었다. 전나무는 놀라울 정도로 화려했다. 바로 그때, 문이 활짝 열리며 한 무리의 아이들이 달려와 나무를 밀어 넘어뜨리려는 듯 몰려들었다. 나이 든 어른들은 의젓하게 그 뒤를 따라 들어왔다. 아이들이 조용해졌다. 하지만 아주 잠시였다. 이내 아이들은 다시 환호성을 질렀고, 그 소리가 메아리쳤다. 아이들은 전나무 주위를 빙빙 돌며 춤을 추었고, 차례로 선물을 나무에서 땄다.

'도대체 쟤네들이 뭘 하려는 거지? 무슨 일이 벌어지는 거야?'

전나무는 생각했다.

초가 나뭇가지까지 거의 다 타 내려가, 사람들은 촛불을 껐다. 아이들은 크리스마스트리에 달린 과자를 모조리 따먹어도 된다는 허락을 받았다. 아이들이 우르르 몰려들자 전나무의 가지가 부러질 것 같았다. 나무 꼭대기의 황금 별이 천장에 고정되어 있지 않았더라면, 아이들 때문에 분명 전나무는 전복되었을 것이다.

이제 아이들은 자신들의 멋진 장난감을 가지고 이리저리 춤을 추며 돌아다니기 시작했다. 어느 누구도 전나무를 눈여겨보지 않았다. 오직 유모만이 크리스마스트리의 나뭇가지들을 유심히 살펴보았다. 하지만 그녀 역시 빠뜨린 무화과나 사과가 있지 않나 해서 살피는 것뿐이었다.

"이야기해주세요, 이야기 듣고 싶어요!"

아이들은 어떤 땅딸보 아저씨를 나무가 있는 쪽으로 잡아끌며 말했다. 아저씨는 전나무 아래 앉아 이야기했다.

"나무 아래 앉아 있으니 잘만 들으면 나무도 교훈을 얻을 수 있겠구나. 나는 이야기를 딱 하나만 해줄 거야. 이베데-아베데 이야기를 들을래, 아니면 계단에서 굴러떨어졌는데 왕위에 올라 공주와 결혼하게 되는 클룸페-둠페 이야기를 들을래? 택하거라."

"이베데-아베데 이야기요!"

몇몇 아이들이 소리쳤다. 그러자 다른 아이들도 외쳤다.

"클룸페-둠페 이야기요!"

어찌나 소리를 지르며 고함을 지르는지! 전나무만이 조용히 서서 생각했다. '내가 끼어들면 안 되겠지. 에이, 끼어들고 싶지도 않아!'

전나무의 역할은 끝났다. 전나무는 크리스마스트리로서의 의무를 다했다.

아저씨는 계단에서 굴러떨어졌는데 왕위에 올라 공주와 결혼하게 되는 클룸페-둠페 이야기를 하기로 했다. 아이들은 손뼉을 치며 외쳤다.

"어서 이야기해주세요! 어서요!"

아이들은 이베데-아베데 이야기도 듣고 싶었지만 클룸페-둠페 이야기만으로 만족해야만 했다. 숲에 있을 때 새들은 한 번도 그런 이야기를 해준 적이 없었다.

'클룸페-둠페는 계단에서 굴러떨어졌는데도 공주와 결혼을 했다고! 아, 그래, 세상은 그런 거구나!'

전나무는 그 이야기가 실제일 거라 여겼다. 이야기꾼이 아주 호감이 가는 사람이었기 때문이다.

'그래! 누가 알겠어. 혹시 나도 계단에서 굴러떨어져 공주와 결혼하게 될지!'

전나무는 내일도 역시 촛불과 장난감과 황금과 과일들로 치장될 것을 고대했다.

'내일은 절대로 떨지 말아야지! 나의 화려함을 진정으로 느끼게 될 거야. 내일 클룸페-둠페 이야기를 한 번 더 듣게 되겠지? 어쩌면 이베데-아베데 이야기도 들을 수 있을지 몰라.'

전나무는 깊은 생각에 잠겨 밤을 지냈다.

다음 날 아침 하인들과 하녀들이 거실로 들어왔다.

'드디어 새 옷을 입을 시간이군!'

전나무는 생각했다. 하지만 사람들은 전나무를 질질 끌고 밖으로 나가 계단을 오르더니 다락방으로 가져가 캄캄한 구석에 세워두었다. 빛 한 점 들어오지 않는 곳이었다.

'도대체 이게 뭐 하는 거지? 도대체 여기에서 어쩌라는 거야? 아무 소리도 안 들리잖아?'

전나무는 벽에 기대서 한참을 생각하고 또 생각했다. 며칠 밤과 낮이 지나자, 전나무는 이제 그 생각은 충분히 해보았다고 여겼다. 아무도 다락방에 찾아오지 않았다. 마침내 누군가 올라와서는 커다란 상자 몇 개를 구석에 놓을 뿐이었다. 전나무는 구석에 숨겨져 사람들에게서 잊히는 것 같았다.

'아, 지금은 추운 겨울이야! 땅은 꽁꽁 얼어붙어 눈으로 뒤덮여서 나를 땅에 심을 수 없을 거야. 그러니 아마도 내년 봄까지 이 보호소에서 기다려야 해! 얼마나 세심한 배려인가! 인간들이란 참으로 친절해! 단지 이렇게 캄캄하고 끔찍하게 외롭지만 않으면 좋았을 텐데! 여기에는 작은 토끼 새끼 한 마리 찾아볼 수 없어! 숲에 있을 때 눈이 와서 쌓이고 토끼가 깡충깡충 뛰어갈 때면 정말 즐거웠는데. 아, 물론 토끼 녀석이 나를 뛰어넘어 가기는 했지만. 그래, 그땐 정말 기분 나빴어. 하지만 이곳은 정말 지독하게 외로워!'

전나무는 생각했다. 그때 갑자기 찍찍거리며 작은 생쥐 한 마리가 불쑥 튀어나왔고 이내 다른 한 마리가 뒤따라 나왔다. 생쥐들은 전나무에 다가와 코를 킁킁거리며 냄새를 맡고는 전나무 가지에 몸을 기댔다.

"여기는 엄청나게 추워! 그렇지만 않으면 머물기에 정말 둘도 없이 훌륭한 곳인데! 그렇지 않아요, 전나무 할아버지?" 생쥐들이 말했다.

"나는 할아버지가 아니야! 나보다 훨씬 나이 많은 나무들이 얼마나 많은데!" 전나무가 말했다.

"어디에서 왔는데요? 뭘 알고 계시죠?" 생쥐들은 엄청난 호기심으로 이것저것 물어보기 시작했다. "땅에 있는 아주 멋진 장소에 대해 우리에게 좀 들려주세요! 그곳에 가보셨나요? 치즈가 있고 천장에 햄이 달려 있는 음식물 저장 창고에 가보셨어요? 수지 양초의 불빛이 넘실대고 배고파서 홀쭉한 채로 들어갔다가 배가 불러 뚱뚱해져 나오는 그런 곳 말이에요?"

"당연히 그런 곳은 모르지. 하지만 햇살이 비치고 새들이 노래하는 숲에 대해서는 잘 알고 있지!"

전나무는 생쥐들에게 젊은 시절 숲에서 경험한 모든 것에 대해 이야기해주었다. 생쥐들은 그런 이야기는 생전 처음이라 아주 진지하게 귀 기울여 들었다.

"와, 그렇게 많은 것들을 경험하다니! 정말 행복했겠다!"

"맞아!"

전나무는 그제야 비로소 자기 자신의 이야기에 대해 생각하게 되었다. "그래, 정말 즐거운 나날이었어!"

게다가 전나무는 과자와 촛불들로 장식이 되었던 크리스마스이브에 대해서도 이야기해주었다.

"와아! 정말 행운아셨군요, 전나무 할아버지!" 생쥐들이 말했다.

"나는 그렇게 늙지 않았어! 그해 겨울 난생처음으로 숲을 벗어났지! 나는 한창나이였어. 제법 크기도 컸고!"

"할아버지 이야기 정말 굉장해요!"

생쥐들은 말했다. 그리고 다음 날 저녁에는 전나무 이야기를 듣고 싶어 하는 다른 생쥐 네 마리를 더 데리고 나타났다. 이야기를 하면 할수록 그 시절이 더욱더 눈앞에 생생하게 떠올랐다.

'아, 정말 행복했던 시절이야! 행복한 시절이 다시 찾아올까. 그런 시절이 다시 내게 찾아와줄까! 클룸페-둠페는 계단에서 굴러떨어졌는데도 공주와 결혼했어. 나도 공주를 얻을 수 있을 거야!'

전나무는 생각했다.

그때 전나무에게 숲에 사는 정말 공주 같은 작은 자작나무 한 그루가 생각났다.

"클룸페-둠페가 누구야?"

생쥐들이 물었다. 전나무는 그 이야기를 생쥐들에게 해주었다. 전나무는 자신이 들었던 그대로 생각해낼 수 있었다. 생쥐들은 기뻐서 거의 전나무 꼭대기까지 뛰어올랐다. 다음 날 밤에는 더 많은 생쥐들이 몰려들었고, 일요일 저녁에는 커다란 집쥐 두 마리까지 왔다. 하지만 집쥐들은 그 이야기가 재미없다고 말해 생쥐들을 슬프게 만들었다. 왜냐하면 생쥐들에게도 그 이야기가 이제는 재미없게 여겨졌기 때문이다.

"다른 이야기 해줄 수 있어요?" 집쥐들이 물었다.

"다른 이야기라고! 나는 그 이야기를 내 인생에서 가장 행복했던 저녁에 들었어. 물론 그 당시에는 내가 얼마나 행복한지 깨닫지 못하고 있었지만!" 전나무가 대답했다.

"그건 아주 최고로 별 볼 일 없는 이야기예요! 베이컨이나 수지 양초에 대해서는 아는 게 없어요? 음식물 저장 창고 이야기는요?"

"없어!" 전나무가 말했다.

"자, 그럼 고마웠어요!"

집쥐들은 자기 가족들이 있는 곳으로 돌아가버렸다.

마침내 생쥐들마저도 떠나고, 전나무만이 홀로 남아 한숨을 내쉬었다.

"고 명랑한 생쥐들이 내 주위에 둘러앉아 이야기에 푹 빠져 있던 모습은 정말 귀여웠는데! 이제는 다 지나가버렸구나. 하지만 이 다락방에서 다시 나가기만 하면, 새로운 기쁨이 시작될 거야!"

'하지만 언제 그런 일이 생기지?'

하지만 곧 그 일이 생겼다. 다음 날 아침 사람들이 올라와 다락방을 뒤적거렸다. 상자들은 다른 곳으로 옮겨졌고, 전나무는 밖으로 끌려나갔다. 사람들은 전나무를 아주 거칠게 바닥에 내동댕이쳤다. 이내 하인들이 다가와 희미하게 한낮의 빛이 비치고 있는 계단 쪽으로 전나무를 끌고 갔다.

'이제야 새로운 삶이 시작되는군!' 전나무는 생각했다.

전나무는 신선한 공기와 따사로운 햇살을 느끼며 마침내 마당 밖으로 나왔다. 하지만 전나무가 눈여겨볼 새도 없이 모든 것이 너무 빠르게 지나갔다. 주위에는 전나무가 깜짝 놀랄 만큼 새로운 것들이 많았다. 마당 가까이에 있는 정원에는 꽃이 만발했다. 키 작은 울타리 너머로 신선한 장미 향이 풍겼다. 보리수나무에도 꽃이 활짝 피었고, 제비가 이리저리 날아다니며 재잘거렸다.

"지지배배, 드디어 나타나셨다."

하지만 그건 전나무를 두고 한 말이 아니었다.

"야호, 이제 나는 살았다!"

전나무는 가지를 쭉 뻗으며 환호했다. 아, 그러나 전나무가 다락 구석진 곳에 있는 동안 가지는 누렇게 말라비틀어졌고 가지 사이에는 잡초와 쐐기풀이 자라 있었다. 황금 별은 아직 나무 꼭대기에 꽂혀 햇빛을 받아 밝게 빛나고 있었다.

마당에는 크리스마스이브에 전나무 주위를 돌며 춤추고 기뻐했던 아이들이 즐겁게 놀고 있었다. 꼬마들 중 한 녀석이 전나무한테 달려들어 별을 뽑아버렸다.

"봐, 어떻게 저렇게 흉측한 나무가 별을 꽂고 있을 수 있겠어!"

그 녀석은 큰 소리로 말하고는 장화 신은 발로 전나무 가지를 짓밟아 부러뜨렸다. 전나무는 정원에 핀 만발한 꽃들과 신선함을 음미했고, 자기 자신을 살펴본 후 차라리 캄캄한 다락방에 있었으면 좋았을 걸 하고 생각했다. 전나무는 싱싱했던 젊은 시절과 즐거웠던 크리스마스이브를 생각했고, 클룸페-둠페 이야기를 들으며 기뻐하던 생쥐들을 떠올렸다.

"이제 다 끝났어, 끝났다고! 즐길 수 있을 때 내 삶을 즐겼어야하는 건데! 이제는 다 끝났어, 끝났다고!" 가엾은 전나무는 한숨을 내쉬었다.

하인 하나가 전나무를 작은 토막으로 자른 다음 다발로 묶었다. 전나무 다발은 커다란 가마솥 밑에서 활활 타올랐다. 전나무는 한숨을 쉬었다. 한숨을 쉴 때마다 총을 쏘는 듯한 소리가 났다. 그 소리에 밖에서 놀던 아이들이 달려와 불 앞에 앉아 가만히 들여다보며 "탁, 탁!" 하고 소리쳤다. 그 소리가 울릴 때마다 전나무는 숲에서의 여름날과 별이 반짝이던 겨울밤을 생각했고, 크리스마스이브와 자신이 들었고 이야기할 수 있는 유일한 동화였던 클룸페-둠페 이야기를 생각했다. 그러고 나서 전나무는 불에 타 사라졌다.

아이들은 마당에서 놀고 있었다. 그중 제일 어린 꼬마 가슴에 전나무의 일생 중 가장 행복한 저녁에 품었던 황금 별이 달려 있었다. 이제 모든 것이 지나가버렸다. 전나무의 일생도 끝났고, 전나무의 이야기도 끝났다. 모든 이야기는 결국 끝나는 것이다.

성냥팔이 소녀

매서운 추위와 함께 눈이 내리던 날, 이미 날은 저물어 어둑어둑해지기 시작했다. 그해의 마지막 날이었다. 춥고 어두운 밤, 길거리에 한 불쌍한 소녀가 두건도 쓰지 않고 맨발로 서 있었다. 집에서 나올 때 소녀는 물론 신발을 신고 있었지만 별 소용이 없었다. 신발은 소녀의 어머니가 신던 것이어서 소녀에게 너무 컸기 때문이었다. 그런데 소녀는 그마저도 잃어버리고 말았다. 거리에서 미친 듯이 달려오던 두 대의 마차를 피하다가 그만 신발이 벗겨졌다. 한 짝은 온데간데없었고, 다른 한 짝은 짓궂은 소년이 집어서 달아났다. 소년은 달아나면서 자신에게 아기가 생기면 요람으로 쓸 거라고 말했다.

그래서 소녀는 맨발로 서 있을 수밖에 없었다. 발은 추위에 꽁꽁 얼어서 빨개져 있었다. 소녀는 낡은 앞치마에 성냥을 가득 담고, 한 손에 몇 개를 쥐고 있었다. 소녀는 그렇게 하루 종일 서 있었다. 하지만 소녀에게서 성냥을 사는 사람은 아무도 없었고, 불쌍한 소녀의 모습에 한 푼이라도 거저 쥐여주는 사람 하나 없었다. 소녀는 추위와 배고픔에 잔뜩 몸을 웅크린 채 벌벌 떨고 있었다. 가엾은 소녀!

소녀의 목덜미까지 내려오는 금발의 예쁜 곱슬머리는 온통 눈으로 뒤덮여 있었다. 하지만 소녀는 그런 것에 신경 쓸 여력도 없었다. 집집마다 창문을 통해 환한 빛이 새어나왔고, 거리는 온통 구운 거위 고기 냄새가 진동을 했다.

소녀는 생각했다.

'오늘이 송년의 밤이구나!'

소녀는 나란히 붙어 있는 두 집 쪽으로 갔다. 그중에서 한 집이 조금 더 길 쪽으로 튀어나와 있었다. 그렇게 해서 생긴 두 집 사이의 구석진 곳에 소녀는 쪼그리고 앉았다. 소녀는 작은 발을 잔뜩 끌어당겼다. 하지만 점점 더 추워졌고, 도저히 집으로 갈 엄두가 나지 않았다. 소녀는 성냥을 단 한 개도 팔지 못했고 동전 한 닢 얻지 못했기 때문에, 이대로 집에 가면 아버지에게 매를 맞을 게 뻔했다. 그리고 어차피 집에 가도 추운 건 마찬가지였다. 집이라고 해야 그저 천장만 있을 뿐, 여기저기 구멍이 뚫려 있어서 짚과 누더기로 틀어막아도 바람이 숭숭 들어왔다.

너무 추운 나머지 소녀의 두 손은 거의 감각이 없을 정도로 굳어버렸다. 그때! 소녀의 머릿속에 성냥이 떠올랐다. 성냥을 한다발 꺼내서 벽에다 문지르면 손을 따뜻하게 녹일 수 있을 것 같았다.

치익!

성냥에 불꽃이 번쩍이더니 이내 불이 붙었다. 정말 따뜻하고 밝은 불꽃이었다. 소녀는 그 위로 손을 가까이 댔다. 성냥불은 작은 빛이었지만 정말 아름다웠다. 소녀는 마치 구릿빛의 커다랗고 번쩍이는 난로 앞에 앉아 있는 듯한 착각이 들었다. 불은 정말 아름답게 타올랐고, 이루 말할 수 없이 따뜻했다! 소녀는 발도 따뜻하게 하려고 꽁꽁 언 두 발을 쭉 내밀었다. 그런데 이때, 갑자기 불꽃이 꺼져버렸다. 동시에 난로도 사라져버렸다. 소녀의 손에는 타고 남은 성냥 끄트머리만 남아 있었다. 소녀는 다시 새것을 꺼내 벽에 문질렀다. 역시 불이 붙은 성냥은 주위를 환하게 밝혀주었다. 불빛을 벽에 비추자, 갑자기 벽이 베일처럼 투명해졌다. 소녀는 그 벽을 통해 방 안을 들여다볼 수 있었다. 눈부시게 하얀 식탁보로 덮인 테이블 위에는 고급스러운 도자기 그릇이 놓여 있었고, 김이 모락모락 나는 거위구이와 사과, 그리고 말린 자두로 가득했다. 하지만 그보다 더 멋진 일은 거위가 별안간 접시 위에서 뛰어내려 등에 포크와 나이프를 꽂은 채로 뒤뚱거리며 소녀를 향해 달려오는 것이었다. 그 순간 또다시 불꽃이 꺼지고, 벽은 그냥 본래대로 차가운 돌로 변해버렸다.

소녀는 다시 성냥에 불을 붙였다. 이제 소녀는 세상에서 가장 근사한 크리스마스트리 아래 앉아 있었다. 그것은 크리스마스이브에, 한 부잣집 상인의 집에서 유리창을 통해 들여다보았던 것보다 훨씬 더 크고 손질이 잘되어 있는 것이었다. 수천 개의 촛불이 초록빛 가지 위를 환히 밝히고 있었고, 상점의 진열장에서나 볼 수 있을 법한 알록달록한 크리스마스트리 장식물들이 매달려 있었다. 소녀는 그리로 손을 뻗었다. 그때 다시 성냥불이 꺼져버렸다. 크리스마스 촛불들은 점점 더 높이 올라갔다. 그래서 이제는 하늘에 떠 있는 밝은 별들처럼 보였다. 그중 하나가 길게 꼬리를 뻗으며 아래로 떨어져 내렸다.

"지금 누군가 죽은 거야!"

소녀가 말했다. 왜냐하면 지금은 돌아가셨지만 살아 있을 때 유일하게 소녀에게 잘 대해주었던 할머니가, 하늘에서 별이 떨어지면 하느님이 그 영혼을 들어 올리신 것이라고 말했기 때문이었다.

소녀는 벽에 대고 다시 또 하나의 성냥을 켰다. 사방이 환하게 밝아졌다. 이번에는 밝은 불빛 속에 할머니가 서 있었다. 할머니는 아주 온화하고 다정한 모습으로 선명하게 나타났다.

"할머니!"

소녀는 외쳤다.

"할머니, 절 좀 데려가세요! 성냥불이 꺼지면 할머니도 다시 사라지실 거죠? 다 알고 있어요. 따뜻한 난로하고 맛 좋은 거위구이, 그리고 화려한 크리스마스트리처럼 할머니도 금방 사라져버릴 거예요!"

소녀는 다급히 남은 성냥 모두에 불을 붙였다. 소녀는 할머니를 잃고 싶지 않았다. 성냥불은 환한 대낮보다 더 주위를 밝게 만들었다. 할머니의 모습이 지금처럼 크고 아름다운 적은 없었다. 할머니는 소녀를 부드럽게 감싸 안았다. 그리고 두 사람은 환희에 가득 차서 밝게 빛나는 광채 속에 하늘 높이, 아주 높이 날아갔다. 그 위에는 추위도 배고픔도, 그리고 불안도 없었다. 그곳은 하느님의 집이기 때문에.

차가운 아침 공기 속에 소녀는 여전히 두 집 사이의 구석진 곳에 앉아 있었다. 소녀는 죽어 있었다. 이미 지난해가 되어버린 지난밤 꽁꽁 언 채로. 하지만 소녀의 두 뺨은 아직도 붉게 물들어 있었고 입가에는 미소를 짓고 있었다. 다 타버린 성냥을 한 움큼 손에 쥔 채로 앉아 있는 죽은 소녀의 머리 위로 새해 아침이 밝아왔다.

"얼마나 추웠을까! 쯧쯧……."

소녀의 모습을 본 사람들은 말했다. 하지만 그들 중 누구도 알지 못했다. 간밤에 소녀가 얼마나 아름다운 것을 보았는지를. 그리고 할머니와 함께 밝게 빛나는 광채 속에서 그 누구보다 먼저 환희에 가득 찬 새해를 맞이했다는 것을.

크리스마스 밤

✳

크리스마스 이야기

셀마 라겔뢰프

Selma Ottilia Lovisa Lagerlöf
1858-1940

스웨덴 배름란드에서 여섯 남매 중 다섯째로 태어났다. 선천적인 고관절 기형과 어릴 적 앓은 병으로 다리를 잘 쓰지 못했던 그녀는 집에서 책을 읽으며 조용히 작가의 꿈을 키웠다. 1891년 고등학교 교사로 일하던 중 자신이 태어난 모르바카 집안의 농원이 남에게 넘어가는 비운을 그린 작품 『예스타 베를링 이야기Gösta Berlings saga』를 여성 잡지 〈이둔〉의 공모에 제출하고, 여기에 당선되면서 본격적인 작가의 길로 들어선다. 이후 민간설화나 전설에서 영감을 얻어 『쿤가헬라의 여왕Drottningar i Kungahälla』, 『저택의 전설En herrgårdssägen』 등 꿈과 현실이 섞인 감미로운 환상의 세계를 펼쳐낸다. 대표작인 『닐스의 모험Nils Holgerssons underbara resa genom Sverige』은 원래 어린이를 위한 지리 부교재로 집필되었지만, 스웨덴의 아름다운 자연과 전설을 고스란히 담아내 남녀노소 누구나에게 사랑받으며 그녀를 스웨덴의 국민 작가로 만들어주었다.

1909년 그녀는 노벨문학상을 받은 최초의 여성이자 최초의 스웨덴 작가가 되었으며, 1914년에는 노벨문학상 수상자를 결정하는 스웨덴 한림원의 첫 여성 회원이 되었다. 『크리스마스 밤Denheliga natten』은 1904년 발표한 단편집 『그리스도의 전설Kristuslegender』에 실렸다.

크리스마스 밤

다섯 살 때 일이다. 나는 태어나서 처음으로 큰 불행을 경험했다. 할머니께서 돌아가셨다. 할머니는 매일같이 방 안 구석 자리에 있는 작은 소파에 앉아 옛날이야기를 들려주시고는 했다. 할머니는 아침부터 저녁까지 끊임없이 이야기보따리를 풀어놓으셨고, 우리는 그 옆에 조용히 앉아 귀를 기울였다. 더할 수 없이 행복한 날들이었고, 우리보다 더 행복한 아이들은 없었을 것이다.

내가 할머니에 대해 기억하는 것은 그리 많지 않다. 그저 윤기 흐르는 흰 머리카락과 걸을 때 저절로 구부러지는 등, 그리고 항상 뜨개질을 하시던 모습만이 내 기억 속에 남아 있는 전부이다. 그 밖에 내가 기억하는 것은 할머니께서 옛날이야기를 하실 때면 늘 내 머리 위에 손을 얹고 속삭이던 말씀이다. "이 이야기

35

는 지금 내가 너를 보고 있고, 또 네가 나를 보고 있는 것처럼 전부 분명한 사실이란다."

애써 기억을 더듬어보니 한 가지 더 생각나는 것이 있다. 할머니는 어쩌다 한번 아름다운 노래들을 불러주시기도 했는데, 그중에는 기사와 인어에 대한 노래가 있었다. 그 후렴구는 이랬다.

"바람이 분다, 차가운 바람이 분다, 저 넓은 바다 위로."

그러고 보니 할머니가 가르쳐주셨던 성경 구절에 나오는 짧은 기도문도 기억난다. 할머니께서 그 시절 내게 해주신 이야기들은 이제는 하나같이 기억이 가물가물하지만, 아직도 다른 사람에게 해줄 수 있을 만큼 분명하게 기억나는 이야기가 하나 있다. 바로 예수님의 탄생에 관한 이야기이다.

이것이 내가 할머니에 대해 기억하고 있는 거의 전부이다. 하지만 이것들 말고 내 마음속에서 가장 지워지지 않는 할머니에 대한 기억은, 할머니가 돌아가셨을 때의 슬픔과 고통이다. 나는 늘 구석 자리를 차지하던 소파가 텅 비어 있던 그날 아침을 기억한다. 그날 하루가 어떻게 갔는지는 알 수 없지만, 나는 그날을 결코 잊지 못한다.

우리 아이들은 돌아가신 할머니의 손에 입을 맞추기 위해 끌려 나갔다. 시체의 손에 입을 맞추는 일은 엄청나게 무서웠다. 그런데 그때 주저하는 우리들에게 누군가가 말했다. 할머니의 손에 입을 맞추는 것은 그동안 할머니께서 우리를 기쁘게 해주신 데 대한 마지막 감사 인사라고. 나는 옛날이야기와 노래들이 검고 긴 관 속으로 들어가 다시는 밖으로 나오지 않았던 것을 기억한다. 그 후로 나의 삶 속에서 무언가가 사라졌던 것을 기억한다. 그것은 마치 우리가 마음대로 넘나들던 마법에 걸린 아름다운 세상으로 향한 문이 닫힌 것 같은 느낌이었다. 그리고 이제 이 문을 여는 법을 아는 사람은 아무도 없게 되었다.

우리들은 장난감과 인형을 가지고 노는 법에 익숙해져서 다른 아이들과 똑같은 삶을 살게 되었다. 적어도 겉으로 보기에 우리들은 할머니의 부재를 더 이상 안타까워하지 않고, 더 이상 그녀를 기억하지 않는 것처럼 보였을 수도 있다. 하지만 그로부터 40년이 지나, 여기 이렇게 앉아서 동양에서 전해 내려오는 크리스마스에 얽힌 이야기들을 모으고 있는 지금도, 내 기억 속에는 할머니가 들려주시던 예수님의 탄생에 대한 이야기가 맴돌고 있다. 나는 지금 다시 한번 할머니의 옛날이야기로 돌아가 그것들을 나의 글 속에 담고 싶다.

크리스마스 날이었다. 할머니와 나를 제외한 나머지 식구들은 모두 교회에 가고 없었고 집 안에는 할머니와 나, 단둘뿐이었던 것 같다. 우리는 둘 다 교회에 함께 갈 수 없었다. 한 사람은 너무 늙었고, 또 한 사람은 너무 어렸기 때문이다. 우리 두 사람은 크리스마스캐럴을 들을 수 있고 크리스마스 촛불을 볼 수 있는 자정 예배에 참석하지 못해 상심해 있었다. 잔뜩 풀이 죽어 앉아 있던 내게 다가온 할머니는 옛날이야기를 꺼내셨다.

"옛날 옛날에 한 남자가 살았단다. 그 남자는 캄캄한 밤중에 불을 빌리러 집을 나섰지. 그는 집집마다 다니면서 문을 두드리며 말했단다. '여러분, 좀 도와주세요! 제 아내가 방금 아기를 낳았습니다. 제 아내와 아기를 따뜻하게 해주려면 불을 피워야만 합니다.' 하지만 너무 깊은 밤이라 사람들은 모두 잠이 들었고, 남자의 애원에 대답하는 사람은 아무도 없었단다.

남자는 계속해서 걷고 또 걸었지. 그러다 마침내 멀리서 불빛 하나를 발견하게 되었단다. 그는 그 불빛을 향해 걸어갔지. 그리고 들판에서 활활 타고 있는 불을 보게 되었어. 그런데 그 주위에는 한 양 떼가 누워서 잠을 자고 있었고, 그 옆에서는 늙은 양치기 한 사람이 양 떼를 지키고 있었단다. 불을 빌려야 했던 그 남자는 양들이 있는 쪽으로 다가갔어. 그런데 가까이 가서 보니 늙은 양치기의 발밑에 사나워 보이는 큰 개 세 마리가 누워 자고 있는 거야. 그 녀석들은 남자가 다가오는 소리에 잠에서 깨어나 짖으려는 듯이 입을 벌렸지. 하지만 아무런 소리도 나지 않았어. 곧 이어서 남자는 개들이 등의 털을 곤두세우고, 날카로운 허연 이빨을 드러내며 자신에게로 달려드는 것을 보았어. 한 놈은 남자의 손을 그리고 다른 한 놈은 남자의 목덜미를 물려고 매달렸지. 그런데 개들의 턱과 이빨은 뜻대로 움직여주지 않았고, 남자는 아무런 상처도 입지 않았지.

이제 남자는 자신이 필요로 하는 것을 구하기 위해 좀 더 가까이 다가가려 했단다. 하지만 양들이 등에 등을 맞대고 빽빽이 누워 있는 통에 좀처럼 불이 있는 곳으로 나아갈 수 없었단다. 별수 없이 남자는 양들의 등 위로 기어 올라갔어. 그리고 그렇게 불이 있는 곳까지 양들의 등 위를 기어갔단다. 그런데도 양들은 하나같이 잠에서 깨어나지도 않았고 움직이지도 않았단다."

이 대목에서 나는 도저히 할머니의 이야기를 중단시키지 않을 수 없었다. "양들이 왜 움직이지 않죠, 할머니?"

"조금 있으면 알게 될 거다." 할머니는 이야기를 계속하셨다.

"남자가 거의 불 옆에 이르렀을 때, 잠에서 깨어난 양치기가 그 남자를 보게 되었단다. 늙고 퉁명스러운 양치기는 사람들에게 늘 무뚝뚝하고 불친절했지. 그런데 그런 그가 낯선 사람을 보았으니 가만히 있었겠니? 그는 대번에 손에 쥐고 있던 길고 뾰족한 막대기를 들어 남자에게 던졌단다. 그 막대기는 그가 양들을 지킬 때면 항상 손에 쥐고 있던 거였지. 막대기는 휙 소리를 내며 곧바로 남자를 향해 날아갔단다. 하지만 쏜살같이 날아오던 막대기는 남자를 맞히기 직전에 갑자기 옆으로 방향을 틀었지. 결국 막대기는 남자를 살짝 비껴가서 벌판에 떨어졌단다."

할머니의 이야기가 여기까지 이르렀을 때, 나는 또 한 번 할머니의 말을 막지 않을 수 없었다. "할머니, 어떻게 날아가던 막대기가 그 남자를 비껴갔죠?"

하지만 할머니는 나의 물음에 대답할 생각도 않고, 그냥 이야기를 계속하셨다.

"그 남자는 얼른 양치기에게 가서 말했어. '정말 수고하십니다, 양치기님. 부디 절 좀 도와주세요. 저에게 불을 조금만 빌려주실 수 없을까요? 제 아내가 방금 아이를 낳았는데, 갓난아기와 아내를 따뜻하게 해주기 위해서는 불이 꼭 있어야만 합니다.'

양치기는 냉큼 턱없는 소리 말라며 내쫓으려는 마음이 들었지. 그런데 그는 조금 전 개들도 그에게 해를 입히지 못했고, 막대기 역시 그를 피해 간 것을 떠올리고는 약간 불안한 생각이 들었어. 그래서 애초에 마음먹은 대로 하지 못하고 이렇게 말했단다. '당신이 필요한 만큼 가져가슈.'

하지만 불은 거의 다 타버렸단다. 그래서 불붙은 장작은커녕 얇은 가지 하나 남아 있지 않았지. 남아 있는 것이라고는 고작 빨간 불씨만 타고 있는 잿덩이뿐이었단다. 남자는 그 잿덩이라도 가져가려 했지만 퍼담을 삽도 양동이도 없었지. 이를 지켜보던 양치기는 다시 한번 퉁명스럽게 그에게 말했어. '아, 필요한 만큼 가져가라니까요!' 그리고 내심 남자가 불을 가져갈 수 없을 거라는 생각에 고소해했어. 그런데 그때, 남자가 허리를 구부리더니, 그 빨갛게 타고 있는 잿덩이를 맨손으로 퍼서 외투에 담는 거야. 그런데도 남자의 손은 조금도 타지 않았고 외투도 멀쩡했지. 남자는 계속해서 외투에 잿덩이를 담았어. 마치 호두나 사과를 담는 것처럼 태연하게."

이 대목에서 할머니는 나 때문에 세 번째로 이야기를 중단할 수밖에 없었다. "할머니, 어떻게 빨갛게 타고 있는 잿덩이를 퍼 담고도 손이 멀쩡할 수 있어요?"

"그것도 곧 알게 될 거다."

할머니는 그렇게 대답하고 다시 이야기를 계속하셨다.

"심술궂고 못된 양치기는 이 모든 것을 보고 너무나 의아해했지. '대체 오늘 밤이 무슨 날인가? 개들이 물어도 멀쩡하질 않나, 양들이 등을 타고 넘어도 가만히 있질 않나, 막대기를 던져도 알아서 피해 가질 않나, 이젠 불을 만져도 멀쩡하잖아!' 양치기는 궁금증을 참지 못해 남자에게 물었단다. '대체 어찌 된 거요? 오늘 밤이 무슨 날이오? 어떻게 이 모든 것이 당신을 도와주려는 듯 자비를 베푼단 말이오?'

그러자 그 남자가 양치기에게 말했단다. '당신 스스로가 그것을 알아내지 못한다면, 나도 말할 수가 없습니다.' 그러고 나서 불을 피워 아내와 아기를 따뜻하게 해주기 위해 남자는 서둘러 돌아가려 했단다.

하지만 양치기는 이 모든 것이 어찌 된 영문인지 알기 전에는 남자를 놓치고 싶지 않았어. 그는 자리에서 일어나 남자를 뒤따라가기 시작했지. 남자가 사는 곳까지 쫓아간 양치기는 믿을 수 없는 광경을 보게 되었단다. 남자가 사는 곳은 오두막이 아니라 산속의 동굴이었던 거야. 그 차가운 돌로 둘러싸인 동굴 속에 남자의 아내와 갓난아기가 맨바닥에 누워 있었지.

양치기는 불쌍하고 죄 없는 갓난아기를 그대로 놔두었다간 동굴 속에서 얼어 죽을지도 모른다고 생각했지. 아무리 심보가 사나운 양치기라도 그 모습을 보고는 동정심이 일지 않을 수가 없었단다. 그래서 그는 아기를 돕기로 결심했지. 양치기는 어깨에 둘러멘 보따리를 풀어 하얗고 보드라운 양털 가죽을 꺼냈지. 그리고 남자에게 주며 아기를 그 위에 눕히라고 말했어. 그런데 바로 그 순간, 그러니까 양치기가 자신도 누군가에게 사랑을 베풀 수 있다는 걸 보여준 그 순간, 비로소 그의 두 눈이 뜨였단다. 그는 이전에는 볼 수 없었던 것을 보게 되었고, 들을 수 없었던 것을 듣게 된 거야.

양치기는 은빛 날개를 단 작은 천사들이 둥그런 원을 그리며 자신을 빙 둘러싸고 있는 것을 보았단다. 천사들은 모두 손에 현악기를 하나씩 들고 있었고, 큰 소리로 오늘 밤에 우리를 세상의 죄로부터 구원해주실 구세주가 태어났다는 노래를 불렀단다.

그제야 양치기는 깨닫게 되었단다. 오늘 밤 왜 그렇게 만사가 복되어 아무도 해를 입지 않았는지를. 그리고 둘러보니 천사들은 자신의 주위에만 있는 것이 아니라 도처에 있는 게 아니겠니? 천사들은 동굴 속에도 앉아 있었고, 산 위에도 앉아 있었단다. 그리고 하늘을 날아다니기도 했지. 그들은 큰 무리를 지어 걸어와서는 동굴 속에 있는 갓난아기를 가만히 서서 쳐다보기도 했단다.

온 세상이 탄성과 환희, 노래와 유희로 가득했지. 양치기는 그 캄캄한 밤중에, 이전에는 전혀 볼 수 없었던 모든 것을 보게 되었단다. 그리고 이렇게 눈을 뜨게 된 것에 너무나 기뻐 그 자리에서 무릎을 꿇고 하느님께 감사기도를 드렸단다."

여기까지 이야기를 마치신 할머니는 한숨을 내쉬며 말씀하셨다. "이렇게 양치기가 보았던 것을 우리도 볼 수만 있다면……. 천사들은 매번 크리스마스 밤이면 하늘 아래로 내려와 날아다닌단다. 그걸 볼 수 있는 능력이 우리에게 없어서 그렇지, 그건 분명하단다."

그러고 나서 할머니는 내 머리 위에 손을 얹으시고는 가만히 속삭이셨다. "이 이야기는 지금 내가 너를 보고 있고, 또 네가 나를 보고 있는 것처럼 전부 분명한 사실이란다. 진실을 보는 눈은 촛불이나 등불에 달려 있는 것도 아니고, 달빛이나 햇빛에 달려 있는 것도 아니란다. 그건 오로지 하느님의 영광을 볼 수 있는 눈을 갖는 것에 달려 있다는 사실을 잊지 말고 기억하렴!"

크리스마스 이야기

크리스마스가 되었다. 어스름한 초저녁, 어린 동생들은 형을 데리고 식당 한쪽으로 끌고 가 이야기를 해달라고 졸랐다. 형은 아무 준비 없이도 금방 재미있는 이야기를 잘 만들었다. 오늘은 크리스마스에 대해 전해 내려오는 이야기를 하기 시작했다.

"저 먼 곳에 막대한 권력을 갖고 있는 수도원이 있었단다. 그곳은 부지런한 수도사들로 가득했어. 그리고 아주 신앙심이 깊은 수도원장님이 계셨지. 사람들은 그분을 안젤름 신부님이라고 불렀어. 중요한 건 이 신부님은 아주 신실하실 뿐만 아니라 현명하고 학식이 높은 분이셨다는 거야. 사람들은 안젤름 신부님이 마술을 부릴 수 있고 금도 만들 수 있다고 했어. 하지만 그건 사실이 아니었단다. 물론 안젤름 신부님은 언제나 지나칠 정도로 열심히 현자의 돌에 몰두하시긴 하셨어. 그건 아직 금이 되지 않은 금속들을 가속화시켜 단지 몇 시간 내에 금으로 만드는 돌이야. 원래 모든 금속들은 금이 될 수 있는데 중간에 잘못돼서 그냥 금속이 되어버리는 거거든. 하지만 안젤름 신부님이 식물이나 공기나 물에 살고 있는 기이한 정령들을 많이 알고 계시는 건 사실이었단다. 심지어는 그 정령들의 특징들도 다 알고 계셨지.

크리스마스 자정미사를 올려야 할 시간이 되면, 안젤름 신부님은 수도사들을 이끌고 반드시 정원을 지나 예배당으로 갔단다. 향로가 흔들거리고 아기 예수와 마리아를 찬양하는 찬송이 울려 퍼지면, 신앙심이 깊은 사람들이 높은 담장으로 둘러싸인 수도원 정원 주위를 서성였지. 안젤름 신부님은 앙상한 가지뿐인 나무들과 정원을 이루고 있는 얼어붙은 생명들 위에 성수채를 흔들었어. 신부님은 크리스마스가 온 세상의 모든 존재들에게 가져다준 기쁨을 자연도 함께하길 바라셨지.

바로 그때, 수도원 정원에서 생명의 기적이 일어났단다. 따뜻한 남풍이 불어와 눈을 녹이고 추위를 저 멀리 날려버렸어. 땅에서는 푸른 새싹이 돋아났고 아름다운 꽃들이 피기 시작했지. 꽃봉오리는 자신을 감싸고 있던 껍질을 벗어 던졌고, 보송보송 솜털로 뒤덮인 봄 꽃잎이 돋아났지. 하느님의 아들이 인간 세상에 오셨던 것에 대한 기쁨이 식물들에게 그런 힘을 주었던 거야. 그 힘으로 겨울잠에서 깨어나 추위의 속박을 깨뜨릴 수 있었던 거지.

정원이 푸른 옷으로 갈아입고 꽃내음과 따뜻한 바람으로 살랑살랑 유혹하자, 숲에서 떨고 있던 새들도 날아들었지. 어치들은 우아하게 살랑거리며 날아와 나뭇가지에 내려앉아 온갖 종류의 여름새들을 흉내 내듯 지저귀고, 피리새의 붉은 가슴은 투명한 나뭇잎 아래서 빛을 발했지. 작은 굴뚝새들은 머리 위로 마른 나뭇가지가 떨어져 깜짝 놀라고, 농장의 참새들은 마을 어귀 짚단을 엮어 만든 커다란 화환 장식 위에서 한꺼번에 떠났다가 다시 날아와 여샛과의 작은 새들과 까치들과 함께 숲으로 몰려들었지. 심지어 다람쥐도 기분이 좋아 담장 위를 훌쩍 뛰어올랐고, 노루는 정원을 에워싸고 있는 울타리 입구로 다가가 아름다운 눈으로 울타리 안을 들여다보았지. 그러면 안젤름 신부님은 식물들과 인간들이 모두 함께 기뻐하라고, 숲의 모든 동물들이 들어갈 수 있게 정원 문을 활짝 열어주셨단다.

하지만 그중에서도 가장 신기한 일은, 마치 깃 달린 화살이 공기를 가르며 날아가는 듯 갑자기 휘이잉 소리를 내며 바람이 일자 황새 한 마리가 우아하게 원을 그리며 돌다가 안젤름 신부님 앞에 내려앉았다는 거였어. 그건 매해 가을이면 남쪽 이집트로 갔다가 돌아오는 수도원의 황새였단다. 사람들은 그 새를 한 눈에 알아보았지. 황새는 부리에 물고 있던 작은 병을 안젤름 신부님 발치에 내려놓았단다. 신부님은 그 병에 가득 들어 있는 반짝반짝 빛나는 액체가 생명수, 즉 위대한 학자들이 언급했던 바로 그 현자의 돌이라는 것을 잘 알고 있었지. 단 한 방울만 있어도 이 세상의 모든 돌을 금으로 변화시킬 수 있었으니까. 그건 바로 자연이 크리스마스의 기쁨을 함께 나누려 한 경건한 신부님에게 보낸 선물이었단다.

그런데 크리스마스 미사가 진행될 즈음 갑자기 북풍과 추위가 다시 수도원 정원에 세력을 펼치기 시작했단다. 안젤름 신부님은 방으로 돌아가 양동이에 물을 가득 채우고 나서 양동이에다 빛나는 액체를 딱 한 방울 떨어뜨렸지. 그러자 양동이의 물이 부글부글 거품을 내더니 증기를 내뿜으며 와인이 되었단다. 안젤름 신부님은 영생수를 마시려고 양동이를 잡으려 했지.

하지만 바로 그 순간 째지는 듯한 고함 소리와 외침, 그리고 무기 소리가 고요한 수도원에 날카롭게 울려 퍼졌어. 그 지역에 살고 있는 귀족 가문의 옌스 크루제라는 오랜 적이 자기 하인들을 데리고 수도원을 습격했던 거야. 그 사람들은 정원 문이 활짝 열려 있는 것을 발견하고는 몰래 잠입해서 수도원의 보물을 약탈하기 위해 수도사들의 방으로 쳐들어갔지. 그중 난폭한 하인 하나가 안젤름 신부님한테 갔는데, 거품이 일고 있는 양동이를 앞에 두고 있는 신부님을 발견하고는 회심의 미소를 지었단다. 그 하인은 신부님께 달려들어 신부님의 손을 묶고는 양동이의 물을 다 마셔버렸지. 그리고 생명수가 들어 있는 병을 바닥에 내동댕이쳤단다. 그러자 마치 불꽃이 튀듯 방울들이 사방으로 튀었지.

그 하인은 그 후 여러 전쟁터를 두루 다니게 되었고, 아주 많은 모험을 할 수 있었지. 그러고 나서 자신이 늙었다는 느낌이 들었을 때 그의 친구들이 죽어갔어. 결국 그는 친척도 고향도 없이 홀로 외로이 남게 되었지. 그제야 그 하인은 죽음을 원하게 되었어. 하지만 절대 죽을 수가 없었단다. 그는 죽음을 소리쳐 불렀고, 느리게 지나가는 시간을 재촉하려 애썼지만, 죽음은 그를 비껴갔단다. 그는 끔찍한 범행을 저지르고 나쁜 짓도 해보았지만 그래도 죽음은 그를 찾아오지 않았어. 그는 서서히 자신이 영원히 죽을 수 없을 거라 생각하기 시작했어. 순간 예전에 마술을 부릴 수 있었던 수도원장이 살던 수도원에서 자신이 마셨던 와인이 떠올랐어. 그리고 별처럼 반짝반짝 빛나던 액체가 들어 있던 작은 병도 생각났지. 그길로 당장 그 수도원장에게 이 일에 대해 물어보기 위해 그곳으로 출발했어.

그가 도착했을 때 수도사들은 이미 쫓겨난 상태였고 수도원장은 죽고 수도원은 불타 없어진 뒤였어. 옌스 크루제의 지시와 종교개혁으로 그렇게 되었던 거야. 하지만 그는 폐허 더미 사이를 뒤지고 또 뒤졌지. 지하실로 내려가는 입구를 발견할 때까지 말이야. 마침 불에 잘 견디는 벽으로 되어 있어 그곳에 있던 책들은 안전했단다. 그는 벽에 고정되어 있는 아주 무거운 대형 서적을 떼어내기 위해 책에 채워져 있던 쇠사슬과 자물쇠를 부수었어. 그러고는 그 자리에 앉아 수도원장이 만들었던 마법 물약의 효력을 어떻게 없앨 수 있는지 연구했어.

애들아, 그 사나이는 아직도 그 지하실에 앉아 무거운 마술책을 읽으며 연구하고 있단다. 그 책을 해독하는 건 늙은 병사에게는 쉬운 일이 아니거든. 그는 라틴어를 배우는 데 100년, 중세 유대인들의 교리를 처음부터 끝까지 읽는 데 100년 그리고 또 죽는 기술을 배우는 데 100년을 더 살아야 할 거야. 그는 내가 아주 많은 것을 알고 있다는 사실을 알고 있지. 그래서 그는 자주 우리 집을 찾아오고는 해. 어제는 내 뒤에 서서 내가 그리스어 문법을 공부하는 걸 보았어. 이제 곧 그가 와서 나한테 부탁할 거야. 제발 그리스어 좀 가르쳐달라고."

"와아, 알았다. 그 사람이 누군지 알았어."

아이들이 흥분해서 소리쳤다.

"조용히 해. 애들아, 조용히 하라고. 너희들이 얼마나 멍청한지 심하게 드러내지는 마. 나는 어떤 사람에 대해서 이야기한 게 아니라고. 나는 전쟁에 대해서 이야기한 거야. 수백 년 전에 생명수를 마시고는 그 이후로 죽는 방법을 터득하지 못한 전쟁 말이야."

불쌍한 아이들의

크리스마스트리

표도르 도스토옙스키

Фёдор Михайлович Достоёвский
1821-1881

러시아 모스크바 외곽, 의사인 아버지가 일하던 빈민 구제 병원에서 태어나 하층민들의 삶을 직접 보며 자랐다. 적성에 맞지 않았던 군사 엔지니어 학교를 겨우 마치고 군대의 엔지니어로 일하던 그는 오노레 드 발자크의 『외제니 그랑데Eugénie Grandet』 등을 번역하지만 재정 악화에서 벗어나지 못하다가 1846년 발표한 첫 소설 『가난한 사람들Бедные люди』로 큰 상업적 성공을 거둔다. 이 소설은 당대 최고의 문학 비평가 벨린스키로부터 "러시아 최초의 사회 소설"이라는 찬사를 받았다. 이후 푸리에의 공상적 사회주의를 신봉하는 미하일 페트라셰프스키의 모임에 가입한 그는 1849년 니콜라이 1세에 의해 시베리아로 유형되었다. 4년간 감옥에서 신과 인간의 문제에 대하여 깊이 사색한 그는 출옥 후 정치적 혼란과 궁핍 속에서 『지하생활자의 수기Записки из подполья』(1864), 『죄와 벌Преступлéнии наказáние』(1866) 등의 대표작을 발표한다. 『죄와 벌』은 가난하고 약한 자의 고통과 굴욕을 리얼하게 묘사한 걸작이며, 만년의 미완성 대작인 『카라마조프의 형제Братья Карамазовы』(1880) 또한 당시 러시아 사회의 실상을 여실히 그리면서 종교와 인간의 본질을 헤집는다. 그는 세계 문학 사상 가장 위대한 작가의 한 사람으로서 체호프, 헤밍웨이 같은 작가들부터 니체와 후대의 실존주의 사상가들에 이르기까지 후세에 광범위한 영향을 주었다.

「불쌍한 아이들의 크리스마스트리Мáльчик у Христá на ёлке」는 1876년 발표된 것이다.

불쌍한 아이들의
크리스마스트리

아이들이란 특이한 족속이다. 꿈과 생각 속으로 파고든다. 크리스마스에, 또는 크리스마스이브에 나는 규칙적으로 어떤 길모퉁이에서 작은 소년을 만났다. 혹독한 추위에도 여름에나 입을 만한 얇은 옷을 입고 있었다. 소년은 아주 작은 손을 내밀며 기술적인 표정으로 말했다. 바로 동냥을 하고 있었던 것이다. '기술적인 표정'이란 소년이 직접 만든 표현이었다. 이 소년과 마찬가지로 그런 아이들이 이곳에는 아주 많이 있었다. 그들은 도처에서 누군가를 만나, 미리 머릿속에 암기하고 있던 것으로 측은한 마음을 자아내는 말을 건넸다. 하지만 소년은 애처롭게 굴지 않았고, 때묻지 않은 천진한 아이처럼 아주 비범하게 말했으며, 눈동자는 나에 대한 신뢰로 가득 차 있었다.

그런 부류의 소년들은 아무것도 몰랐다. 자신이 어디에 살고 있는지, 어느 나라 출신인지, 신은 존재하는지, 차르*는 있는지 등등. 사람들은 그런 소년들의 무지함에 대해 이야기는 하지만 그런 사실을 결코 믿을 수는 없었다. 그런데도 그건 사실이었다.

나는 작가다. 그리고 아마도 이 이야기는 내가 지어낸 것이리라. 사실 내가 지어낸 이야기가 맞지만, 그래도 내가 '아마도'라는 단어를 쓰는 이유는 이러한 일이 언젠가, 어느 곳에선가 일어났던 것이라는 생각을 떨칠 수가 없기 때문이다. 어느 끔찍하게 추운 날, 어떤 큰 도시에서, 아마도 크리스마스이브에.

나는 눅눅하고 냉한 지하창고에서 자다 깨어난 한 소년을 보았다. 낡은 겉옷을 걸친 소년은 추위에 덜덜 떨고 있었다. 소년은 입에서 하얗게 연기처럼 뿜어져 나오는 자신의 숨결을 눈으로 보았다. 커다란 상자 위에 우두커니 앉아 있는 것은 정말 지루했다. 그래서 소년은 자꾸 반복해서 세게 입김을 불어 그것이 동그랗게 뭉쳤다가 사라지는 모습을 바라보았다. 하지만 소년은 배가 너무 고팠고 무언가가 먹고 싶었다. 그는 이미 여러 번

---

* 제정 러시아 때 황제의 칭호.

병든 어머니가 작은 보따리를 베개 삼아 누워 있는 닳아빠진 낡은 침낭으로 가보았다. 그들은 어떻게 해서 이곳으로 오게 되었을까? 추측컨대 소년과 어머니는 다른 도시 출신으로, 이곳에 와서 어머니가 병든 것 같다. 지하창고의 한쪽 구석을 같이 쓰고 있던 여자는 이미 이틀 전에 경찰에 연행되었고, 다른 사람들은 눈앞에 다가온 크리스마스를 준비하러 나간 모양이었다. 창고에 남은 것은 지난 24시간 내내 술에 취해 뻗어 있는 남자 하나와 류머티즘 때문에 끙끙 앓는 할머니뿐이었다. 그녀는 원래 소아 병원의 간호사였다고 했지만 지금은 친구 하나 없이 홀로 죽어가고 있었다.

소년은 바닥에서 마실 물을 발견했다. 하지만 그 어디에서도 빵 부스러기조차 찾아볼 수 없었다. 소년은 또다시 어머니를 깨워보려 했다. 어둠 속에서 소년은 마침내 불안함을 느끼게 되었다. 벌써 오래전에 날은 저물어 어두워졌지만 아무도 불을 켜지 않았다. 어머니의 얼굴을 만져보자 벽처럼 차가웠고, 전혀 움직이지 않았다. 소년은 이상한 생각이 들어 놀랐다.

'여기가 그 정도로 춥긴 하지!'

소년은 내심 그렇게 생각했다. 그는 무의식적으로 죽은 어머니의 어깨에 손을 올린 채 잠깐 서 있다가 순간 자기가 자던 자리에 있던 모자가 떠올랐다. 소년은 그 모자를 뒤집어쓰고, 지하

창고를 떠나기로 결심했다. 소년은 밖으로 나왔다.

'아, 신이시여! 정말 대단한 도시네요!'

소년과 엄마가 함께 떠나왔던 곳은 밤처럼 캄캄했었다. 저녁이 되면 단층집들은 창문에 덧문을 닫고 빗장을 질렀다. 어스름 해가 질 무렵이면 거리에는 아무도 보이지 않았다. 하지만 그곳은 따뜻했고, 사람들은 그에게 먹을 것을 주었다. 하지만 여기 이곳은, 아, 뭔가 먹을 것이 있었으면!

이 소음과 북적대는 웅성거림, 수많은 불빛과 사람들, 말과 마차 그리고 추위는 무엇이란 말인가! 격렬하게 달리는 말들의 코에서 하얀 증기가 뿜어져 나왔다. 말들은 자갈길에 낭랑한 말굽 소리를 울리며 질척질척 쌓인 눈길을 지나갔다. 오, 주여, 작은 빵 한 조각만 있다면! 이제는 손가락에서 통증이 느껴질 정도였다.

그리고 소년은 다른 거리에 와 있었다. 그곳은 정말 아름다웠다. 정말 넓고 정말 커다란 창문 너머로 방이 보였다. 그 방 한구석에는 아주 커다란 전나무 크리스마스트리가 있었다. 나무는 작은 불꽃들로 반짝거렸고, 수많은 금박으로 된 물건들과 사과가 걸려 있었다. 그 주위에는 인형과 말이 있었고, 아이들이 이리저리 뛰어다니고 있었다. 모두가 파티를 위해 깨끗하고 아름답고 화려한 옷을 입은 채 웃고 즐기며, 정말 맛있어 보이는 간식거리를 먹고 있었다. 사람들은 커다란 축음기에서 흘러나오는 음악을 듣고 있었다. 소년은 이상한 감정에 휩싸여 이 광경들을 바라보았다. 하지만 또다시 손가락에 통증이 느껴지자 발걸음을 옮겼다.

소년은 또 다른 창문 너머로 방 안을 들여다보았다. 그곳에는 그리 크지 않은 크리스마스트리가 훨씬 많이 있었다. 또한 식탁에는 빨간색, 노란색, 하얀색, 엷은 갈색의 여러 종류의 과자들이 있었다. 긴 식탁 뒤에 유니폼을 입은 네 명의 여자들이 식탁으로 다가오는 사람들에게 그 예쁜 과자들을 주었다. 매번 문이 열릴 때마다 많은 사람들이 거리에서 집 안으로 우르르 몰려들었다. 이 광경을 지켜보고 있던 소년은 다시 문이 열리자 은근슬쩍 안으로 들어갔다.

아, 인간들이 어찌나 못되게 굴던지! 사람들은 소리를 지르며 소년을 몰아세웠다. 과자를 나누어주던 여자들 중 한 명이 얼른 소년에게로 다가와 동전 한 개를 주고는 문을 열고 소년을 거리로 쫓아냈다. 어찌나 놀랐던지 소년은 동전을 놓쳤다. 동전은 맑은 소리를 내며 층계참에 떨어졌다. 그러나 소년은 동전을 줍기 위해 꽁꽁 얼어붙은 시퍼런 손가락을 더는 구부릴 수가 없었다.

그래서 소년은 할 수 있는 한 빨리 그곳을 떠났다. 하지만 어디로 간단 말인가? 소년은 자신이 혼자 버려졌다는 느낌에 너무 슬프고 비통했다. 불안감이 다시 소년을 엄습했다. 그때 갑자기 볼만한 것이 눈에 띄었다. 저만치 떨어진 곳에 사람들이 빽빽이 몰려들어 놀라워하며 서 있었다. 커다란 유리판 뒤에 빨갛고 파란 옷을 입은 세 개의 작은 인형이 있었다. 커다란 바이올린을 연주하고 있는 노인 인형과 작은 바이올린을 연주하며 박자에 맞춰 고개를 끄덕이는 더 작은 인형들이었다. 처음에 소년은 그것들 모두가 진짜 살아 있는 것인 줄 알았으나, 잠시 후 인형이라는 것을 알아차렸을 때 웃지 않을 수 없었다. 소년은 그런 것을 본 적이 없었다.

갑자기 소년은 뒤에서 누군가가 자신의 외투를 잡아당기는 것을 느꼈다. 뒤에 있던 큰 젊은이가 소년의 머리를 내려치고는 모자를 벗긴 후 거친 발걸음을 옮겼다. 소년은 그 자리에 쓰러졌다. 사람들은 소리를 지르며 욕을 했다. 소년은 불안하고 겁이 나 벌떡 일어나서 그 밝은 도시가 멀어질 때까지 달리고 또 달렸다. 소년은 누군가의 안마당으로 통하는 대문 아래로 살금살금 기어가 낯선 마당에 있는 장작더미 뒤에 쪼그리고 앉았다.

"여기에 있으면 사람들이 찾지 못할 거야. 여긴 어두우니까."

소년은 생각했다. 그러고는 조용히 웅크리고 앉아 두려움에 숨조차 제대로 쉬지 못했다. 하지만 갑자기, 정말 순식간에 손과 발에 통증이 더 이상 느껴지지 않았다. 마치 난롯가에 앉아 있듯

몸이 아주 따뜻해지는 것을 느꼈다.

"여기 잠깐만 앉았다가 다시 인형극을 보러 가야지."

소년은 인형들을 생각하며 미소를 지었다. 갑자기 어디선가 나지막이 어머니의 노랫소리가 들려왔다. 소년은 분명히 그 소리를 들었다.

"엄마, 졸려요. 아, 여긴 정말 잠자기 좋은 곳이에요."

"내게 오너라, 크리스마스트리가 있는 곳으로. 지금은 크리스마스란다, 애야."

고요한 목소리가 나지막이 그에게 속삭였다. 소년은 엄마의 목소리일 거라 생각했다. 하지만 아니었다. 그건 소년의 엄마가 아니었다. 그렇다면 도대체 소년을 부른 목소리는 누구란 말인가? 그 존재를 소년은 보지 못했다. 하지만 누군가 몸을 숙여 어둠 속에서 소년을 껴안았다. 그리고 손을 내밀었다. 순간, 수많은 촛불이 밝게 빛났다! 바로 크리스마스트리였다! 촛불은 소년 주위의 모든 것을 환하게 비추어주었고 여기저기에 예쁜 인형들이 있었다. 아니, 인형이 아닌 진짜 소년과 소녀들이었다. 그들은 둥실둥실 떠다니다 소년에게 키스를 하고는 소년을 데리고 갔다. 소년은 자신의 몸이 떠오르는 것을 느꼈다. 저 앞에서 엄마가 고개를 끄덕이며 자상하게 미소 짓고 있었다.

"엄마! 엄마! 아, 엄마. 이곳은 정말 아름다워요!"

소년은 흥분해서 말했다. 소년은 아이들을 껴안아주었고 얼른 그들에게 작은 인형들에 대해 이야기해주고 싶었다.

"꼬마 녀석들아, 너희는 누구니? 예쁜 애들아, 너희는 누구니?"

소년은 미소를 지으며 물었다. 소년은 이미 그들 모두를 사랑하게 되었다.

"이건 예수님의 크리스마스트리예요. 여기 하늘나라는 지상에서 크리스마스트리를 가지지 못했던 모든 아이들을 위해 매일매일이 크리스마스예요."

소년은 알게 되었다. 그들 모두가 예전에 지상에서는 자신과 같은 소년, 소녀였다는 사실을.

이 아이들의 어머니들도 그곳에 있었다. 어머니들은 울고 있었다. 어머니들은 모두 자신의 아이들을 알아보았고, 아이들은 자기 어머니에게로 다가가 키스를 했다. 아이들은 손으로 어머니의 뺨에 흐르는 눈물을 닦아주며 울지 말라고 말했다.

이제부터는 모두가 행복할 테니까……

종소리

빌헬름 라베

Wilhelm Raabe
1831–1910

독일 니더작센 주 에서스하우젠 출생. 법관이었던 아버지
를 잃고 가족과 함께 볼펜뷔텔로 건너가 자랐다. 베를린
의 프리드리히 빌헬름 대학교에서 철학을 청강했고, 이
시기에 야콥 코르비누스Jakob Corvinus라는 필명으로『슈페
를링 거리의 연대기 Die Chronik der Sperlingsgasse』(1856)를
자비 출판한다. 이 작품이 상업적으로 성공한 것은 물론
극작가 헤벨 등의 호평을 받자, 본격적으로 문필가의 길
로 나서게 된다. 베를린의 다양한 인간 군상을 다룬 이 작
품에서는 이후 그의 모든 작품을 일관하는 기조인 소박한
것에 대한 사랑을 엿볼 수 있다. 대표작인『배고픈 복사Der
Hunger pastor』(3권, 1864)『아부 텔판Abu Telfan』(1867)『영
구차Der Schüdderump』(1870)는 화려하게 번영하는 프로이
센 국가의 이면, 오래된 것과 새로운 것 사이의 균열과 산
업혁명 등의 변화에서 소외되어 사회의 밑바닥에 사는 사
람들을 조명한다. 또한 최초의 환경 소설 중 하나인『피스
터의 방앗간Pfisters Mühle』에서는 한 시골 마을이 사탕무 공
장 부지 건설로 파괴되는 모습을 그리고 있다. 그는 종종
'목가적', '비관적'이라는 평가를 받지만, 19세기 독일 문
학사에서 시대에 가장 예민하게 반응했던 사실주의 작가
이자 비평가였다.

종소리

축제 분위기에 들떠 있는 크리스마스이브에 나는 숙부님이 책을 겹겹이 쌓아 올린 곳에서 잡동사니를 끄집어내고 있다. 불쌍한 숙부님! 여기저기 부서지고 낡아빠진 온갖 종류의 장난감, 인형들, 나무로 된 작은 요강 단지, 목도리, 부서진 작은 의자, 마지막으로 바싹 말라비틀어진 크리스마스트리. 크리스마스트리 가지에는 아직도 여기저기 금빛으로 번쩍거리는 물건들이 달려 있고, 나무 꼭대기에는 은박으로 만든 꾸겨진 별이 꼭 달라붙어 있다. 나는 팔짱을 끼고 이 모든 기쁨들 속에 서 있다. 까마귀는 깍깍거리고, 램프는 점점 기름을 소진하며 차츰 꺼져가고 있다. 오랫동안 생각에 잠겨 있던 나는 어디선가 들려오는 종소리에 문득 정신을 차린다. 핀켄로데에서 울려오는 크리스마스 종소리! 내 어린 시절 들었던 크리스마스 종소리!

나는 머리를 쓸어 올리고 가만히 귀 기울여 듣는다. 축제의 밤거리로 나가고 싶은 충동을 억제할 수 없다. 황급히 외투를 걸쳤다. 나도 모르는 사이 나는 벌써 거리에 나와 있다.

사방이 고요하고 어둡다! 하늘에는 별도 보이지 않았고, 땅에는 불빛조차 없다! 종소리, 아 그리운 고향에서 들려오는 종소리! 도시가 깨어나기를 기다리며 나는 눈으로 덮인 침묵하는 거리를 천천히 걷는다.

여기에서 촛불 하나가 깜박이고, 저기에서 또 하나의 촛불이 깜박인다. 촛불은 작은 집 거실 여기저기를 움직인다. 저것 좀 봐! 저기 좀 보라고! 온통 불빛으로 빛나고 있는 크리스마스트리이다! 이집 저집 현관문이 열리고, 외투를 걸쳐 입은 사람 형상 하나가 내 곁을 스쳐 지나간다. 작은 도시 핀켄로데가 점점 밝아지며 빛나기 시작한다.

나는 종소리를 쫓아 광장의 좁은 골목길들을 헤맨다. 내 앞에 나타난 성 마르틴 교회의 높은 창문이 환하게 빛을 발하고 있다. 두 종탑은 안개와 어둠 속으로 완전히 사라졌다. 나는 활짝 열린 정문 기둥에 기대어 종소리를 경청한다. 한순간 종소리가 희미해지면, 저 먼 숲속 마을에서 울리는 종소리가 나지막이 이곳까지 울려온다. 아직 교회는 텅 비어 있다. 성스러운 건축물의 벽면을 따라 샹들리에의 광채 속에 장례식 화환들이 가물가물 빛을 발하고 있다. 전나무 가지가 기둥을 타고 올라간다.

이제 하느님의 민족이 잠에서 깨어나 활동하기 시작한다. 남자와 여자들이 찬송가 책을 가슴에 안고 골목길을 지나 광장을 건너 교회로 몰려간다. 아이들은 형형색색의 크리스마스 인형을 가지고 가고, 젊은 아가씨들은 명랑한 표정으로 가장 좋은 정장을 입고 뽐내본다. 여인들의 최신 유행하는 모자와 두건 사이에, 그리고 나이 든 중산층 여인들의 두건 여기저기 금과 은으로 된 이 지역 특유의 독특한 동그란 장식품이 빛을 발한다. 교회로 향하는 모든 사람들 손에 초가 하나씩 들려 있다. 사람들은 그 초에 불을 밝혀 교회 입구에 걸려 있는 작은 촛대에 꽂아놓는다. 벌써 백 개나 되는 초가 깜박깜박 타오르고 오르간 소리가 나더니 합창단의 노랫소리가 울려 퍼진다. 크리스마스 아침이 밝아옴을 축하하는 노랫소리가 작은 도시 곳곳으로 퍼져 나가고, 사슴과 여우들도 신기한 듯 귀를 기울이는 고요한 산속 깊은 곳까지 퍼져 나간다.

이집트로의 도주

: 크리스마스 전설

펠릭스 티메르망

Leopold Maximiliaan Felix Timmermans
1886–1947

벨기에 플랑드르를 대표하는 작가. 독학으로 공부를 시작
해 열일곱 살부터 시를 쓰기 시작했고, 1910년에는 첫 소
설집 『반짝이는 죽음Schemeringen van de dood』을 출간한다.
시골의 목가적인 풍경을 묘사한 이 작품집은 꾸준한 인
기를 누렸고, 도덕적, 육체적인 위기를 겪은 후 쓴 삶의 송
가 『팔리에테Pallieter』(1916)로 명성을 얻었다. 이 소설에
서 자신의 고향 브라반트를 낙원으로 묘사했고, 감각적이
면서 신비로운 플랑드르 특유의 삶을 대변하는 인물의 전
형인 팔리에테를 창조했다. 그는 열렬한 플랑드르 민족주
의 운동가였으며, 1차 세계대전 후 독일이 플랑드르를 점
령하자 네덜란드로 피신했다가 돌아와서는 민족주의 잡
지 〈볼크〉의 편집자로 활동했다. 한때 독일 경찰 사이에서
는 요주의 인물이었으나, 독립 후인 1944년 이후에는 나
치 부역자로 몰려 여러 차례 가택 연금에 처해졌다. 장편
소설과 단편소설 이외에도, 화가 피테르 브뢰헐의 낭만적
인 전기를 비롯해 기행문, 자전적 작품과 희곡 등을 썼다.
「이집트로의 도주: 크리스마스 전설」은 1923년 단편집
『동방박사 3부작Driekoningentriptiek en De ivoren fluit』에 실린
것이다.

이집트로의 도주
: 크리스마스 전설

사람들 몰래 아기 예수 가족을 지키는 천사가 잠들었다. 잠 앞에
는 장사가 없다. 사도이자 천사인 이것은 야간에만 지킴이를 한
다. 더욱이 어제는 동방박사들이 방문을 한 아주 힘든 하루였다.

　하지만 한밤중에 마구간 대들보가 엄청난 소리를 내며 쪼개
지는 바람에 천사가 잠에서 깼다.

　"살려주세요! 천사 살려!"

　아이고, 끔찍한 냄새! 고약한 악취! 천사는 하늘에 있는 다른
천사들을 부르기 위해 긴급 나팔을 붙잡았다. 하지만 그럴 필요
가 없었다. 그건 악마가 아니었다. 천사는 주먹을 둥글게 쥐고 오
른쪽 눈으로 가져가 주먹 사이에 생긴 둥근 홈을 통해 저 멀리 내
다보았다.

그랬다! 그건 바로 헤롯 왕의 욕지기나는 생각이 풍기는 냄새였다. 마치 부글부글 끓고 있는 냄비에서 증기가 새어 나오듯 욕지기나는 생각이 헤롯 왕의 둔한 머리통에서 솔솔 흘러나오고 있었다. 놀랍고 경악스러워 두려움이 천사를 엄습했다. 천사는 그 악취를 몰아내기 위해 즉시 날개로 부채질을 했다. 성 요셉에게 경고를 해주어야 했다. 천사는 졸린 눈을 비비고 황금빛 곱슬머리를 흔들고 나서, 여행용 가방에서 은으로 만든 미사복을 꺼내 걸쳤다. 천사는 천상의 존재다운 자태를 취하고 성 요셉의 꿈에 나타났다. 성 요셉은 신실한 사람이었기에, 천사는 그를 위해 성장을 했다. 새하얀 수염이 덥수룩한 성 요셉은 깊은 잠에 빠져 있었다. 그의 가슴은 세 사람의 동방박사가 아기 예수에게 가져다준 황금과 유향과 몰약과 그들이 표한 경배로 인해 기쁨과 영광으로 가득 차 있었다. 하지만 가난한 사나이가 그렇게 많은 황금으로 무엇을 해야 한단 말인가? 성 요셉은 황금을 베들레헴에 있는 현자에게 가져가려 했다. 한참 황금과 경배에 대한 꿈에 푹 빠져 있을 때 천사가 나타나 오르간이 울려 퍼지는 듯한 목소리로 말했다.

"도망치세요, 얼른 이곳을 빠져나가세요! 헤롯 왕이 내일 아기 예수를 죽이라는 명령을 내릴 거예요."

성 요셉은 벌떡 일어났다. 아직 캄캄한 밤이었다.

"그냥 꿈일 뿐이야!"

잠이 다시 찾아왔지만 성 요셉은 꿈을 그냥 예사롭게 넘기면 안 된다는 것을 경험을 통해 잘 알고 있었다. 그는 고집스럽게 눈을 떴고 일어나서 램프에 불을 붙였다. 아기 예수와 관련된 일이다! 서둘러야 했지만 연약한 아기 예수와 마리아를 위해 아주 조심스럽게 채비를 차렸다.

성 요셉이 희미한 불빛의 램프를 마리아에게로 가지고 다가가자 램프는 외경심과 호기심으로 불꽃을 더 넓게 부풀렸다. 램프는 크리스마스에 단 한 번 성모마리아를 볼 수 있도록 허락되었기 때문이다. 밝은 빛을 비추기 위해 어찌나 애를 썼던지! 램프는 온 마구간을 자신의 빛으로 가득 채웠다! 램프는 선량하긴 했지만 그리 영리하지는 않았다. 가엾은 램프는 마구간을 온통 채우고 있는 빛이 천사의 빛이라는 걸 깨닫지 못했다. 램프는 다시 한번 더 환한 빛을 비추고 싶었다. 램프는 기름을 마음껏 들이켜고는 불꽃을 부풀렸다. 하지만 불꽃은 달걀보다도 크지 않았다.

'기름에 문제가 있어.' 램프는 생각했다.

"아니야, 문제는 심지라고." 기름이 말했다.

"어림없는 소리! 불꽃이 문제라고." 심지가 말했다.

"무슨 소리! 내가 아니야. 램프가 문제란 말이야." 불꽃이 단

호하게 말했다.

램프는 자기 자신과 계속 말다툼을 하는 사이에도, 오늘 밤 정말로 아름다운 빛을 발해 성 요셉이 기뻐하는 모습을 보려 노력했다.

마리아는 갓난아기를 팔에 안고 짚단 위에 누워 있었다. 지푸라기들은 마리아를 부드럽게 감싸주었다. 성 요셉은 발끝으로 살금살금 다가가 마리아를 깨우기 위해 집게손가락으로 조심스럽게 그녀의 어깨를 건드리며 속삭였다. "마리아."

'저렇게 해선 아무도 못 깨우지.' 밤이 생각했다.

마리아는 손으로 가볍게 톡 건드리기만 해도 맑은 소리를 내는 투명한 크리스털 포도주 잔 같았다.

"요셉, 무슨 일이에요?" 마리아가 물었다. 그녀의 갸름하고 창백한 얼굴의 커다란 두 눈동자에서 경이로움이 번득였다.

마리아가 깊은 영혼과 하늘을 머금은 눈을 떴을 때, 램프는 깜짝 놀라 불꽃을 깜박거리며 마리아를 비추기 위해 불꽃을 넓혀야 한다는 사실을 깜빡 잊었다. 검은 벨벳 옷을 입은 밤의 여왕도 놀라움으로 옷에 박힌 별들을 반짝이지 못했다. 왜냐하면 평상시 밤의 여왕은 눈을 감고 자는 마리아만 보아왔기 때문이었다.

"잘 들어, 이 꼬마 녀석." 밤이 업신여기는 투로 램프에게 말했다. "사랑스러운 마리아를 잘 볼 수 있게 기름 좀 아끼지 말란 말이야!"

"똑똑히 들으세요, 여사님." 약간 화가 난 램프가 대답했다. "당신의 그 망할 놈의 양철 뚜껑이나 좀 끌어내리시죠!"

특별한 날에 밤이 은빛 달을 내보내는 건 당연한 일이었다. 하지만 오늘은 마리아를 더 잘 보기 위해 벨벳 외투를 한쪽으로 밀쳐놓고, 하늘을 다이아몬드처럼 빛나는 별들로 가득 채웠다. 우리의 사랑스러운 마리아의 얼굴이 밝게 빛났다.

"봤지, 내가 얼마나 환하게 빛을 내는지!" 밤이 으스대며 말했다. 하지만 램프는 경이로운 마음에 푹 젖어 있었기 때문에 그 소리를 듣지 못했다.

"우리는 이곳을 떠나야 하오. 천사가 꿈에 나타났소. 헤롯 왕이 갓난아기를 죽이려 하오!" 성 요셉이 말했다.

마리아의 커다란 눈동자는 두려움으로 더욱 커졌다. 그러고 나서 눈을 감은 마리아의 창백한 얼굴에는 순종하겠다는 겸허함이 가득 담겨 있었다.

놀라움과 고통스러움으로 작은 마구간은 무너져버릴 것 같았다. 마구간은 완전히 자제력을 잃고 돌처럼 굳어버렸다. 마구간은 요셉이 마리아를 도와 일으켜 세우고 공구들을 찾아 보따리를 꾸려 다시 한번 신중하게 사방을 둘러보고 모두 함께 빠져

나가는 모습을 바라만 보았다. 램프와 별, 밤이 그들과 함께 길을 떠났다.

고통으로 우지끈 소리를 내며 마구간이 무너져내렸다.

도주를 돕기라도 하는 양 밖은 아주 캄캄했다.

램프는 부분 부분 길을 비추어 웅덩이와 걸려 넘어질 수도 있는 돌멩이를 보여주었으며, 밤은 반짝이는 별들로 북쪽으로 가는 길을 안내해주었다.

그런데도 마리아는 두려움에 떨며 말했다. "아, 여보. 어제 알았다면 얼마나 좋았을까요!" 그건 바로 어머니의 마음이었다. 시간은 늘 그렇게 촉박해서 서두르게 한다.

"잠깐만!" 성 요셉 일행이 농가 옆을 지나칠 때 수탉이 말했다. 그러고는 우렁찬 소리로 새벽을 알렸다. 수탉은 생전 그렇게 큰 소리로 울어본 적이 없었다.

"너 미쳤어?" 거만한 밤의 여왕이 소리쳤다. "밤의 여정을 끝내려면 아직 멀었다고!"

하지만 수탉은 어쨌거나 이 고귀한 부인네와 거의 같은 수준인 양 뻐기며 대답했다. "우리 하느님 아버지께서 너는 도랑에나 빠지라는데?"

수탉은 두 번째 새벽을 알리는 소리를 내기 위해 눈을 감고 다시 한번 가슴을 펴고 뻐겼다. 하지만 더 이상 그럴 필요는 없었다. 어두운 동쪽 하늘이 갑자기 갈라지더니 하늘 저편에서 황금빛 섬광이 번득였다. 대지를 밝히기 위해 피로에 지친 태양이 헐떡이며 떠올랐다. 태양은 정말로 숨이 찼다. 방금 어둠 속에 남아 있는 거대한 대륙을 두 개나 건너뛰어야 했다. 그건 쉬운 일이 아니었다. 하느님의 명령으로 하늘에 떠 있는 것만큼이나 어려운 일이었다. 하지만 하느님 아버지를 섬기려면 그 정도는 아무 일도 아니었다!

그러나 저 아래 인간 세계는 대혼란이 일었다.

"도대체 어찌 된 일이야?" 농부들이 말했다. 벽시계는 이제 겨우 새벽 3시인데 2월에 벌써 날이 밝다니! 시계가 잘못된 게 아니었다. 시계태엽을 잘못 감은 것도 아니었다. 농부는 일어나 일을 하기 시작했다. 시내에 쪼그리고 앉아 맥주를 마시며 한참 밤의 환락을 즐기고 있던 사람들은 밤이 빨리 지나가버린 바람에 깜짝 놀랐다. 그들은 시곗바늘을 돌려놓은 게 아니냐며 술집 여주인과 말다툼을 벌였다.

일 때문에 7시에 여행을 떠나려고 6시에 시계를 맞추어놓았던 상인들은 날이 밝자 깜짝 놀라 벌떡 일어나서는 황급히 침대에서 나와 아침도 거른 채 역마차가 있는 곳으로 달려갔다. 마차는 아직 떠나지 않고 있었다.

"내가 시계를 맞추어놓고 잔다는 게 깜박했나 봐." 마부가 말했다.

대혼란 그 자체였다. 하지만 어느 누구 한 사람도 태양이 잘
못했을 거라 생각하지 않았다. 오로지 시계 탓으로 돌렸다.

당황하기는 헤롯 왕도 마찬가지였다. 헤롯 왕은 제일 먼저 왕
의 시계를 관리하는 감독자를 해고시켰다. 이 못된 놈이 틀림없
이 엉터리 같은 동방박사 세 사람과 한패일 거라 여겼다. 장군은
매우 노련하게 대처했다. 장군은 끔찍한 영아 살인을 완수하기
위해 은밀히 베들레헴으로 떠났다. 부대가 출발했다. 군인들은
마을을 사방에서 포위했고, 나팔 신호에 맞추어 늑대들처럼 집
집마다 쳐들어가 엄마 품에 안겨 있는 어린 아기들을 떼어내 칼
로 죽였다.

"아직 저 위에 마구간이 남아 있다!"

장군이 소리쳤다. 하지만 그곳에 도착했을 때 그들은 깜짝 놀
랐다. 마구간은 완전히 무너져 있었다. 이웃에 있던 한 농부가 말
했다.

"마구간에 있던 사람들은 벌써 도망갔다우. 어제 동방에서 아
기를 경배하기 위해 왕이 세 명이나 왔었다우!"

장군은 분노로 제정신이 아니었다.

"그 아기가 바로 우리가 죽여야만 하는 새로운 왕이다! 자, 일
어나서 나아가라! 그들을 뒤쫓을 것이다!"

약삭빠른 한 장교가 대위에게 부드러운 땅 위에 찍힌 마리아와 요셉의 발자국을 알려주었다.

"이 발자국만 쫓아가라! 한 시간 뒤면 그들은 우리 손아귀에 있을 것이다. 헤롯 왕께서 직접 목을 벨 수 있도록 새로운 왕을 생포해서 헤롯 왕께 데려가자!"

그곳에서부터 이어져 있는 감출 수 없는 발자국을 따라 말들이 돌진했다.

이 지점에서 우리는 아기 예수 가족을 눈에 띄지 않게 따라다니며 보호하는 천사를 잊어서는 안 된다. 이 천사는 바람과 빛을 염두에 두고 구름에 주의를 기울이며, 그 어떤 위험이라도 즉시 발견할 수 있게 때때로 주먹을 둥글게 쥐고 저 먼 곳을 살폈다.

램프는 환하게 빛을 발하는 태양의 머리를 보자마자 부끄러움으로 희미하게 꺼져버렸기에, 더 이상 램프에 대해서는 할 말이 없다. 밤의 여왕은 재빨리 검은 외투를 걷어 사라져버렸기 때문에 사람들은 더 이상 밤을 볼 수 없었다.

성 요셉과 마리아는 서둘러 발길을 재촉했다. 성 요셉은 갓난아기뿐만 아니라 공구와 옷 보따리, 두려움과 걱정 등 모든 것을 짊어졌다. 그리고 마리아는 요셉의 어깨에 머리를 기댔다.

"너무 피곤해요." 마리아가 말했다.

"잠시만 쉽시다." 성 요셉이 대답했다.

그들이 나무 그루터기에 앉으려는 순간, 어디선가 들려오는 끔찍한 비명 소리에 마리아는 화들짝 놀라 벌떡 일어났다. 그녀는 주위를 둘러보았다. 건너편 초원에 당나귀 한 마리가 서서 녹슨 펌프에서 나는 듯한 소음을 내고 있었다.

"우리에게도 당나귀가 한 마리 있으면 좋을 텐데!" 성 요셉이 말했다.

이게 어찌 된 일인가! 그 말을 하자마자 당나귀가 첨벙첨벙 개천을 가로질러 발을 구르며 성 요셉과 마리아에게 다가왔다. 물론 완전히 자유 의지로 스스로 온 것은 아니었다. 눈에 보이지 않는 천사가 풀밭에서 당나귀의 귀에다 속삭였다.

"작은 당나귀야, 이제부터는 말을 잘 들거라. 저분은 우리의 예수그리스도이시다."

그러고 나서 무슨 일이 있었는지 당나귀에게 자세하게 이야기해주었다. 진정으로 용감하고 품위 있게 행동하게 하기 위해 당나귀에게 경고를 하며, 나중에 성경에 길이 남을 멋진 이름을 지어주겠다고 약속했다.

"그러면 말처럼 아름답게 되는 건가요?" 당나귀가 호기심에 가득 차서 물었다.

"아니야, 한번 태어난 것은 그대로 살아야 해. 하지만 네 이름은 가장 아름다운 말의 이름보다도 훨씬 멋진 이름이 될 거야.

사람들이 너를 신의 당나귀라고 부르게 될 거야." 천사가 대답했다.

"이름 따위는 아무 의미 없어! 나는 이름 있는 당나귀보다 이름 없는 말이 되는 편이 훨씬 좋아. 천사님이 원하시는 걸 기꺼이 해드리지요. 어디까지나 하느님에 대한 감사의 마음에서 하는 거예요. 말로 바뀔 수 없다면 그냥 이름 없는 평범한 당나귀로 살겠어요." 당나귀가 말했다.

천사는 당나귀를 성 요셉에게로 끌고 갔다. 성 요셉은 친근하게 당나귀의 커다란 머리의 눈과 눈 사이를 쓰다듬어주었다.

"착하구나. 아아……, 우리에게도 이런 당나귀가 있으면 좋을 텐데!" 성 요셉이 말했다.

당나귀는 널찍한 모자 달린 외투에 싸여 마리아의 품에 안겨 있는 푸른 눈동자의 아기를 유심히 들여다보았다.

'이분이 인류를 구원하기 위해 오신 우리의 구주 예수그리스도라고?' 당나귀는 약간 어리둥절해하며 생각했다. '이해를 못 하겠군. 도대체 인간은 뭘 더 바라는 거야? 인간은 말과 당나귀한테는 신 같은 존재라고! 구주 예수그리스도는 차라리 우리 당나귀들이나 구원하러 오시는 편이 훨씬 낫지 않았겠어? 도대체가 이해할 수 없군. 나는 고작 당나귀인데 말이야. 만일 내가 말이라면, 모든 것이 명백할 텐데!'

물론 당나귀는 그 밖에도 많은 것들에 대해 깊이 생각했다. 하지만 그것들을 이해할 수 있을 만큼 똑똑하지 않았기 때문에, 당나귀는 이제 그만 생각하는 것을 포기하고 잘려나간 나무 그루터기 옆에서 엉겅퀴를 찾기 시작했다. 당나귀는 아주 질이 좋은, 억세고 뾰족뾰족한 엉겅퀴를 발견하자 뿌리째 삼켰다.

"서두릅시다, 마리아. 계속 가야 하지 않겠소?" 성 요셉이 걱정스러운 듯 말했다.

마리아는 한숨을 쉬었다. 마리아는 성 요셉의 어깨에 머리를 기댄 채 다시 아침을 가르며 걷기 시작했다. 아직 주위는 싸늘했지만 그래도 태양은 밝게 빛났다.

그때 당나귀가 그들의 뒤를 쫓아 성 요셉 옆으로 달려갔다.

"가거라, 착하지. 네가 있던 초원으로 돌아가거라! 너는 우리 것이 아니란다!" 성 요셉이 말했다.

하지만 소용없었다. 당나귀는 계속 따라왔다. 성 요셉은 당나귀에게 부정함과 불순종에 대해 충실한 설교를 했다. 하지만 채 반도 끝내기 전에 말했다.

"좋아, 네가 절대적으로 우리와 같이 가기를 원한다면, 나도 하는 수 없지. 하지만 나는 결백하단다. 나중에 우리가 되돌아올 수 있게 되면 내가 네 주인을 찾아가 모든 정황을 설명할게."

그러고 나서 마리아에게 말했다.

"신께서 우리에게 이렇게 착한 당나귀를 보내주셨소. 당나귀 등에 타시오!"

신기하게도 당나귀는 마리아가 등에 타기 쉽게 해주기 위해 무릎을 꿇고 몸을 숙였다. 이제 당나귀는 성스러운 임무를 띠고 유쾌한 마음으로 총총 걸었다. 성 요셉은 당나귀와 속도를 맞추려 애를 썼다. 착한 요셉은 만족해하며 생각했다. '이제는 헤롯 왕도 더 이상 우리를 쫓아오지는 못할 거야!'

하지만 천사는 경계를 늦추지 않고 계속 먼 곳을 유심히 살폈다. 그때 갑자기 헤롯 왕의 군대 소리가 가까이서 들렸다. 천사는 잠시 동안 부상당한 새처럼 이리저리 날아다녔다. 무엇을 어찌해야 할지 결정하지 못했다. 그때 천사는 좋은 생각을 전해주는 빛을 만났다. 빛은 들판의 나비처럼 대기 중에서 팔랑거렸다. 모든 것들은 각자의 이름이 있고 저마다 정해진 의무가 있다.

"친애하는 빛이여!" 천사가 소리쳤다. "우리 아기 예수가 위험에 처했노라. 헤롯 왕이 그를 쫓고 있도다! 어찌하면 좋겠느냐?"

"은빛 지킴이시여, 폭설 살포기를 부르시옵소서."

이렇게 말하고 빛은 어떤 예술가 혹은 예언가에게 날아갔다.

그때 천사가 나팔을 불었다. 새로운 크리스털 별을 만드느라 정신없이 바쁜 폭설 살포기가 그 소리를 듣자마자 자신을 부르는 소리임을 알아챘다. 비틀거리며 아래로 내려가 수호천사와 몇 마디 이야기를 나눈 후 다시 쑥쑥 커지기 시작했다.

눈 깜짝할 사이에 북쪽에서부터 구름층이 올라가기 시작했다. 태양이 아래로 내려앉아 빛이 흐리고 탁하게 변하자, 함박눈이 땅 위로 펑펑 쏟아지기 시작했다.

장군이 어떻게 도망쳤는지 상상할 수 있다. 눈 속에 발자국은 사라지고, 갈림길이 나오자 장군은 완전히 당황했다. 장군은 군인들을 사방으로 나누어 보냈다. 그중 장군이 직접 이끄는 무리가 제대로 된 방향을 선택했다.

즉시 천사는 밀려오는 위험을 눈치챘고, 흥분하고 당황하여 이리저리 팔랑거렸다. '이제 어쩌지?'

그때 꼭대기에 까치 둥지가 있는 줄기가 텅 빈 커다란 나무가 천사의 눈에 띄었다. 천사는 옛이야기에 종종 나오는 것처럼 아기 예수 가족을 나무 속에 숨게 한 뒤 거미줄로 입구를 막으려고 했다.

'하지만 장군도 이 방법을 잘 알고 있다면, 속아 넘어가지 않을 텐데!'

"나무야, 나무야, 날 좀 도와주렴!" 천사가 큰 소리로 말했다. 나무가 땅 아래로 몸을 숙이자 갑자기 거센 바람이 휘몰아쳤다. 천사는 나무가 땅에 머리를 숙인 채 가만히 있게 하기 위해 나무릎을 있는 힘껏 꽉 움켜잡았다. 성 요셉은 빛을 통해 자신들이 구원받으리라는 운 좋은 영감을 얻었다.

"마리아, 이 둥지 안으로 올라가시오!"

마침 까치 둥지는 왕좌만큼이나 컸다. 마리아가 아기 예수를 안고 들어가 앉았고, 성 요셉이 그 옆에 앉았다.

"당나귀야, 이리 와. 네가 앉을 자리도 있어." 천사가 말했다.

"푸하하! 나를 우습게 만들 작정이군! 말이 될 수 없다면 새처럼 나무 꼭대기에 앉아 있지도 않겠어!" 당나귀가 말했다.

구부려놓았던 나무를 놓자 나무는 서서히 몸을 일으켜 세웠다.

잠시 후 군인들이 나무에 도착했다.

"입구에 거미줄이 있어도 나무 속을 샅샅이 뒤져라!" 장군이 하사관에게 명령했다.

"안에 아무도 없습니다! 꼬리를 내밀고 있는 당나귀밖에 없습니다!" 하사관이 말했다.

"빌어먹을 당나귀 같으니!" 장군이 욕을 했다.

당나귀와 하사관은 둘 다 기분이 언짢았다.

"빌어먹을!" 대위는 고함치더니 말을 타고 계속 달려갔다.

눈이 멈췄다. 구름층도 갈라졌고, 불타오르는 공 같은 붉은 태양도 서쪽으로 기울어졌다.

"마리아."

태양 아래 서쪽의 수평선을 가리키며 성 요셉이 말했다.

"저기가 바다요! 내일 우리는 작은 배를 탈 수 있을 거요."

밤의 여왕은 별이 가득한 외투를 입고 다시 찾아왔다. 별들은 이제까지 한 번도 그런 적이 없을 만큼 밝게 반짝였다. 성 요셉과 마리아는 까치 둥지 안에서 포근하게 앉아 있었다.

당나귀는 몸을 골고루 따뜻하게 하기 위해 꼬리와 머리를 번갈아가며 나무 구멍에 넣었다 뺐다 하면서 시간을 보냈다.

다음 날 아침 일찍 나무는 땅으로 몸을 숙였고, 성 요셉 일행은 바다로 향하는 작은 오솔길 위에 내려섰다.

바다의 해안선은, 브뤼헤에서 만들어진 아름다운 레이스보다도 더 환상적으로 보였다. 모래사장에는 조가비들이 레이스의 꽃무늬처럼 아름답게 여기저기 널려 있었다. 물론 그곳에는 작은 배와 수염이 덥수룩하고 햇볕에 그을린 구릿빛 피부의 뱃사공이 있었다. 혹시 천사가 변장한 것인지 누가 알겠는가!

뱃사공은 먼저 성 요셉 일행을 바다 저편으로 실어주겠다고 말했다. 작은 배는 바다를 향해 출발했다. 그들은 구원받았다!

당나귀는 바닷가에서 그들을 바라보았다. 당나귀는 배에 타길 원하지 않았다. 결국 당나귀는 고집불통이었다. 그렇지 않으면 당나귀가 아니었겠지! 당나귀는 그들을 바라보며 꼬리를 흔들어 인사를 전했다.

방카

안톤 체호프

Антóн Пáвлович Чéхов
1860~1904

러시아 서부의 항구 도시 타간로크에서 태어났다. 어려서부터 스스로 학비를 벌며 공부하던 그는 1879년에 모스크바 대학교 의학부에 입학했고, 생계 때문에 오락 잡지에 단편소설을 기고하기 시작했다. 1884년 의사 자격을 얻은 후 결핵을 앓는 와중에도 의료 봉사와 글쓰기를 병행하며 풍자와 유머가 담긴 뛰어난 작품을 많이 남겼다. 이 무렵 그에게 당대 최고의 작가 그리고로비치가 천재적인 재능을 낭비하지 말고 문학에 집중하라는 조언의 편지를 보내온다. 이후 작가로서의 자각을 새로이 하여 단편집 『황혼 В сумерках』(1887)으로 푸슈킨상을 받고 희곡 『이바노프 Иванов』(1887), 중편소설 『대초원 Степи』(1888)을 발표하며 그동안의 스타일에 작별을 고했다. 1890년에는 사할린 섬으로 가 당시 제정 러시아의 유형 제도를 면밀히 관찰하고 이에 관한 르포르타주 『사할린 섬 Остров Сахалин』(1895)을 발표한다. 이 작품은 대중의 엄청난 주목을 받았으며, 사할린에서 만난 하층민 유형수들과 정부 제도의 부조리는 이후 발표되는 그의 작품이 민중의 삶에 더욱 밀착하는 계기가 되었다. 사할린에서 돌아온 그는 악화된 건강에도 불구하고 『갈매기 Чай ки』, 『세 자매 Три сестры』, 『벚꽃 동산 Вишнёвый сад』 등의 걸작을 발표하며 활발한 창작 활동을 했으나 1904년 요양차 떠난 독일에서 숨을 거뒀다.

「방카 Ванька」는 1886년 12월 25일 상트페테르부르크 신문에 처음 발표한 것이다.

방카

3개월 전부터 제화공 알랴힌의 집에서 도제로 있는 아홉 살의 방카 슈코프는 크리스마스이브 밤에 잠을 이루지 못했다. 사부님과 다른 도제들이 예배를 드리러 교회에 가기를 기다렸다가 사부님의 책꽂이에서 잉크병과 펜을 꺼내 들고 편지를 쓰기 위해 꼬깃꼬깃 구겨진 종잇조각을 폈다. 첫 글자를 쓰기 전 방카는 겁에 질려 두서너 번 문과 창문 쪽을 둘러보았고, 창문 사이 벽에 걸린 어두운 성화를 곁눈질로 흘끔거렸다. 그리고 여러 번 한숨을 내쉬었다. 방카 슈코프는 종이를 의자 위에 올려놓고 무릎을 꿇고 편지를 쓰기 시작했다.

'사랑하는 콘스탄틴 마카리치 할아버지께! 이제야 할아버지께 편지를 씁니다. 할아버지, 메리 크리스마스. 그리고 새해 복

많이 받으세요. 저한테는 이제 아빠도 엄마도 안 계시고 오직 할아버지뿐이잖아요.'

방카의 시선이 깜박거리는 촛불이 반사된 어두운 창문을 향했다. 할아버지의 모습이 생생하게 떠올랐다. 할아버지는 대농장 소유주인 시바로프 씨 댁에서 야간 경비원으로 일하고 계셨다. 작고 야위셨지만 비범할 정도로 민첩하고 활력이 넘치는 분이다. 올해로 65세이신 할아버지는 늘 취한 듯한 눈빛에 웃는 얼굴을 하고 계셨다. 낮에는 하인들이 일하는 부엌에서 주무시거나, 아니면 요리하는 아주머니들과 농담을 주고받으셨다. 하지만 밤에는 넓은 양가죽을 덮어쓰고 경비봉을 딱딱 두드리며 농장 주위를 절도 있게 순찰하셨다. 그런 할아버지 뒤를 고개를 숙인 늙은 개 카찬카와 어린 강아지 뷴이 터덜터덜 뒤쫓았다. 뷴은 '작은 악마'라는 뜻인데, 완전히 새까맣고 몸통이 가늘고 길기 때문에 마치 족제비 같아 붙여진 이름이다. 뷴은 엄청 비굴하게 굴었고 매우 연약했다. 뷴은 농노들뿐만 아니라 낯선 사람들한테까지 친근하게 굴었다. 그런데도 뷴은 사랑받지 못했다. 뷴의 붙임성과 굴종 뒤에는 음흉한 술책이 숨겨져 있었다. 뷴보다 더 제때에 살금살금 접근해 사람 장딴지를 덥석 물거나, 얼음 창고에 침입하거나, 또는 농가의 닭을 능숙하게 훔칠 수 있는 개는 없었다. 사람들은 이미 여러 번 뷴의 뒤에다 몽둥이를 집어 던져

뒷다리를 확실하게 부러뜨려놓았고, 두 번은 직접 잡았다. 븐은 거의 매주 몽둥이로 두들겨 맞았지만, 그래도 항상 구사일생으로 도망쳤다.

틀림없이 할아버지는 지금 이 시간 마당으로 연결된 출입문 입구에 서서 빛을 발하는 마을 교회 창문을 지그시 건너다보시거나, 털장화를 신고 한 발씩 차례로 중심을 번갈아가며 옮기고 있거나, 하인들과 농담을 하고 계실 것이다. 경비봉은 허리춤에 매달고 양손을 비벼가며 추위에 몸을 떨면서 노인네다운 익살로 시녀들과 요리하는 아주머니들을 놀려대시는 거다.

"코담배 피울라우?"

할아버지가 코담배 통을 아낙네들에게 내밀며 묻는다. 그러면 여자들은 코담배 냄새를 맡아보고는 재채기를 해댄다. 할아버지는 유달리 이 장난을 즐기셨다. 할아버지는 흥겨워하며 한바탕 웃고는 큰 소리로 말씀하셨다.

"젠장! 썰렁했냐?"

개들도 코담배를 피워야만 했다. 카찬카는 재채기를 하며 코를 찌푸리고는 기분 나쁘다는 듯 사라져버렸다. 반대로 븐은 충성심에서 재채기를 하지 않고, 꼬리를 흔들어댔다. 날씨는 맑고, 공기는 잔잔하며 신선했다. 밤에는 캄캄해지지만, 하얀 지붕의 온 마을을 볼 수 있었고, 굴뚝에서 피어오르는 연기 구름도 볼 수 있었다. 은빛으로 뒤덮인 나무들과 쌓인 눈 더미도 볼 수 있었다. 즐거운 듯 반짝반짝 빛나는 별들이 온통 하늘을 뒤덮었고, 축제일 전에는 눈으로 새하얗게 닦여 반짝반짝 빛나는 은하수를 선명하게 볼 수 있었다.

방카는 한숨을 내쉬며 펜에 잉크를 묻혀 다시 편지를 쓰기 시작했다.

'어제는 매질을 당했어요. 사부님이 머리채를 잡고 마당으로 끌고 나가 가죽띠로 저를 때리셨어요. 제가 사부님 아기의 요람을 흔들었어야 했는데 깜박 졸았거든요. 바로 그 전 주에는 사모님께서 제게 청어를 손질해놓으라고 하셨는데, 꼬리부터 시작했다고 청어로 제 머리를 때리셨어요. 어찌나 다른 도제들이 저를 놀리던지⋯⋯. 전 그들을 위해 선술집에서 독주를 가져다주어야 했고, 사부님의 집에서 오이를 훔쳐다 주어야 했어요. 사부님은 닥치는 대로 손에 잡히는 걸로 절 때리셨어요. 게다가 음식은 아주 형편없었어요. 아침에는 빵, 점심에는 보리죽, 저녁에는 또 빵. 자기들만 차를 마시고 양배추 수프를 다 먹어치웠어요. 그리고 잠은 마룻바닥에서 자야만 해요. 행여 이 집 아기가 울기라도 하면 도대체가 한숨도 잘 수가 없어요. 사랑하는 할아버지, 바라건대 친절을 베푸시어 절 좀 이곳에서 데려가주세요. 집으로 데려가주세요. 전 더 이상 이곳 생활을 견딜 수 없을 것 같아요……. 할아버지를 위해 평생을 기도하겠어요. 간곡히 청하건대 부디 절 이곳에서 데려가주세요. 그렇지 않으면 전 죽고 말 거예요…….'

방카는 입을 실룩거리며 더러운 주먹으로 눈을 비비다 흐느껴 울기 시작했다.

'할아버지 코담배를 썰어드리고 싶어요. 할아버지를 위해 하느님께 기도할게요. 만일 제가 옳지 못한 짓을 하게 되면 절 호되게 때리세요. 제가 아무 일도 못 할 거란 생각은 하지 마세요. 집사에게 부탁해서 구두를 닦을 수 있게 허락받을 거예요. 아니면 양치기도 할 수 있어요. 사랑하는 할아버지, 전 더 이상 못 견디겠어요. 정말 죽을 것 같아요. 정말 걸어서라도 집으로 가고 싶어요. 하지만 전 장화도 없어요. 추위가 무서워요. 제가 조금 더 크면 할아버지를 모실게요. 그리고 다른 사람이 할아버지를 괴롭히지 못하도록 할 거예요. 그리고 할아버지께서 돌아가시면 엄마를 위해 하는 것과 똑같이 할아버지를 위해서도 예배드릴게요. 모스크바는 정말 대도시예요. 곳곳에 영주의 대저택과 말들이 많이 있어요. 하지만 양도 없고 개도 물지 않아요. 이곳에서는 아이들이 별을 보러 주위를 돌아다니지도 않고, 교회 합창에 맞춰 노래를 부를 수도 없어요. 한번은 진열창에 전시되어 있는, 끈에 단단하게 고정된 낚싯바늘들을 본 적이 있어요. 어떤 물고기든 잡을 수 있는 그 바늘들은 모두 아름다웠어요. 그곳에는 갈고리 낚싯바늘도 있었는데 그 고리로는 50파운드나 나가는 큰 메기도 놓치지 않고 꽉 붙잡을 수 있을 것 같았어요. 그리고 어떤 가게에는 나리들이나 갖고 있는 총도 있었어요. 아마 한 개에 100루블은 족히 나갈 거예요. 그리고 정육점에는 커다란 뇌조 수컷과 자고새, 그리고 토끼가 걸려 있었어요. 하지만 가게 주인들은 그 동물들을 어디에서 사냥했는지 말해주지 않아요. 사랑하는 할아버지, 영주님 댁에 크리스마스 선물이 있을 때면 저를 위해 크리스마스트리에서 황금 호두를 몰래 가져와 할아버지의 녹색 상자에 넣으셨죠. 그러고는 올가 이그나티예브나 양에게 방카를 위한 것이라 말씀하셨죠.'

방카는 크게 한숨을 쉬고 나서 다시 한번 창문 쪽을 바라보았다. 방카는 할아버지께서 매해 영주님을 위해 숲에서 전나무를 구해 온 사실이 떠올랐다. 항상 방카는 할아버지와 함께 갈 수 있었다. 정말 잊을 수 없는 날이었다. 할아버지께서는 추위에 신음을 하셨고, 얼어붙은 땅도 신음했고, 방카 자신도 그 소리를 듣고 신음했다. 할아버지께서는 전나무를 쓰러뜨리기 전에 한참을 서서 파이프 담배를 피우시고, 조심스럽게 코담배를 맡으시더니 떨고 있는 방카를 놀리셨다. 서리 덮인 전나무들은 꼼짝 않고 기다렸다. 그중 한 나무는 목숨을 잃어야만 하기 때문이다.

그때 갑자기 어디선가 토끼 한 마리가 쏜살같이 눈 위를 달려간다. 그럴 때면 할아버지는 진정하지 못하고 흥분해서 소리치시곤 했다. "저놈 잡아! 저놈 잡아라! 아이고, 꼬랑지도 없는 무뢰한 같은 놈!"

할아버지는 전나무를 시바로프 씨 댁으로 옮겨와 장식을 했다. 방카의 후견인인 올가 이그나티예브나 양이 가장 많이 신경을 썼다. 방카의 엄마는 살아 계실 때 영주님 방 청소를 담당하셨는데, 올가는 어린 방카에게 맛있는 과자도 가져다주고 글쓰기, 읽기, 100까지 세기, 심지어 카드리유 곡에 맞춰 추는 춤까지 가르쳐주었다. 하지만 방카의 엄마가 죽고 난 후 고아가 된 방카는 할아버지가 계신 하인들 방으로 보내졌고, 잠시 그 방에 처박혔다가 부엌으로 옮기게 되었다. 그러고는 모스크바의 제화공 알랴힌에게 보내졌다……

'사랑하는 할아버지, 제발 이리로 오세요. 간곡히 청하건대 여기에서 절 데려가주세요. 불쌍한 고아에게 동정심을 베풀어주세요. 여기에서는 모두가 절 때리고, 배고픔에 시달려야 하고, 모든 것들이 너무 슬퍼서 항상 울 수밖에 없어요. 사부님이 또 제 머리를 가죽띠로 때려서 기절해 일어날 수 없었어요. 제 삶은 불행해요. 개만도 못해요. 알료나에게 안부 전해주세요. 그리고 외눈박이 예고르카와 마부 아저씨께도요. 그리고 제 하모니카는 아무에게도 주시면 안 돼요. 전 할아버지의 손자 이반 쉬코프이고 싶어요. 사랑하는 할아버지, 제발 절 좀 데려가주세요.'

방카는 편지를 네 번 접어 어제 1코페이카를 주고 산 편지 봉투에 넣었다. 한참을 생각한 후에 방카는 봉투에 주소를 적었다.

'마을에 사시는 할아버지께.'

방카는 머리를 긁적이며 생각하더니 다시 적었다.

'콘스탄틴 마카리치 할아버지.'

방카는 만족해하며 모자를 아무렇게나 눌러쓰고 외투도 걸치지 않은 채 셔츠 바람으로 거리로 달려 나갔다.

방카는 며칠 전 정육점에서 사람들에게 물어서 알고 있었다. 우체통에 편지를 넣으면 세 필의 말이 끄는 마차를 탄 술 취한 마부가 맑은 종소리를 울리며 전국 곳곳으로 편지를 보낸다는 사실을. 방카는 제일 먼저 우체통이 있는 곳으로 달려가 그 소중한 편지를 틈새로 집어넣었다.

달콤한 희망이 부르는 자장가에 방카는 1시간 후 기분 좋게 잠들었다. 방카는 커다란 난로 꿈을 꾸었다. 난로 위에 할아버지가 맨발을 흔들며 앉아 계셨고, 요리사 아주머니가 편지를 읽어주고 있었다. 뷴은 난롯가를 기어 다니며 꼬리를 흔들어댄다.

케스트너에게

보내는 편지

요한 볼프강 폰 괴테

Johann Wolfgang von Goethe
1749-1832

독일 프랑크푸르트의 부유한 집안에서 태어나 개인 교습을 받으며 다양한 학문을 익혔다. 라이프치히에서 법을 공부하던 중 만난 안나 카타리나 쇤코프에게 시를 지어 바치기 시작해 1770년 익명으로 『아네트Annette』라는 시집을 발표한다. 1771년 변호사로 개업하고 2년 뒤, 업무상 머물게 된 베츨라르에서 샤를로테 부프를 사랑하게 된다. 1774년에 쓴 소설 『젊은 베르테르의 슬픔Die Leiden des jungen werthers』은 이때의 경험에서 나온 것으로, 주인공 베르테르의 옷차림이 유행하고 모방 자살까지 일어나는 등 유럽 전역에서 폭발적인 인기를 끌었다. 1775년 제2의 고향이 되는 바이마르로 가서 공작의 고문이 되고 1782년에는 귀족 반열에 들었다. 1794년부터 독일문학의 또 다른 거장 실러와 우정을 쌓으며 소설 『빌헬름 마이스터의 수업 시대Wilhelm Meisters Lehrjahre』(1795-1796) 등의 걸작을 내어놓았다. 호기심을 충족시키기 위해 막대한 위험을 감수하는 인간 유형을 만들어낸 극시 『파우스트Faust』를 쓰기 시작해 1부는 1808년에, 2부는 1832년 그가 죽은 후 출간되었다. 서사시와 서정시, 산문과 시극, 비평과 수기, 4편의 소설과 1만여 통의 편지를 남긴 괴테는 독일민족이라는 정체성의 태동기에 독일문화와 독일어에 막대한 영향을 끼쳤다.

「케스트너에게 보내는 편지」는 괴테가 1772년 크리스마스에 친구이자 샤를로테 부프의 약혼자였던 요한 크리스티안 케스트너에게 쓴 보낸 편지이다.

1772년 12월 25일, 프랑크푸르트.

크리스마스 아침이네, 친애하는 케스트너. 하지만 밖은 아직
도 한밤중이네. 나는 아침노을에 글을 쓰려고 일어났지. 이 시간
이 나에겐 가장 머리가 맑고 집중이 잘되는 때라네. 크리스마스
를 기념하는 의미에서 나를 위한 커피를 끓였지. 그리고 이제부
터 한낮이 될 때까지 편지를 쓸 참이네. 종탑을 지키는 종지기가
한껏 그의 노래를 불러젖히는 통에 나는 잠에서 깨어났다네. 예
수그리스도의 탄생을 축하하세! 한 해 중에서 오늘은 내가 가장
좋아하는 날이지. 게다가 사람들이 부르는 노래들도 좋고 말일
세. 뼛속을 파고드는 추위조차 나는 기꺼운 마음으로 즐긴다네.
종지기가 또다시 내 방 창문을 두들기는군. 북풍에 실려 온 그의

멜로디는, 마치 내 방 창문 앞에서 종을 울리는 것 같은 느낌이
네.

　케스트너, 어제는 몇몇 좋은 친구들과 함께 야외로 나갔었네.
우리 모두 어찌나 떠들썩하게 놀았는지, 처음부터 끝까지 수다
떨고 웃느라 난리법석이었지. 저녁이 시작될 무렵 귀갓길에 올
랐는데, 집에 도착하니 어미 어두워져 있었다네. 케스트너, 나는
자네에게 도저히 이 말을 하지 않고는 못 견디겠네. 동쪽에서 모
습을 드러내어 서서히 주위로 퍼져 간밤의 어두움을 감싸 안았
던 태양이 길게 꼬리를 내리고, 이제 서쪽이 어스름한 노을빛으
로 물들어갈 때면, 어김없이 내 영혼은 요동을 치기 시작하네.
이보게 케스트너, 노을빛에 물든 드넓은 대지의 모습은 이루 형
언하기 어려울 만큼 장관을 이룬다네. 어제 역시 나는 그렇게 막
찾아든 푸근한 시간을 즐기며 땅거미가 내려앉은 길을 걸었다
네. 다리 위에 이르자 나는 가만히 멈추어 섰지. 다리 옆의 어슴
푸레한 마을, 조용히 빛을 발하는 지평선, 강물에 비쳐 반사되는
석양빛, 이 모든 것이 내 영혼에 깊은 인상을 주었다네. 나는 서
재로 달려가 연필과 종이를 들고 벅찬 기쁨에 달떠 그림을 그렸
네. 그림은 내 영혼 속에 담은 해 질 녘의 모습 그대로 부드럽고
따스했지. 그림을 본 친구들 역시 나와 함께 기쁨을 나누었고,
내가 느꼈던 감동을 그들도 함께 나누었다네. 나는 그것을 분명

히 알 수 있었지. 나는 그 그림을 걸고 주사위 놀이를 제안했네. 그런데 그 친구들이 이기질 않았겠나. 그들은 나의 그림을 메르크*에게 보내기를 원했다네. 하지만 지금 그 그림은 내 방 벽에 걸려 있네. 그리고 어제와 마찬가지로 오늘도 역시 나에게 기쁨을 주는군. 어쨌든 우리 모두는 행복이라는 큰 선물을 받은 사람들처럼 함께 아름다운 저녁을 보냈다네. 그리고 나는 예수님의 탄생을 어린아이처럼 기뻐할 수 있게 허락하신 하느님께 감사를 드리며 잠이 들었다네.

얼마 전 크리스마스 장터에 가서 수많은 등불과 장난감을 보았는데, 그때 자네 가족과 우리 집 꼬마 녀석들이 생각나더군. 이 자리에 함께 있었으면 하고 말일세. 그리고 동시에 푸른빛 복음서를 들고 나타난 하늘의 전령이 우리 앞에 서서 복음서를 펴들고 설교하는 듯한 영상이 순간적으로 마음속에 떠올랐다네. 내가 자네 집에 있을 수 있었다면 환하게 촛불을 밝히고 크리스마스를 함께 보냈을 텐데 말일세. 그랬다면 그 불빛에 반사되어 하늘의 영광이 아이들의 머리 위로 비추는 모습도 볼 수 있었을 테지.

* 1741-1791, 독일 작가이자 평론가. 괴테의 친구.

시장(市長)의 문지기들이 와서 열쇠를 딸그락거리는 소리가 들리는군. 이웃집 너머로 날이 밝아오고, 교회에서 종소리들이 번져오고 있네. 여기 위층 내 방에서 나는 깊은 감동을 받았네. 오랫동안 지내오면서 지금처럼 내 방이 마음에 들었던 적은 없네. 내 방을 아름답게 장식하고 있는 가장 행복했던 순간의 그림이 나에게 다정하게 아침 인사를 건네고 있군. 자, 그럼 안녕히……. 날이 환하게 밝았군. 신의 가호가 자네 가정에 깃들기를 바라네. 이제 축제가 시작될 시간이야.

크리스마스트리 아래서

테오도르 슈토름

Hans Theodor Woldsen Storm
1817~1888

일상생활의 긍정적 가치를 그려내는 것을 목표로 삼았
던 독일 시적 사실주의의 대표 작가로, 북해와 접한 독일
의 항구 도시 후줌에서 태어났다. 킬과 베를린에서 법학
을 공부하던 중 테오도어 몸젠과 함께 시집을 출간했다.
1849년 중편소설 『이멘 호수Immensee』를 발표했는데, 사
라져버린 어린 시절을 그린 이 소설은 1951년 재출간되
어 독일을 물론 유럽 전역에서 널리 읽혔다. 1852년까지
고향에서 변호사로 일하다가 덴마크가 고향을 점령하자
포츠담으로 이주했고, 이 시기부터 시를 통해 뜨거운 애
국심을 표현했다. 아내가 죽고 1865년 다시 고향으로 돌
아온 그는 최고의 서정시들을 엮은 연작 시집 『깊은 어둠
Tiefe Schatten』(1865)을 출간했고, 프러시아 점령하에서 행
정관으로 일하며 많은 작품을 남겼다. 그의 마지막 작품
이자 문학사상 가장 뛰어난 중편소설이라 불리는 『백마
의 기수Der Schimmelreiter』(1888)는 간결하고 객관적인 문
체를 통해 생동하는 상상력을 보여주는 뛰어난 작품이다.
이 책에는 1862년 12월 출간된 소설 『크리스마스트리 아
래서Unter dem Tannenbaum』를 담았다.

크리스마스트리 아래서

초저녁

어느 지방 법원 판사의 사무실. 40대 가량에, 날카로워 보일 정도로 얼굴 윤곽선이 또렷하고 소탈하게 내려온 금발과 엷은 담청색 눈동자를 지닌 사나이가 책과 서류들로 뒤덮인 책상 앞에 앉아, 옆에 있는 사환이 건네준 몇몇 서류에 서명을 하고 있었다. 12월 오후, 태양이 마지막 빛으로 커다란 검은 잉크병을 비추었다. 그는 이따금 잉크병에 펜을 담가 잉크를 묻혔다. 마침내 모든 서류에 서명이 끝났다.

"판사님, 할 일이 더 남았습니까?"

서류를 한데 모으며 사환이 물었다.

"아니요, 수고하셨어요."

"즐거운 성탄절 되세요, 판사님."

"에르트만, 당신도요."

사환은 중부 독일 사투리를 썼다. 반면 지방 법원 판사의 말투는 북부 독일 민족답게 약간 딱딱했다. 2~3년 전에 이 지역 사람들은 이웃 나라와의 전투에서 무익하게 많은 피를 보았다. 판사는 사환이 사무실을 떠나자, 서류 밑에서 아까 쓰다 만 편지를 꺼내 천천히 마저 쓰기 시작했다.

사무실 안에는 그림자가 점점 더 깊게 드리워지고 있었다. 판사는 조심스럽게 자기 뒤로 걸어 들어오는 호리호리한 여인의 모습을 보지 못했다. 그는 여인이 팔로 자신의 어깨를 감쌀 때에야 비로소 그녀가 들어온 걸 알았다. 여인의 얼굴 역시 그리 젊어 보이지는 않았다. 하지만 두 눈에는 젊은 시절 그가 이 여인에 대한 사랑을 깨달았을 때 보았던 소녀 같은 인상이 아직 남아 있었다.

"오빠한테 편지 쓰는 거예요?" 그녀가 물었다. 그녀의 목소리는 남편의 음성과 비슷했다. 아니, 훨씬 더 온화했다.

그가 고개를 끄덕이며 말했다. "당신이 한번 읽어봐!" 그는 펜을 치우며 아내를 올려다보았다.

사무실 안은 이미 어두워져 있었기 때문에 그녀는 편지 쪽으로 몸을 깊이 숙였다. 그러고 나서 그가 쓴 것을 천천히 읽었다.

"나는 다시 건강해져 이제는 일을 할 수 있습니다. 운 좋게도 말입니다. 발 디딜 터전을 매 순간 새롭게 마련해야만 하는 것이 바로 타지에서의 어려움입니다. 항상 좋지는 않겠지만 고향에 계신 것만으로도 형님은 행복하신 겁니다. 속담에도 있듯이 먹을 빵 한 조각이라도 있고 편하게 잘 잠자리만 있다면 누구인들 고향에 머물지 않겠습니까!"

그녀가 남편의 이마에 손을 얹자, 편지를 읽는 그녀의 눈동자를 따라가던 남편이 편지지를 뒷장으로 넘겼다. 그리고 아내가 편지를 계속 읽었다.

"작년 크리스마스 때 형님께서 저희 집에 소개해준 선하고 영리한 부인에 대해서는 아주 만족스럽습니다. 그 부인이 소유하고 있는 농장 이웃들과의 합의를 중재해주었습니다. 얼마 되지 않아 마침내 그 부인이 그토록 간절히 원했던 아름다운 그 숲은 그녀의 소유가 되었습니다. 형님의 친구 하로를 위해 오늘 아침 그 숲에서 크리스마스트리로 쓸 전나무를 마련해놓았으면 좋았을 걸 그랬네요. 이곳은 사방 수 마일 내에는 침엽수를 찾아볼 수 없거든요. 전나무 향기 가득한 크리스마스트리가 없는 크리스마스이브가 신비스럽고 황홀할 리 있겠습니까!"

"당신은 옷에다 진짜 크리스마스 향기를 싣고 왔는걸?"

판사가 편지를 읽고 있는 아내에게 말했다.

그녀는 살짝 미소를 지으며 치마에 숨겨온 크리스마스 빵을 꺼내 남편의 책상 위에 올려놓았다.

"방금 빵 가게에서 사 온 거예요. 한번 드셔보세요. 어머님도 이렇게 굽지는 못하실 거예요!"

그는 빵을 툭 잘라 한쪽을 먹었다. 순간 어린 시절 그를 황홀하게 했던 모든 맛을 느낄 수 있었다. 빵 덩어리는 유리처럼 딱딱했고, 빵 속에는 설탕이 녹아 사탕같이 덩어리져 들어 있었다.

"이 과자를 먹으니 어떤 선한 풍경이 떠오르는군."

그는 의자 등받이에 기대며 말했다.

"갑자기 고향에 있는 낡은 벽돌집에서 크리스마스 파티를 할 때가 떠올라. 문에 달린 놋쇠 손잡이가 평상시보다 훨씬 반들반들하고, 유리로 된 커다란 마루 전등은 하얗게 칠해진 벽에 달린 장식용 석고상을 오늘따라 더욱 밝게 비추고 있어. 현관문으로 아이들이 우르르 몰려와 노래 부르기도 하고 떼를 쓰기도 해. 창고에서부터 넓은 부엌까지 과자 굽는 냄새가 아이들의 콧구멍을 향해 솔솔 피어오르고, 불 위에 올려진 커다란 냄비에서 과자가 탁탁 소리를 내며 타고 있소. 그리고 모든 것이 보이오. 어머니와 아버지가 보여. 오, 하느님 아버지 감사합니다! 두 분이 다 살아 계셔! 하지만 내가 지금 굽어보고 있는 시간은 저 먼 과거

속에 있소! 나는 아직 어린아이라오! 촛불이 복도 양옆의 방들을 비추고 있어. 오른쪽이 크리스마스 파티가 열릴 거실이오. 난 문 앞에 서 있는 동안 금박 안에서, 그리고 전나무 가지 사이에서 흘러나오는 살랑거리는 소리를 귀 기울여 듣고 있소. 마부 아저씨가 초가 달린 막대기를 손에 쥐고 현관 계단을 올라오고 계셔.”

— 어서 불을 붙이렴, 토마스?

“마부 아저씨는 싱긋 웃으며 고개를 흔드셨소. 그리고 크리스마스 파티가 벌어질 거실로 가버리셨지. 그때 누군가가 현관 계단을 올라와 문을 활짝 열었어. 그건 아저씨의 가게에서 일하는 도제였소. ‘시의회 의원 나리’의 기다란 담뱃대를 가져오는 길이었지. 뒤이어 아이들이 또 한차례 쏟아져 들어왔소. 열 명이나 되는 꼬마 녀석들이 갑자기 떠들기 시작했어.”

— 하늘 저 높은 곳으로부터 내가 왔노라!

할머니는 이미 꼬마 녀석들 사이에 끼셨고, 나이 든 부지런한 부인이 음식 창고의 열쇠를 손가락에 걸고 과자가 가득 담긴 접시를 들고 들어왔소. 눈 깜짝할 사이에 과자는 싹 없어졌어! 나도 내 몫을 간신히 챙겨 먹었지. 마침 그때 여동생이 파티복을 입은 어린 여자아이와 함께 들어왔소. 길게 땋아 내린 머리가 인상적으로 보여. 하지만 나는 계속 있을 수 없었소. 나는 갑자기 계단을 세 칸씩 뛰어서 마당으로 내려갔어.”

사무실 안은 점점 더 어두워져갔다. 지방 법원 판사의 아내는 의자 위에 있던 문서 더미를 살짝 치워놓고 남편 옆에 앉았다.

　"위쪽 별채에 아버지의 사무실이 있소. 아버지 서재 문의 작은 창에서 새어나온 불빛이 오늘은 현관 마루에 비치지 않아. 보통 때는 그 서재 안에서 어머니가 고용한 솜씨 좋은 수공업자가 크리스마스 선물을 만들었어. 나는 뚜벅뚜벅 발소리를 내며 어둠 속을 살피며 앞쪽으로 걸어갔소. 왜냐하면 고용된 그 사나이의 사무실 맞은편에서 우리 아버지의 발소리를 들었거든. 아버지는 이미 더 이상 일을 하지 않으셨소. 나는 살며시 문을 열었소. 내 눈앞에 서 계신 아버지를 똑똑히 보았지. 연기로 자욱한 커다란 방에 있던 벽시계가 힘차게 울렸어! 아버지는 파티로 인해 들뜬 마음으로 서류가 뒤덮인 책상 사이를 이리저리 왔다 갔다 하셔. 한 손에는 촛불이 타고 있는 촛대를 들고 계시고, 다른 한 손은 아무것도 오지 못하게 하는 것처럼 뻗고 계셔. 아버지는 작은 책상의 서랍을 열고 물고기 껍질로 된 커다란 황금 담배 케이스를 꺼내시지. 원래 그 담배 케이스는 증조할머니가 증조할아버지께 결혼 선물로 드린 거였는데, 증조할아버지께서 돌아가실 때 우리 아버지에게 유품으로 남겨주신 거라오. 아버지는 아직 마무리하셔야 할 일이 남아 있어. 작은 바구니에서 하인들에게 줄 은화와 비서에게 줄 금화를 꺼내셨지."

─ 벌써 에리히 아저씨도 오셨니?

─ 아직 안 오셨어요, 아버지! 아저씨를 모셔올까요?

─ 그러렴.

"즉시 나는 거실을 지나 거리로 달려 나갔소. 길모퉁이에서 해 질 녘 어스름 속에 저 아래 정박해 있는 배들의 닻줄이 바람에 부딪혀 내는 휘파람 소리를 들으며 항구를 따라 달렸지. 나는 합각지붕 집 현관에 도착했소. 문은 열려 있었어. 초인종 소리가 복도와 거실에 울려 퍼졌어. 카운터 뒤에 나이 든 점원이 있었소. 그는 나를 약간 언짢은 듯한 표정으로 쳐다보았지."

─ 주인 어르신은 사무실에 계신다.

"점원이 딱딱하게 말했소. 그 아저씨는 버릇없는 말썽꾸러기들을 별로 안 좋아하셔. 하지만 그게 나와 무슨 상관이었겠소. 뒤편으로 가 마당 문을 지나 어두컴컴한 작은 안마당을 두 개나 지난 다음 아주 오래된, 특이하게 생긴 별채에 도착했소. 그곳에 아저씨가 최고로 여기는 것들이 있지. 좁고 어두운 통로를 무사히 지나 사무실 문을 두드렸소."

─ 들어와!

"우아한 갈색 모직 양복을 입은 자그마한 신사가 엄청나게 큰 책상 앞에 앉아 있어. 사무실 불빛이 친근한 작은 눈과 아저씨 집안의 특징인 커다란 코를 비추었소. 그 코는 빳빳하게 풀 먹여

세운 아버지의 셔츠 깃보다도 더 높았다고."

— 아저씨, 안 가실 거예요?

— 잠시만 앉아서 기다려주거라!

"그사이 에리히 아저씨는 장부를 펼쳐놓고 펜으로 합산을 하시고 기재하셨소. 나는 아주 편안한 기분이었소. 서두를 필요가 하나도 없었지. 벽에 걸려 있는 서인도제도의 그림을 유심히 관찰하고 있노라니 그리 오래 걸리지 않아 마침내 아저씨는 장부를 과감하게 덮으시고 열쇠 꾸러미를 짤그랑거리며 말씀하셨소."

— 자아, 이제 다 끝난 것 같구나!

"아저씨가 구석에서 등나무 지팡이를 잡으려고 하실 때 나는 벌써 문밖으로 나가려고 했소. 하지만 아저씨가 나를 만류하셨지."

— 애야, 잠깐 기다리거라! 여기 가져가야 할 물건들이 있단다.

"아저씨는 방 한쪽 구석에서 잘 포장된 비밀스러운 작은 상자를 두 개 집어 올리셨소. 물론 난 그게 뭔지 알고 있었지. 그런 상자 안에는 진짜 크리스마스 물건이 들어 있어. 왜냐하면 아저씨께는 함부르크에 살고 있는 형제가 한 명 있었거든. 아저씨는 항상 크리스마스트리에 장식할 물건들을 갖고 오셔. 아저씨가 나와 내 여동생 몫으로 크리스마스 접시에 선물로 놓아둔, 동화에서나 나올 법한 설탕 과자들을 나는 그 후로도 본 적이 없소. 벌써 아저씨의 손을 잡고 우리 집 현관 계단을 오르고 있어. 잠시 후 아저씨는 작은 상자를 들고 크리스마스 파티가 열릴 거실로 가버리셨어. 아직 불이 붙여지지 않았소. 하지만 반쯤 열렸다 금세 닫혀버린 문틈으로 화려한 그 안의 분위기가 느껴지는 어스름한 빛이 새어 나왔지. 나는 아무것도 보고 싶지 않아 눈을 감고, 화려한 축제의 빛이 밝게 빛나고 있는 맞은편 방으로 들어갔소. 그 방 안은 온통 구운 과자 냄새로 가득 찼어. 특히나 오늘은 더욱이 부드러운 차향이 가미되어 있군. 아버지는 뒷짐을 지시고 느릿느릿 오르락내리락하셔."

— 아저씨를 모셔왔니?

"아버지가 물어보셨지만 내 뒤로 에리히 아저씨는 이미 와 있어. 아저씨가 들어서자, 거실이 다시 한번 밝게 빛났소. 아저씨는 할머니와 아버지께 인사를 드리고 있군. 아저씨는 내 여동생이 건네는 잔을 받아 들었소. 동생은 노란 널빤지에 잔을 받쳐 아저씨께 드렸어."

— 이건 뭘 의미하니? 이렇게 하면 액운을 막아주는 모양이지!

"아저씨가 이 이야기를 하시고는 너무 호탕하게 웃으셔서, 이 말은 마치 덕담처럼 들렸소. 그리고 나서 번쩍이는 놋쇠 난로 위의 찻주전자에서 윙윙 소리가 나는 동안 아저씨는 지난 며칠간 있었던 몇 가지 일들에 대해 이야기를 하셨어. 산책용 지팡이를 구입하고, 안타깝게도 입모양 잔이 깨졌던 모든 이야기들을 들으며 사람들은 활기를 띠게 되었어. 아저씨가 폭소를 자아내며 이제까지 이야기했던 것들을 다시 한번 재미있게 되풀이하실 때도 같이 웃지 않을 수 없었소! 아버지는 무의미하게 이의를 달기도 하셨지. 결국 아버지도 동의하셔야만 했지만. 나중에야 깨달은 사실이지만, 이런 잡담은 매일매일 일해야 하는 상인들의 몸과 마음을 쉬게 하는 방법이었던 거야. 지금 생각해도 기분 좋게 들리는군. 이제는 그 어느 누구보다도 잘 이해할 수 있소. 아저씨가 그렇게 이야기하는 동안 오후 내내 보이지 않던 어머니가 방으로 고개를 불쑥 들이밀었소. 아저씨는 어머니에게 인사를 하며 이야기를 중단했어. 방문과 맞은편 문이 활짝 열렸고, 우리는 우물쭈물했소. 촛불이 켜진 크리스마스트리가 벽에 걸린 커다란 거울에 반사되어 우리 앞에 있었어. 크리스마스트리에는 금박으로 된 작은 깃발과 하얀 그물, 그리고 황금 달걀들이 마치 아이들의 꿈처럼 어두운 나뭇가지에 매달려 있다오."

"여보, 파울." 부인이 말했다.

"멀리에서라도 전나무를 조달했으면 크리스마스트리를 다시 만들 수 있었을 텐데. 아들 녀석이 직접 크리스마스트리 아래를 장식할 수 있는 크리스마스 정원을 만들었다고요. 아쉽네요. 그 녀석 지금은 떡갈나무 숲에서 이끼를 찾고 있을 거예요."

판사는 잠시 동안 아무 말도 하지 않았다.

"고향에서 자리를 잡았다면 타향으로 가는 게 좋은 건 아니지. 내가 이곳에서 타인인 것처럼 이곳은 언제나 낯선 타향이오. 내일 아니면 모레 우리 모두 집으로 돌아가야만 하는 거지!"

그녀는 남편의 손을 꼭 잡았다. 하지만 아무런 대답도 하지 않았다.

"어떤 크리스마스가 아직도 생각나요?"

그는 말을 이었다.

"나는 학업을 마치고 마지막으로 한 번 더 얼마 안 되는 짧은 기간 어린 소년으로서 부모님 댁에서 지냈소. 분명히 그곳은 예전처럼 그렇게 유쾌한 곳은 아니었지. 하지만 잊히지 않는 일이 있어. 보리수 아래 오래된 가족 공동묘지가 가끔 열려 있었지. 쉬지 않고 매일매일 일하시는 어머니는 가끔 일하는 와중에 마치 넋이 나가신 분처럼 멍하니 서 계실 때가 있었소. 우리 할머니 말에 의하면, 어머니는 머릿속에 작은 방을 갖고 있는데, 그 방에서 죽은 아이가 놀고 있다는 거야. 에리히 아저씨도 확실히 평소보다 우울하게 이야기를 하셨소. 여동생도 있었고 할머니도 아직 살아 계셨소. 그날도 다른 크리스마스이브 저녁과 같앉어. 어떤 아름다운 소녀가 여동생을 찾아왔지. 그녀가 누군지 당신 알아?"

"엘렌."

그녀는 남편의 가슴에 머리를 기대며 나지막이 말했다.

달이 떠올라 비단결 같은 갈색 머리에 있는 몇 개의 은빛 머리카락을 비추었다. 그녀는 가르마를 타고 땋아 내린 머리에 장식 없는 별갑* 핀을 꽂고 있었다.

그는 계속 신비스럽고 아름다운 부인의 머리를 쓰다듬었다.

"엘렌도 선물을 받았지."

그는 계속해서 말했다.

"작은 마호가니 탁자 위에 우리 어머니의 선물들이 놓여 있었소. 외할머니와 저 북쪽에 사는 이모들한테서 온 것들이었어. 엘렌은 촛불이 켜져 있는 크리스마스트리를 등지고 탁자에 팔을 버티고 서 있었어. 한참을 그렇게 서 있었지. 물론 나는 그녀를 보고 있었소."

그는 잠시 말을 멈추고는 부인의 아름다운 얼굴로 눈길을 돌렸다.

---

* 붉은 바다거북의 말린 등딱지.

"그때 어머니는 남의 눈에 띄지 않게 엘렌에게 다가가 부드럽게 손을 잡으시며 뭔가 묻고 싶은 말이 있으신 듯 그녀를 쳐다보셨어. 엘렌은 우리 어머니 쪽을 돌아보지 않았어. 그저 말없이 고개만 떨구었지. 그러다 갑자기 고개를 쳐들고는 재빨리 옆방으로 도망쳐버렸소. 당신도 알고 있지? 어머니는 가만히 고개를 흔드셨고, 나는 엘렌 뒤를 쫓아갔소. 전날 저녁 약간의 말다툼을 하고 나서 나와 엘렌은 친한 친구가 되었거든. 그녀는 구석진 난롯가 의자에 앉아 있었소. 그곳은 정말 어두웠어. 심지가 까맣게 타 내려간 잊힌 초 한 자루만이 타고 있었지.

— 집 생각하니, 엘렌?

— 잘 모르겠어.

"잠시 아무 말 없이 나는 엘렌 앞에 서 있었소."

— 너 손에 쥐고 있는 게 뭐니? 그거 네가 가지려고?

"그것은 검붉은 비단으로 된 지갑이었소."

— 나 주려고 만든 거지?

"사실은 며칠 전 엘렌이 그걸 만들고 있는 걸 내가 보았거든. 내가 가까이 다가가는 걸 눈치챈 엘렌은 그걸 바느질 도구함에다 숨기더군. 하지만 그녀는 아무 대답도 하지 않았고, 그 작은 선물도 주지 않았어. 엘렌은 일어나서 전등을 닦았어. 그러자 갑자기 방이 환해졌소."

— 가자. 크리스마스트리 촛불을 꺼야지. 에리히 아저씨가 설탕 과자를 선물해주실 거야!

"엘렌은 손수건으로 눈 주위를 두서너 번 닦고 나서 크리스마스 파티가 열린 거실로 내려갔소. 나중에 우리가 카드놀이를 할 때 그녀는 그 어느 누구보다도 자유분방하게 굴었지. 내 크리스마스 선물 이야기는 그만하겠소. 여보, 당신도 알고 있잖소?"

그러고 나서 그는 이제까지 쥐고 있던 아내의 손을 놓아주었다.

"소녀들이란……. 그렇게 고집을 부릴 필요가 없는데. 그 당시 바로 소녀들의 그런 점이 날 아주 불편하게 했소. 나는 그 지갑이 필요했었소. 그리고 또……."

"그리고 또 뭐죠, 파울? 어디 한번 말씀해보시죠!"

"뭐요, 그 이야기를 못 들어보았단 말이오? 게다가 나는 그 소녀의 행동을 참아주기까지 했단 말이오."

"당연하죠." 부인이 말했다.

그는 밝은 달빛에 비친 부인의 눈동자에서 예전의 그 자유분방한 소녀를 떠올리게 하는 무언가가 반짝이는 것을 보았다.

"당연히 그 이야기를 알고 있죠. 나도 그 이야기를 당신한테 해드릴 수 있어요. 그날은 크리스마스이브 저녁이 아니라 12월 31일 섣달 그믐날 밤이었어요. 그리고 그쪽 집이 아닌 우리 집이에요."

그녀는 잉크병과 서류 몇 장을 한쪽으로 치우고는 남편과 마주하기 위해 책상 위에 앉았다.

"사촌이 엘렌의 집을 방문했죠. 오래된 화려한 교구장의 집에 말이죠. 교구장이셨던 아버지는 그 당시 대단한 사냥광이었어요. 엘렌은 그때까지 자기 집에 들르겠다는 사촌의 편지보다 아름답고 장대한 편지는 받아본 적이 없었어요. 하지만 그는 펜만큼 사냥총을 잘 다루지는 못했어요. 그래도 시골의 공기와 교구장의 방에 있는 멋진 소총 진열장이 효과가 있었지요. 사촌은 매일 사냥을 나갔어요. 저녁때면 빈 자루를 들고 땀에 흠뻑 젖은 채 집으로 돌아와 말없이 총을 한쪽 구석에 세워두었죠. 그러면 나이 많은 주인은 어찌나 유쾌하게 빈정대던지!"

―그런 걸 불운이라고 하는 걸세. 금년에는 토끼들이 모두 거칠어져서 말이야!

―여보게, 사냥의 여신 디아나가 한 번에 자네 처지를 생각해 주겠나!

"그 무엇보다도 가장 그를…… 여보, 당신 듣고 있는 거예요?"

"듣고 있소."

"그 무엇보다도 그를 가장 괴롭힌 건 바로 엘렌이었어요. 그녀는 몰래 짚으로 엮은 화관을 그의 머리 위에 씌워주었고, 그의 총신 앞에 거위 날개를 묶어놓았죠. 어느 날 오전에, 그날 눈이 왔던 거 당신도 알고 있죠? 엘렌은 하인이 잡은 토끼 한 마리를 음식 창고에서 데리고 나왔어요. 한동안 토끼는 정원에 가만히 있었어요. 그러다 다시 움직이더니 앞발 사이에 양배추 잎을 끼고 먹었어요. 그녀는 사촌을 찾으러 안마당으로 나 있는 문으로 갔어요."

— 토끼가 보이니, 파울? 저기 뒤쪽 양배추 속에 있잖아. 눈 속에서 쫑긋 솟은 토끼 귀가 보이네!

"파울도 역시 토끼를 보았죠. 그는 손을 떨고 있었어요."

— 쉿! 조용히 해, 엘렌! 그렇게 큰 소리로 떠들지 마! 사냥총을 갖고 올게!

"하지만 아버지의 거실 문이 파울 뒤에서 쾅 하고 닫힐 때 이미 엘렌은 다시 눈 속으로 뛰어가고 있었어요. 마침내 그가 장전된 총을 들고 살금살금 다가왔을 때, 이미 토끼는 다시 음식 창고로 쫓겨가 있었어요. 그 사촌은 그녀의 괴롭힘을 정말로 잘 참았어요."

"물론."

판사는 그녀의 팔을 의자 팔걸이에 편안하게 놓아주며 말했다.

"그 사촌은 아직도 그 지갑을 갖지 못했지!"

"상관없어요! 그 지갑은 여전히 손도 대지 않은 채 위층 엘렌의 다락방에 있는 옷장 서랍 안에 있어요. 그래도 그녀가 어디에 있든 사촌도 그곳에 함께 있었어요. 그가 사냥을 나가지 않았을 때는 말이죠. 그녀가 재봉틀 앞에 앉아 있으면, 그는 어떤 책이든 가지고 와 그녀에게 읽어주었어요. 그녀가 부엌에서 와플 과자를 구울 때면, 제시간에 맞추어 과자를 뒤집을 수 있게 그는 손에 시계를 들고 그녀 옆에 서 있었어요. 그리고 섣달 그믐날 밤이 되었죠. 오후에 엘렌과 파울은 마당에서 아버지의 권총으로 금박으로 싼 달걀을 쏘았어요. 엘렌은 황금 달걀을 크리스마스트리에서 따서 여동생에게 주었고, 파울은 동생들의 박수갈채를 받으며 달걀을 두 개나 쏘아 맞혔어요. 하지만 그는 다음 날이면 떠나야 했기 때문인지, 아니면 더 이상 참지 못하고 조바심이 나서 엘렌을 찾으러 그녀의 방에 갔을 때 그녀가 방을 뛰쳐나가버렸기 때문인지, 무뚝뚝하고 뾰로통해 있으면서 엘렌을 쳐다보지도 않았어요. 저녁 내내 그렇게 있었죠. 마침내 저녁 식사 시간이 되었어요. 엘렌의 어머니는 의심스러운 눈초리로 엘렌과 파울을 쳐다보았지만 아는 척을 하지는 않으셨어요. 엘렌의 아버지이신 교구장은 다른 신경 쓸 일이 있으셨죠. 아버지는 손수 칵테일을 만들어주셨어요. 저 아랫마을에서 자정을 알리

는 종소리가 열두 번 울리자 아버지는 요한 하인리히 포스의 새
해 노래를 부르기 시작하셨어요. 가사 한 줄 틀리지 않고 끝까
지 부르셨어요. 그러고 나서 사람들은 목청껏 소리 높여 '새해
복 많이 받으세요!'라고 인사를 주고받으며 서로 악수를 나누었
지요. 물론 엘렌도 파울에게 손을 내밀었어요. 하지만 그는 감히
그녀의 손을 잡을 엄두가 나지 않았어요. 하지만 마침내 파울도
엘렌의 손을 잡으며 '잘 자'라고 말했죠. 그녀는 위층 다락방에
혼자 있었어요. 파울, 잘 들어요. 내가 얼마나 진지하게 얘기하
고 있는데요! 엘렌은 편안히 잠을 이룰 수 없었어요. 그녀는 옷
도 벗지 않고 난방도 되지 않는 방에서 살을 에는 듯한 추위를
아랑곳하지 않고 침대 끝에 걸터앉아 있었어요. 감정이 상했거
든요. 그녀는 다른 사람들에게 그런 마음의 상처를 준 적이 없는
데. 물론 그 전날 그는 엘렌에게 양배추 있는 데서 토끼를 또 보
았냐고 물었어요. 그녀는 고개를 가로저었죠."

— 이거 뭐야, 그럼 파울은 내가 3일 전부터 토끼를 창고에서
데리고 나와 먹이를 먹인 걸 알고 있었다는 거야?

"그녀는 파울이 보냈던 멋진 그 편지를 다시 한번 더 읽고자
했어요. 하지만 호주머니에 손을 넣는 순간 서랍 열쇠가 없다는
사실을 깨닫고 무척 아쉬워했죠. 그녀는 촛불을 들고 거실로 내
려갔어요. 하지만 거실에서 그를 찾지 못했어요. 부엌에서도 찾

을 수 없었고요. 저녁 내내 끓이고 굽고 요리를 해서 그런지 어둡고 넓은 부엌은 아직 따뜻했어요. 옳거니, 서랍 열쇠가 바로 창틀 위에 있는 거예요. 하지만 그녀는 잠시 머물러 창밖을 내다보았어요. 눈 덮인 새하얀 들판이 밝게 펼쳐져 있었어요. 저 아랫마을에는 드문드문 검은 초가지붕 집들이 있고, 그 집에서 멀지 않은 곳에 있는 은백양나무의 앙상한 가지들 사이에서 커다란 까마귀둥지를 똑똑히 보았어요. 갑자기 옛 시 한 편이 생각났어요. 오래전에 초등학교 교장 선생님의 딸한테서 배운, 주문 같은 거였죠. 집 안은 고요하고 텅 비어 있었어요. 엘렌은 추워서 오한이 났어요. 그런데도 사랑의 요정에게 이 주문을 걸어보고 싶은 충동이 자꾸 커져만 갔죠. 그래서 머뭇거리며 뒷걸음질했어요. 그녀는 가만히 신발을 한 짝 벗어들고 별을 쳐다보며 깊게 심호흡을 하고는 말했어요."

— 안녕, 샛별이여! 그런데 저게 뭐지?

"마당 문 뒤로 누가 지나가지 않겠어요? 그녀는 창가로 다가가 가만히 귀를 댔어요. 아무것도 아니었어요. 합각지붕 쪽에서 커다란 은백양나무가 움직여서 난 소리였어요. 그녀는 다시 한번 호흡을 가다듬고 시를 읊기 시작했죠."

안녕, 샛별이여!

저 멀리서 밝게도 빛나는구나,

동쪽에도, 서쪽에도

온 까마귀 둥지에도.

내 신랑감으로 누가 태어났지,

내 신랑감으로 누가 점지됐지,

그가 저기 오네, 걸어서 오네,

서서 오네,

편안한 옷차림으로 오네!

"그녀는 신발 한 짝을 휘휘 돌려 뒤로 휙 던졌어요. 그리고 그 사람을 기다렸지만 허사였어요. 그 사람이 하늘에서 떨어지는 소리를 듣지 못했죠. 그녀는 이상한 기분이 들었어요."

— 이건 어떤 못된 놈이 주제넘게 참견했기 때문이야! 신발이 땅에 떨어지기도 전에 사랑의 요정이 내 신발을 붙잡은 걸까?

"잠시 동안 그녀는 그냥 그렇게 서 있었어요. 그리고 마지막 남은 용기를 내어 서서히 고개를 돌렸어요. 어두운 문 안쪽에 한 남자가 서 있었어요. 그건 파울이었어요. 그는 또다시 그 불쌍한 토끼를 쫓고 있었던 거예요!"

"그렇지 않소, 엘렌." 지방 법원 판사가 말했다. "당신도 잘 알잖아. 그때는 토끼를 쫓고 있었던 게 아니었다고. 그도 역시 그녀와 마찬가지로 안정을 찾을 수가 없었소. 하지만 이제 그녀의 자그마한 신발을 손에 들고 있잖아. 엘렌은 주방으로 와 의자에 앉아 눈을 감은 채 깍지 낀 손을 다리 사이에 끼워넣었지. 거의 절망한 상태라는 걸 의심할 여지가 없었어. 왜냐하면 그가 그녀의 모든 말과 행동을 다 듣고 보았을 거란 걸 알고 있었기 때문이지. 그때 파울이 엘렌에게 한 말을 당신 기억하고 있지?"

"그럼요, 파울. 기억하고말고요. 매우 짓궂긴 했어요. '엘렌, 아직도 나를 위해 지갑을 만들지 않고 있니?' 당연히 엘렌도 그에게 상냥하게 대하지 않았죠. 그녀는 벌떡 일어나 창문을 열었어요. 밤공기가 안으로 들어왔고, 별들의 반짝임이 부엌에 있는 그들에게 몰려왔죠."

"그러자……." 남편이 아내의 말에 끼어들었다. "파울이 그녀에게 다가갔고 그녀는 가만히 그의 가슴에 머리를 기댔소. 밤하늘을 향해 고개를 끄덕이며 속삭이던 그녀의 달콤한 목소리가 아직도 들리오, 안녕, 샛별이여!"

갑자기 사무실 문이 활짝 열렸다. 열 살쯤 되어 보이는 활기 넘치는 소년이 환한 빛과 함께 사무실 안으로 들어왔다. "아빠! 엄마!" 소년은 손으로 눈을 가리며 말했다. "여기 이끼하고 담쟁이덩굴하고 노간주나무 가지까지 있어요!"

지방 법원 판사는 일어서며 말했다. "이 녀석, 거기 있었구나?"

판사는 아들에게서 집으로 가져갈 보물들이 들어 있는 식물 채집함을 받아 들었다.

엘렌은 아무 말 없이 책상에서 슬그머니 내려왔다. 그리고 꿈에서 깨어나려는 듯 고개를 흔들었다. 그녀는 양손을 남편의 어깨에 올려놓으며 잠시 사랑스러운 눈길로 진지하게 그를 바라보았다. 그러고 나서 아들의 손을 잡으며 말했다. "하로야, 가자. 크리스마스 정원을 만들어야지!"

크리스마스트리 아래서

크리스마스이브가 저물기 시작했다. 지방 법원 판사는 집으로 돌아오는 길에 아들과 함께 잠시 산책을 했다. 그의 아내가 1시간가량 그들을 밖으로 내몰았기 때문이다. 그들 앞에는 아주 작은 마을이 있었다. 그들은 굴뚝에서 연기가 피어오르는 모습을 또렷하게 보았다. 그 뒤 수평선 너머로 불타는 듯한 노을이 물들고 있었다. 판사와 아들은 저 먼 옛 고향에 계신 할아버지 할머니 이야기를 했다. 그리고 할아버지 할머니가 아직 살아 계실 때 지냈던 마지막 크리스마스 이야기도 했다.

아빠가 말했다. "크리스마스이브에, 긴 수염이 온통 얼굴을 뒤덮은 산타클로스가 작은 자루와 회초리를 손에 들고 찾아왔지!"

"저도 잘 알고 있어요. 그건 바로 요하네스 삼촌이죠? 삼촌은 항상 그런 깜짝 이벤트를 계획하잖아요!" 아들이 말했다.

"그럼 산타클로스가 했던 말도 기억하고 있니?"

하로는 아빠를 쳐다보며 고개를 가로저었다.

"잠시만 기다려보렴. 집에 가면 내 책상에 산타클로스가 읊는 시가 있단다. 아마 아직 갖고 있을 거야! 이 시를 읊어야 산타클로스가 우리 집을 찾아온단다."

두 사람은 다시 걷기 시작했다.

"한번 생각해봐! 우선 밖에서 회초리로 문을 세 번 내리친 다음 수염이 덥수룩하고 거칠게 생긴 커다란 매부리코의 사나이가 들어서는 광경을!"

판사는 호흡을 가다듬고 깊은 목소리로 천천히 시를 읊었다.

저 먼 숲에서 내가 왔노라,
곧 크리스마스가 온다고 알리러.
곳곳의 전나무 꼭대기에서
금빛으로 빛나는 빛을 보았네.

저 위 하늘나라에서 문으로

커다란 눈동자의 아기 예수가 살며시 내려다보네.

난 울창한 숲을 떠돌아다니네.

그때 맑은 음성으로 나를 부르시네.

'산타클로스여!

발을 움직여 빨리 서두르라!

촛불이 켜지고,

하늘의 문이 열리니,

노인들과 젊은이들은 이제

삶의 사냥을 쉬어야 하네.

곧 크리스마스가 다가오니

내일이면 난 지상으로 내려가리!

나는 답하네.

'오, 주 예수그리스도여!

나의 여행도 거의 끝이 났습니다.

착한 아이들이 있는

이 도시에 머무르리오.'

'작은 자루도 갖고 있느냐?'

나는 답하네.

'여기 있어요, 작은 자루가.

신실한 아이들은 즐겨 먹지요.

사과, 호두 그리고 복숭아씨를!'

'회초리도 갖고 있느냐?'

나는 답하네.

'여기 있어요, 회초리가!

나쁜 짓 한 어린이들

회초리가 당연하지요!'

아기 예수께서 말씀하시네.

'네 말이 맞구나.

그것이 하느님의 뜻이로다.

충실한 종 산타클로스여!'

저 먼 숲에서 내가 왔노라.

곧 크리스마스가 온다고 알리러!

말해보거라,

내가 어떻게 찾을 수 있는지.

누가 착하고 누가 나쁘더냐?

판사는 목소리를 바꾸어 이야기를 계속했다.

"그래서 나는 산타클로스한테 말했지."

우리 아들은 착하긴 한데

이따금 버릇없이 군답니다!

"맞아요, 그러셨죠!"

하로가 당당하게 큰 소리로 말했다. 그리고 손가락을 들어 올리고 짓궂은 표정으로 아빠 곁에 앉으며 말했다.

"그래서 어떻게 됐더라."

"산타클로스가 회초리를 휘두르며 큰 소리로 말했지."

이따금 그렇게 못되게 군단 말이지.

고개를 숙이고 종아리를 걷어 올려!

"뭐, 나는 하나도 안 무서웠어요. 삼촌한테 그냥 좀 화가 났을 뿐이지!" 하로가 말했다.

그들이 도착한 마을 위 하늘은 이미 잿빛으로 어두워졌다. 그때 소리 없이 눈송이가 흩날리기 시작했고, 저 아래 거리는 벌써 하얗게 빛을 내고 있었다.

아버지와 아들은 한동안 서로 아무 말도 없이 걷기만 했다.

"크리스마스 다음 날 저녁, 네가 크리스마스트리에 장식된 초에 마지막으로 불을 밝혔지. 참 많은 일이 있었어. 게다가 트리에 장식된 기마병과 보병들 모양의 설탕 과자들이 녹아 전쟁을 치르고 난 것처럼 뒤엉켜 남아난 게 없었지!" 그는 목소리를 낮추어 중얼거리듯 말했다.

아들이 뭐라고 대꾸를 하고 싶어 하는 것 같았지만 이내 무언가 다른 것이 그의 시선을 사로잡았다. 그건 수염이 덥수룩한 사나이였다. 그 사나이는 샛길에서 나와 도로로 들어섰다. 꾸러미가 달린 긴 장대를 어깨 위에 얹은 채 균형을 잡고, 다른 한 손으로는 전나무 가지를 붙잡고 한 걸음 한 걸음 옮길 때마다 바람을 일으키며 지나갔다. 그 사나이가 지나갈 때 하로는 어스름한 어둠 속에서 털모자 아래에 툭 불거진 커다랗고 붉은 매부리코를 알아보았다. 그 사나이는 작은 자루를 하나 들고 있었는데, 그 자루 안은 값진 물건들로 가득 차 있는 듯했다. 그 사나이는 서둘러 떠나갔다.

"산타클로스! 발을 움직여 빨리 서둘러라!" 하로가 말했다.

흩날리던 눈송이는 점점 굵어졌다. 그들은 마을로 내려가는 사나이를 보았다. 이내 그 사나이는 그들의 시야에서 사라졌다. 판사와 아들의 집은 시내 입구에서 조금 떨어진 곳에 있었다.

"분명해, 저 노인네 늦었어. 저 아랫마을 골목길 집집마다 벌써 불이 켜져 흩날리는 눈발 사이로 환하게 빛나고 있잖니."

발걸음을 서두르며 판사가 말했다.

드디어 집에 도착했다. 현관에서 겉옷에 쌓인 눈을 턴 후 그들은 판사의 서재로 갔다. 오늘은 서재에 차가 준비되어 있고, 전등이 켜져 환했다. 서재 안은 깨끗하게 치워져 있었다. 밝은 색의 차 테이블 위에는 특별한 날 사용하는 잔과 밝은 붉은빛의 유리잔이 깨끗한 냅킨에 받쳐 있었다. 게다가 반들반들한 놋쇠 장식과 마호가니 나무로 장식된 화덕 위에서 물 주전자가 끓고 있었다. 예전 고향에서 부모님과 함께 살던 집의 넓은 거실처럼, 이곳 서재에서도 증조할머니가 만든 것 같은 잘 구워진 크리스마스 과자 냄새가 풍겼다.

아내가 거실에서 파티 준비를 하는 동안, 판사와 아들은 그 서재에 있었다. 그들의 파티에 참석하곤 했던 에리히 아저씨는 오시지 않았다. 고향에서와는 달랐다.

하로는 조심스럽게 문을 두드려 보았다. 그러면 엄마는 목소리를 깔고 대답했다. "기다려!"

마침내 엘렌이 나타났다. 미소를 지으며, 그러나 약간 피곤에 지친 듯한 모습으로 남편과 아들 손을 붙잡고 파티 준비가 된 거실로 갔다.

정말 친숙한 분위기였다. 테이블 한가운데 나란히 타고 있는 양초 사이에 엄마와 아들이 전날 함께 만든 작은 작품이 놓여 있었다. 그것은 바로 정원이었다. 정원 안에는 수세기 전 양식으로 잘라 만든 울타리와 어두운 별채가 있고, 온갖 종류의 이끼와 상록수들이 고풍스럽게 자리 잡고 있었다. 유리 연못에는 백조가 두 마리 헤엄치고 있었고, 그 옆 중국식 정자 앞에는 종이로 만든 작은 남자와 여자가 서 있었다. 정원 양쪽으로 아들에게 줄 선물들이 놓여 있었다. 풍뎅이 채집을 위한 확대경, 그림책 두서너 권, 붉은 가죽 양장본 책, 겉보기에는 이미 낡은 듯한 검은 상자에 든 지구본.

"이 지구본은 어린 시절 크리스마스 때 에리히 아저씨께서 나에게 선물로 주신 거야." 파울이 말했다.

"이제는 네 거다, 하로! 이제야 알겠더구나. 세월이 지난 지금은 어린 시절 아저씨께서 내게 주셨던 그 기쁨에 대한 감사를 표현할 수 없다는 것을. 아저씨께서는 지난가을 돌아가셨단다."

엘렌 부인은 남편을 끌어안고 은촛대가 놓인 유리 탁자가 있는 쪽으로 데려갔다. 그녀는 남편에게도 선물을 주었다. 첫 번째 선물은 작은 슬라이드 사진이었다. 판사는 손을 뻗어 사진을 들고 한참을 들여다보았다. 부인은 말없이 남편을 올려다보았다. 그것은 부모님의 정원 사진이었다. 정원의 정자 앞 단풍나무 아래에 노인 둘이 서 있었다. 아버지의 머리가 아직 검다는 것이 눈에 띄었다.

지방 법원 판사는 몸을 돌려 거실 안을 둘러보며 무언가를 찾았다. 이끼 정원에 있는 촛불이 뽀드득 소리를 내며 타고 있었다. 크리스마스 파티가 준비된 거실에 그 불빛을 받으며 아들이 서 있었다. 하지만 거실 천장 쪽은 어두웠고, 결정적으로 파티의 불빛이 밝게 타오르는 크리스마스트리가 없었다.

그때 현관에서 초인종이 울리더니 현관문이 요란한 소리를 내며 열렸다.

"누구세요?" 엘렌이 물었다. 하로가 문 쪽으로 달려가 밖을 내다보았다.

밖에서 거친 목소리가 들려왔다. "여기가 지방 법원 판사님 댁인가요?"

그 순간 하로가 소리쳤다. "산타클로스예요, 산타클로스!"

하로는 엄마와 아빠를 끌고 밖으로 나왔다.

그곳에는 수염이 덥수룩한 거대한 사나이가 있었다. 바로 하로와 아빠가 산책길에 마을 어귀에서 만난 바로 그 사나이였다. 그들은 현관 불빛에 비친 눈 덮인 털모자 아래의 붉은 매부리코를 똑똑히 보았다. 사나이는 커다란 자루를 벽에 기대어놓았다.

"이걸 전해주러 왔소!" 작은 자루를 어깨에 걸쳐 메며 사나이가 말했다.

"누가 보낸 거죠?" 판사가 물었다.

"아무도 내게 부탁하지 않았소."

"들어오시죠."

나이 든 사나이는 고개를 저었다.

"모든 준비가 다 됐소! 모두 메리 크리스마스!"

사나이는 커다란 코를 실룩거리고는 어느새 문밖으로 사라져 버렸다.

"선물이에요!" 엘렌 부인이 나지막이 말했다.

하로는 현관에 서서 어둡고 거대한 형체가 눈이 계속 쌓이고 있는 길을 걸어가는 모습을 바라보았다.

그때 판사 가족은 하녀를 불렀다. 하녀의 선물은 이 깜짝 이벤트 때문에 지금까지 늦춰졌다. 하녀의 도움으로 숨겨진 물건들이 크리스마스 파티가 열릴 거실로 옮겨졌다. 엘렌은 바닥에 무릎을 꿇고 앉아 실밥 뜯는 칼로 커다란 자루의 솔기를 뜯었다. 엘렌은 자루 속에다 더듬더듬 손을 넣어 점점 약해지는 매듭을 풀려고 애썼다. 지금까지 아무 말 없이 옆에서 지켜보고만 있던 판사가 마지막 포장을 벗겨내고 그것을 일으켜 세웠다. 대단히 큰 전나무였다. 전나무는 이제야 속박에서 벗어난 듯 사방으로 가지를 활짝 펼쳤다. 금박으로 된 길고 가는 끈들이 꼭대기에서부터 온 사방으로 짙푸른 녹색을 휘감으며 흘러내려 왔고, 가지마다 황금 열매가 달려 있었다.

그사이 하로는 작은 꾸러미를 푸느라 부산했다. 하로는 반짝이는 눈망울로 녹색의 평평한 상자를 질질 끌고 왔다.

"들어보세요, 딸그락거려요! 상자 안에 뭐가 들어 있나 봐
요!"

하로가 상자의 서랍을 열자 새하얀 밀랍 초가 들어 있었다.
모두들 깜짝 놀랐다.

"진짜 산타클로스가 보냈구나. 온통 작은 전구들이 달려 있
어!" 판사가 나뭇가지 하나를 위에서 아래로 끌어내리며 말했다.

하지만 상자에는 서랍만 있는 것이 아니었다. 상자 위쪽에는
나선 모양으로 꼬인 나무 그루터기가 있었다. 그것이 무엇인지
판사는 잘 알고 있었다. 잠시 후 그것에 전나무를 끼워 넣어 단
단하게 고정시킨 후 나무를 일으켜 세웠다. 전나무의 푸릇푸릇
한 꼭대기가 천장까지 뻗었다. 판사 가족이 크리스마스트리에
초를 꽂느라 정신이 없을 때, 늙은 하녀는 접시에 사과와 후추
과자를 담았다. 하녀는 촛불이 켜진 팔이 여러 개 달린 촛대를
치켜들고 그들 옆에 서 있었다. 타지에서 낯선 사람을 쓴다는 건
너무도 힘든 일이었기 때문에, 판사 가족은 고향을 떠나올 때 그
녀도 함께 데려왔다. 이제 하녀도 믿을 수 없다는 눈으로 휘황찬
란한 나무를 바라보았다.

"황금 달걀을 잊었군요!"

하녀가 말했다. 판사는 하녀를 쳐다보며 웃었다.

"마르그레트, 황금 달걀은 없지만 더 멋진 황금 사과가 있잖아요!"

"무슨 말씀이세요, 나리? 고향에서는 항상 황금 달걀이 있었다고요."

더 이상 달걀 때문에 다투지 않았다. 그럴 시간도 없었다. 그 사이 하로는 다시 자루 안을 살피기 시작했다.

"아직 초에 불을 붙이지 마세요! 이 안에 굉장히 무거운 게 있어요!" 하로가 큰 소리로 말했다.

그것은 못질이 된 나무 상자였다. 판사가 공구함에서 망치와 끌을 가져와 몇 번 두드리자 상자가 열렸다. 상자 안에는 하얀 종이에 싸인 물건들이 하나 가득 담겨 있었다.

"설탕 과자예요!" 엘렌 부인이 흥분해서 큰 소리로 말하며 조심스럽게 손을 뺐었다.

"이건 틀림없이 아몬드로 만든 거예요! 냄새로 알 수 있어요. 내가 포장을 풀 테니 어서들 앉아요!"

그녀는 조심스럽게 한 조각을 꺼내 테이블 위에 놓았다. 판사와 아들이 함께 얇고 투명한 종이 포장지를 풀었다.

"산딸기다! 딸기도 있네. 한 다발이나 있어요!" 하로가 소리쳤다.

"너, 이런 거 본 적 있니?" 판사가 말했다. "이 딸기들은 모두 숲에서 자라는 것들이란다. 정원에서는 자라지 않아."

그다음 꾸러미에서는 정말 살아 있는 것 같은 온갖 종류의 아주 작은 곤충 모양 과자들이 나왔다. 햇빛이 잘 드는 고요한 숲에서 자라는 말벌과 어리뒤영벌이었다. 벌들은 만지면 부서질 듯한 초콜릿 몸통에 황금 날개를 달고 있었다. 그리고 야생벌들이 속 빈 참나무 그루터기에 지은 것 같은 꿀이 꽉 찬 벌집이 있었고, 초콜릿으로 만든, 집게를 꽉 닫고 날개를 활짝 편 사슴벌레가 있었다.

"야호, 신난다!" 하로는 손뼉을 치며 소리쳤다.

크기별로 하나하나 모두 밝은 초록빛 비단 끈이 달려 있었다. 그들은 그 예쁜 끈들의 유혹을 참을 수 없었다. 판사 가족은 그것들을 나무에 달아 장식했다. 엘렌 부인은 열심히 새로운 모양의 과자들을 운반했다.

이내 벌들 사이에서 한 떼의 나비들이 전나무 가지 끝에 매달려 춤을 추었다. 온갖 종류의 아름다운 나비들이 다 있었다. 이제 무거운 꾸러미들을 풀기 시작했다. 하나 풀고 나면 또 하나를 진지하게 풀었다. 이번에는 조금 더 큰 조류들이었다. 피리새, 청딱따구리, 전나무 숲에 사는 잣새 한 쌍. 갑자기 엘렌 부인이 외마디 비명을 질렀다. 주둥이를 활짝 벌리고 있는 새끼 새들이 가득 들어 있는 둥지가 나왔다. 판사와 아들은 그것이 상모솔새다 아니다, 어린 방울새다 해가며 서로 다투었다. 그러면서 하로는 작은 새 한 마리를 전나무 깊숙이 숨겼다.

이제 숲에 사는 동물이 나타났다. 상수리나무 구역에서 건너온 것이 틀림없다. 아몬드로 만든 실제 크기 반만 한 다람쥐가 똘망똘망한 눈망울로 꼬리를 높이 쳐들고 있었다.

"이게 전부다!"

엘렌 부인이 말했다. 하지만 훨씬 더 무겁지만 작은 꾸러미가 하나 더 있었다. 포장을 푼 엘렌은 재빨리 그 물건을 두 손 안에 숨기며 말했다.

"최고예요! 하지만 안 돼요, 파울. 내가 당신보다 더 착하니까 이건 내 거예요. 안 보여줄 거예요!"

판사는 상관하지 않고, 꽉 움켜쥐지 않은 아내의 손을 풀었다. 그녀는 남편을 바라보며 웃었다.

"토끼다!" 하로는 환호성을 질렀다. "앞발에 양배추를 들고 있어요!"

엘렌 부인이 고개를 끄덕였다. "당연하지, 구 교구장 댁 정원에 있던 놈이란다!"

"내 아들, 하로야." 판사는 약간 강압적인 표정을 지으며 손가락으로 아내를 가리키며 말했다. "내게 약속해다오. 이 아몬드 토끼를 맛있게 먹겠다고. 이 녀석은 원래 그 목적으로 만들어졌단다!"

하로는 그러겠다고 약속했다. 꽉 채워진 나무는 가지가 휘어졌다. 늙은 하녀 마그렛은 더 이상 촛대를 들고 있기가 힘이 들어 끙끙거렸다. 팔의 감각마저 사라져버렸다.

그러나 새로운 작업이 또 시작되었다.

"자, 이제 초에 불을 붙이자!"

판사가 말했다. 애, 어른 할 것 없이 흥분한 얼굴로 의자와 발판을 딛고 올라서서는 모든 초에 불을 다 붙일 때까지 내려오지 않았다. 크리스마스트리가 점화되었다. 빛과 향기가 방 안을 가득 채웠다. 이제야 비로소 진짜 크리스마스가 되었다.

판사는 오랜만에 느낀 긴장감 때문에 지쳐 소파에 앉아, 맞은편 벽에 걸린 거울을 통해 촛불이 타오르고 있는 트리를 바라보며 명상에 잠겼다. 엘렌 부인은 다른 사람들이 눈치채지 않게 살그머니 정리를 하기 시작했다. 텅 빈 자루와 상자들을 한쪽으로 치우려 할 때, 문득 어떤 생각에 그녀는 다시 한번 종잇조각들을 만져보았다. 그녀는 멈칫했다.

"정말 끝이 없군!" 그녀는 미소를 지으며 말했다. 그녀는 초콜릿으로 만든 찌르레기를 꺼내 들었다. "여보, 파울. 이 새가 뭐라고 하네요!"

그녀는 남편에게 다가가 소파 팔걸이에 앉았다. 남편과 아내는 찌르레기 주둥이에 물려 있는 메모지를 함께 읽었다.

"메리 크리스마스! 감사를 표하고자 하는 친구로부터!"

"오라, 그녀였군!" 판사가 말했다.

"기억력도 좋군. 그래서 산타클로스가 그렇게 먼 길을 돌아가야만 했군. 이 물건들은 5마일이나 떨어진 곳에서 왔소."

부인은 팔로 남편의 목을 감았다.

"여보, 그 부인에게 감사를 표해야겠어요. 그렇지 않아요?"

"그렇게 해야지. 그런데……."

"그런데가 뭐예요, 파울?"

"그런데 그 부인이 뭘 원하는지 알아야 말이지!"

부인은 아무 대답도 하지 않았다. 그녀는 묵묵히 그에게 손을 내밀었다.

"하로는 어디 있지?" 잠시 후 남편이 물었다.

마침 그때 하로가 거실로 들어왔다. 하로는 자신이 가져온 상자에서 색 바랜 작은 형상 하나를 꺼내 조심스럽게 크리스마스 트리에 단단히 고정시켰다. 엄마와 아빠는 그것이 무엇인지 알 수 있었다. 고향에서 마지막으로 보낸 크리스마스 때 트리에 달려 있던 것 중 하나였다. 검은 말을 타고 긴 청회색 외투를 걸친 기병이었다. 하로는 트리 앞에 꼼짝 않고 서서 그 인형을 유심히 살폈다. 하로의 넓은 이마 밑에서 커다랗고 푸른 눈동자가 빛나고 있었다.

"아빠." 마침내 하로가 떨리는 목소리로 말했다. "정말 멋진 신사였는데, 안됐네요! 할아버지 할머니가 돌아가시지 않았더라면, 우리는 지금 할아버지 할머니가 계신 고향에서 살고 있었을 텐데요!"

갑자기 침묵이 흘렀다. 잠시 후 아빠가 아들을 바싹 끌어당기며 말했다. "너 아직도 할아버지 할머니가 계시던 집을 기억하고 있구나. 아마도 네가 우리 집 다락방에서 논 마지막 아이일 거야. 얼마 전에 그 집이 다른 사람에게 팔렸거든. 선조 중 한 분이 당신의 아들을 위해 그 집을 지으셨단다. 그 아들이 수년간 집을 떠나 프랑스의 상업 도시들을 떠돌다 집으로 돌아왔을 때 완성하셨지. 그분이 돌아가실 때 그 집을 후손에게 물려주셨어. 그 집에 살던 후손 중에는 상인도 있었고 상원의원도 있었단다. 그분들은 법률가가 되기도 했고 시장도 되셨어. 그분들은 모두 존경받는 분들이셨단다. 세월이 흐르면서 그분들은 힘과 권력을 이용해 여러 방법으로 많은 사람들에게 도움을 주셨지. 그렇게 해서 그곳이 그분들의 고향이 됐단다. 내가 어렸을 때 그 마을의 거의 모든 수공업자들은 우리 집에 고용되어 일했단다. 배만드는 일을 하거나, 공장에서 일을 하거나, 아니면 우리 집에서 집안일을 돕거나 했지. 그분들은 모두 서로가 서로를 신뢰했었지. 다른 사람들을 자랑으로 여겼고 서로 다른 사람들의 가치를 찾아 인정해주었어. 바로 그런 마음을 부모님들은 자식들에게 유산으로 남겨주셨단다. 우리 조상들은 탄생과 죽음에 대해 모든 것을 깨닫고 계셨지. 왜냐하면 그들은 앞으로 태어날 젊은 세대에 대해, 그리고 그분들보다 앞서 사시다 가신 선조들에 대해 잘 알고 계셨거든."

판사는 잠시 침묵을 지켰다. 아들은 꼼짝 않고 그런 아빠를 가만히 올려다보았다.

"그분들은 살아서뿐만 아니라 죽어서도 함께하셨단다. 그 마을 교회 안마당에 있는 돌로 된 건물에 그분들을 모신 지하 납골당이 있었어. 죽은 사람들도 함께 모여 있어야 하니까. 신기하게도, 내 마음속에 가야만 한다는 생각이 들었단다. 제일 처음든 생각은 내가 그곳에 자리를 차지하지 못할 수도 있다는 거였어. 나는 그곳이 열렸을 때 여러 번 가보았거든. 마지막으로 갔을 때는 네 증조할머니께서 돌아가셨을 때란다. 그분은 우리 가족을 한창 돌보셔야 할 때 돌아가셨단다. 그날을 잊을 수 없구나. 나는 납골당으로 내려가 위와 옆을 철 막대기로 받친 관들 사이의 어둠 속에서, 아주 조용히 침묵하고 있는 사람들과 온 시간을 함께 서 있었단다. 내 옆에는 백발이 성성한 공동묘지 관리인이 있었단다. 그분은 젊었을 때 마부로서, 항상 무릎 사이에

까만 푸들 강아지를 끼고 우리 할아버지의 새까만 말을 몰았었지. 그분은 높은 관에 기대서서 관 뚜껑을 덮고 있는 검은 천을 쓰다듬고 계셨어."

— 나의 주인 어르신! 증말 조은 분이셨는디!

"그분은 특유의 북부 독일 사투리로 그렇게 말씀하셨지. 아들 하로야, 난 그 집에 가면 늘 그 소리를 들을 수 있었단다. 그러면 나도 모르게 머리를 숙이지. 고향의 좋은 것들이 생생하게 느껴지기 때문이란다. 나는 그분들의 상속인이었단다. 비록 세월이 흐르고 연세가 들어 돌아가셨지만, 그분들의 선행과 능력은 아직도 살아 있단다. 내게도 말이다. 내가 어찌할 바를 모르거나 의욕을 잃었을 때도 말이다. 그리고 나와 우리 가족에게 기쁨이 되지 않는 모든 비밀스러운 고통이 몰려오는 그 짧은 순간으로 되돌아갈 때면, 지금도 역시 나는 느낀단다. 모든 도움의 손길이 나를 향해 뻗어 나오는 것을. 난 결코 혼자가 아니란다."

판사는 일어나서 창문을 활짝 열었다. 저 먼 곳까지 눈 덮인 들판이 펼쳐져 있었다. 바람이 윙윙 불었다. 저 건너 별들 아래 구름이 몰려오고 있었다. 저 멀리 정확하게 어디쯤인지 모를 먼 곳에 그들의 고향이 있다. 그는 옆에 있던 아내를 두 팔로 꼭 껴안았다. 그의 담청색 눈동자는 밤을 내다보고 있었다.

"저곳!" 그는 나직이 말했다. "나는 그곳을 이름으로 부르고 싶지 않소. 아마 그곳도 독일에 속하기를 원하지 않을 것이오. 우리 마음속으로 그곳을 이야기합시다. 유태인들이 지성소*에 대해 이야기하듯이."

그는 아들의 손을 잡았다. 너무 꼭 쥐는 바람에 하로는 아픔을 꾹 참아야 했다.

오랫동안 그들은 그렇게 서서 어두운 하늘에 흘러가는 구름을 보았다. 그들 뒤편 방 한쪽에서는 나이 든 하녀가 소리 없이 왔다 갔다 하며 점점 꺼져가는 크리스마스 촛불을 주의 깊게 지켜보고 있었다.

* 구약 시대에 성전 또는 막 안의 하나님이 있는 가장 거룩한 곳.

낮도둑

: 어떤 크리스마스 이야기

니콜라이 레스코프

Николай Семёнович Лесков
1831~1895

오카강에 접한 러시아 오룔 지방에서 태어나 법원에서 일하다 영국인 숙부가 경영하는 상회의 중개인이 되었다. 젊은 시절에는 러시아 전역을 돌아다니면서 각 지역의 방언과 풍속, 서로 다른 종교적·민족적 배경에 대한 지식을 쌓고, 1860년 상회가 문을 닫자 새로운 길을 택한다. 그해 발표한 에세이 「주류업계에 대한 소고Очерки винокуренной промышленности」가 유력 문예지인 〈동시대인〉에 실렸고, 1862년에는 〈베크〉에 단편 「전소Погасшее дело」를 발표하며 작가로 데뷔한다. 이후 검열과 출간 금지 등의 어려움에도 불구하고 꾸준히 작가로서의 경력을 쌓으며 쇼스타코비치에 의해 오페라로 만들어진 「므첸스크의 맥베스 부인Леди Макбет Мценского уезда」(1865), 「마법에 걸린 순례자Очарованный странник」(1873), 「왼손잡이Сказ о тульском косом Левше и о стальной блохе」(1881) 등의 대표작을 발표한다. 특히 「므첸스크의 맥베스 부인」은 자유분방하고 다채로운 문체로 톨스토이로부터 마술사와 같다는 호평을 받았으며, 독특한 구어체와 실험적인 구조 속에 현대 러시아 사회에 대한 통찰을 담은 「왼손잡이」는 러시아인이 가장 좋아하는 작품 중 하나로 꼽힌다.

만년의 그는 독단적이고 화를 잘 내며 훈계를 일삼는 성격 때문에 외롭게 지내다 64세의 나이로 숨을 거뒀다.

「낮도둑: 어떤 크리스마스 이야기Пустоплясы」는 1892년 문예지 〈북쪽의 소식〉에 발표된 것이다.

낮도둑
: 어떤 크리스마스 이야기

오래된 우편 마차 도로 근처의 한 야영 숙사에 한 무리의 사람들이 모여들었고, 마침내는 저마다 그 넓은 집에 자리를 차지하게 되었다. 말을 타고 여행하는 사람들, 걸어서 여행하는 사람들, 톱질하는 사람들, 풀 베는 사람들, 뱃심 좋은 행상들과 도로를 복구하는 막일꾼들이었다. 밖은 살을 에는 듯이 추웠고, 안마당에 있던 사람들도 모두 들어와서 제일 먼저 숙소에 마련된 난롯가로 온몸을 웅크린 채 어기적어기적 다가가 자리를 잡으려 애썼다. 좁은 틈을 비집고 재빨리 엉덩이를 붙일 곳이라도 찾은 사람들은 흐뭇해했다. 처음에는 흉작이라든지 소작료와 같은 신변에 연관된 이야기들이 오갔으나, 점점 사람들은 '신의 섭리'까지 들먹이게 되었다. 사람들은 하느님께서는 요셉에게 이집트에 흉년이 들 거라는 사실을 7년 전에 미리 알려주셨는데 왜 지금은 더 이상 그런 예언을 해주시지 않는지에 대해 이야기했다. 왜냐하면 지금 사람들은 자신들에게 닥쳐올 화를 전혀 예감하지 못한 채 무사태평하게 빈둥빈둥거리고 있었기 때문이었다. 그때, 그곳에 있던 한 젊은이가 갑자기 벌떡 일어섰다! 그러고 나서 자신의 박학다식함을 과시하기 시작했다. 하지만 마침내 어떤 노인이 갑자기 모두의 시선을 자신에게 집중시키며 말했다.

"그렇다면 자네들 말은, 만일 우리에게 어떤 재앙이 다가올지 미리 알게 된다면 그 재앙을 피할 수 있다는 뜻이오?"

"당연하지!"

"그 반대일세! 불을 보듯 훤하기 때문에 당연히 피할 수 있을 거라 여겼지만, 그러지 못한 경우가 적잖이 있소."

"그게 도대체 뭔지, 예를 한번 들어보시게!"

"글쎄, 이런 경우겠지. 이 세상에 가난하고 불행한 사람들이 엄청나게 많다는 사실보다 더 명확한 것은, 이런 사람들이 그렇게 많이 존재하는 한 우리는 어느 누구도 평안하게 살 수 없을 거라는 사실이지. 하지만 이에 대해 심각하게 생각해보는 사람은 아무도 없소."

"물론 그렇지. 하지만 만일 우리가 그런 불행에 대해 미리 알게 되었더라면, 틀림없이 우리는 좀 더 나아졌을 걸세."

노인만 의견이 달랐다.

"우린 분명 절대 나아지지 않았을 거요. 문제는 예언을 통해 우리가 어떤 사실을 미리 알게 되느냐가 아니라, 그 사실을 얼마나 온당하게 이해하느냐야. 하지만 사람들은 올바른 판단을 따르지 않지. 만일 직접 그런 예언을 받게 된다 하더라도 아무도 그 말을 새겨듣지 않을 거요."

사람들은 사나이에게 그와 같은 예언에 대해 예를 들어줄 수 있는지 물었고, 사나이는 이내 이야기하기 시작했다.

"사실 난 아주 나이가 많은 늙은이라오. 벌써 70년을 살았지. 내가 기억할 수 있는 제일 첫 번째 기근은 바로 6년 전에 있었소. 우리 종족은 헝가리인들을 내쫓았지. 심지어는 그 당시 우리 마을에 기이한 일이 생기기까지 했다오."

여기까지 이야기했을 때, 그의 이야기는 그가 어디 출신이냐는 쓸데없는 질문으로 인해 중단되었다.

불쾌하다는 듯이 노인은 재빨리 대답했다.

"타그디번이라는 마을이라네. 또 뭐가 더 알고 싶소?"

"아뇨, 됐습니다."

"자, 그럼 이제 내 고장 타그디번에서 무슨 일이 일어났는지 잘 들으시오. 그리고 우리 고장에서 일어났던 것과 같은 일이 여러분들 마을에서는 결코 생기지 않게 주의하시오. 그리고 이제 내 이야기가 끝날 때까지 조용히 하시오. 내 충고는 그리 길지 않으니."

"그건 참으로 불가사의한 일이었소. 우리 이웃 마을 주위에는 도대체가 낟알 하나 자라지 않는데도, 우리 경작지는 작은 섬처럼 하늘을 향해 우뚝 솟아 있었소. 하느님께서 우리에게만 수확을 선물하셨소. 다른 이웃 주민들은 비탄에 잠겼지만, 우리는 하느님께 감사드리며 말했지."

— 하느님께 이 영광을 바칩니다!

"그리고 우리는 이웃들이 우리를 괴롭힐 수도 있을 거란 생각은 결코 하지 않았지. 하지만 이웃 주민들은 확실히 우리를 시샘했어. 그들은 우리보고 '오, 신께서 사랑하는 이들이여! 신은 우리에게는 벌을 주시지만 당신들에게는 은총을 베푸시는군요. 어떤 순교자에게 부탁을 했기에 그런 기적을 행사해주시는 약속을 얻으셨나요?'라고 물었지. 이제 우리 마을 사람들은 모두가 신의 아주 높으신 총애를 받고 있다고 허세를 부리게 되었소. 우리는 곡식을 베고 거두어들여 곡물들을 창고로 운반해 건조실에 쌓아놓고, 마침내는 탈곡장에서 타작을 했지. 우리는 하루 종일 흥청거리며 지내게 되었소! 게다가 이미 오만불손한 악행을 자행하기 시작했지. 가축들을 도살했고, 첫 수확물을 신부님께 바쳤고, 연한 맥주를 빚었고, 심지어 농부들은 독한 술까지 마시고자 했고, 아낙네들은 이른 아침부터 '귀족들이 먹는 우유 빵과 넓적하게 펴서 만든 플라덴 빵을 만들어 먹어도 되겠지!' 하는 생각을 하게 되었소. 우리는 필요 이상으로 만들어 먹고 마셨소. 주변 이웃 마을들에서 사람들이 허섭스레기와 깻묵 따위로 고생하고 있을 때, 우리는 복에 겨워 이렇게 말했지."

— 다른 사람들이 기근에 시달리는 건 우리 책임이 아니야. 우리는 그들의 농지에 아무 짓도 하지 않았어. 오히려 우리는 봄에 그들과 함께 들로 나가 제사를 드렸어. 하느님은 우리의 기도를 들으셨고 우리에게 풍작을 선사해주신 거야. 하지만 하느님께선 누구에게나 은총을 베푸시진 않아. 모든 건 하느님의 손에 달렸다고. 하느님은 공평하셔. 하지만 우리는 이웃 주민들을 외면하지 않겠어. 결코 그들 앞에서 자랑하지도 않겠어. 그 반대로 남은 곡식들로 그들을 도와야지.

"그 후로 정말 이웃 주민들은 매일같이 계속해서 우리를 찾아왔소. 오고 또 왔지. 그런 일이 오랫동안 지속될수록 점점 그들은 우리에게 부담이 되었소. 거리는 그렇다 치고 결국엔 집 안에서조차 편안하게 앉아 있을 수 없게 되었소. 하루 종일 굶주린 자들이 곤궁한 처지에 대해 고래고래 악을 쓰는 소리 외엔 아무것도 들리지 않았지."

— 신의 은총을 받는 자들이여! 우리를 불쌍히 여겨 한 푼만 적선합쇼. 하느님을 위하여!

"그래, 좋다 이거야. 한 번 주고 두 번 주고 그래도 그때까진 그럭저럭 견딜 만했소. 하지만 그러고 나면 결국 창문을 두드리며 "신이 당신들의 청을 들어주실 것이오, 사랑하는 형제들이여! 부디 언짢게 생각지 마시오!"라고 말하는 거요. 어떻게 됐냐고? 우리가 신의 총애를 받고 있는 것이 사실이라 하더라도, 그들에게 커다란 빵 다섯 덩어리를 줘봤자 모두를 배부르게 하기란 불가능했단 말이오! 그렇게 해서 한 명을 창틀에서 쫓아 보내면, 어느새 다른 굶주린 자가 그자의 뒤를 바싹 쫓아가는 것이었소. 그러고 나면 우리는 직접 빵을 잘랐던 우리 자신이 매우 부끄러웠소. 그래요, 물론 그보다 더 명백하게 하느님이 직접 모두의 마음속에 찾아와, 결코 어느 누구도 내쫓아선 안 되고 다르게 행동하라고 일깨워주셨소. 우리는 그대로 하기 전에는 편안하게 산다는 건 결코 생각조차 할 수 없었소. 우리는 그런 사실을 깨달아야만 했소. 하지만 그러지 못했지. 그 당시 실제 예언자도 왔었소만 그는 혼자 웃음거리만 되었소."

예언자라는 단어가 나오자 사람들은 웅성거리며 술렁이기 시작했다.

"귀를 기울이시오, 형제들이여. 귀를 기울여 들으시오!"

그는 이야기를 계속하기 시작했다.

"굶주린 이웃 주민들은 우리들에게 짐이 되었고, 결국 우리는 그들이 곤궁한 처지에서 벗어나도록 어떻게 도와야 하는지 더 이상 어찌할 줄 몰랐소. 정말 아무것도 생각해낼 수 없었소. 당시 우리 마을에 표도스 이바노프라는 산지기가 한 명 살고 있었소. 그는 엄청난 책벌레인 데다 모든 방면에 상당히 정통했던 사람이었소. 그때 표도스가 우리들에게 말했소."

— 형제들이여, 그렇게 아무 생각 없이 빈둥거리는 것은 옳은 일이 아니오. 사람들이 무슨 말을 하든 간에 우리는 냉정합니다. 심지어 우리는 곤궁에 처해 고통받는 사람들에게 마치 아량을 베풀듯 빵 껍질이나 던져주면 되려니 하고 있습니다. 하지만 우리는 원하기만 하면 언제든지 플라덴 빵이나 우유빵 같은 특별한 음식까지도 만들어 먹을 수 있는 풍족한 상황임에 틀림없소이다. 아, 이런 식으로 하는 것은 신의 뜻을 어기는 거요! 하느님의 말씀을 따르려면, 가능한 한 우리를 위해서는 덜 사용하고 가난으로 고통받는 자들에게 많이 베풀어야 합니다. 이제부터라도 우리는 매우 검소한 생활을 해야만 합니다. 그렇게 하면 우리의 영혼이 가벼워져 빛을 발하게 될 것입니다. 하지만 솔직히 말해, 이런 궁지에서 벗어나려면 물론 심하게 고생하겠지요. 고난

과 불행은 어리석음에서 오는 것이오. 하지만 우리가 스스로 맑은 빛 속에서 잘 생각해본다면, 어떤 고통이 정말로 더 괴로운 것인지 결코 우리가 알 수 없었던 죄의식을 깨닫게 될 것입니다. 그러면 우리는 '주여, 내리쳐 저를 죽여주옵소서'라고 기도드리게 될 것입니다.

"내가 이미 표도스는 박식한 사람이며 그는 모든 것을 인간적인 면에서 고찰한다고 말씀드렸소. 즉, 인간은 무엇을 행해야 하는가, 인간의 보편성에 있어서……. 말하자면, 만일 누군가 손가락 한 개가 아프다고 한다면, 비록 한 개만 아픈데도 온 몸이 다 불편하다는 뜻이오. 하지만 우리의 표도스가 주장했던 이 말은 진지하지 못한 무뢰한과 게으름뱅이들의 마음에 들지 않았소. 표도스는 다른 사람들 사이에서도 이렇게 말하곤 했소."

— 존경하는 우리 마을의 노인과 젊은이들이여, 당신들은 내 말에 분개해선 안 되오. 왜냐하면 내 말은 내가 혼자 생각해낸 말이 아니고 다른 사람으로부터 들은 말이기 때문이오. 스스로 골똘히 생각해보시오. 자신의 코앞에서 다른 사람들이 어려움으로 고통당하고 있는데 축제를 벌일 생각을 한다는 것은 잘못된 일이오. 물론 그것이 누군가에게 부담이 되지는 않소. 하지만 그렇게 함으로써 그들은 질투의 씨를 뿌리는 셈이고 하느님의 적이 될 것이오. 자, 형제들이여! 이제 고통받는 자들과 함께 괴

로워할 시간이오. 지금은 축제를 벌이고 독주를 마시고 게다가 케이크까지 구워 먹을 때가 아니란 말이오.

"바로 이 말 때문에 노인들은 표도스를 업신여겼고, 젊은이들은 그 자리에서 말대답을 했지."

— 정말 끊임없이 설교를 늘어놓으시는군요, 표도스 아저씨! 당신이 신부님이라도 되시나요, 감히 수도원장님이라도 되시냐고요? 정작 우리 신부님은 그런 말로 우리를 괴롭히지 않으시는데 말이죠. 만일 신께서 우리에게 그러한 은총을 베푸신 거라면, 우리가 무엇이든지 먹는 것을 왜 기뻐하면 안 된단 말씀이죠? 먹고 마시는 것 역시 신에게 경의를 표하기 위함인 것을. 우리는 남김없이 먹어치우고 다 마셔버리고 일어나 성호를 긋습니다. '오 신께 감사를 드립니다!' 도대체 갑자기 뭘 원하시는 것입니까?

"표도스는 젊은이들의 이런 말들을 오해하지 않았지. 게다가 그는 어떻게 대답해야 할지도 알고 있었소."

— 어리석은 자들아! 도대체 뭐가 신께 경의를 표하는 것이란 말이냐? 귀족들이 먹는 플라덴 빵이나 먹는다고 해서 너희들에게 무슨 영광이 있겠느냐? 필경 빵 껍질이라도 얻기 위해 힘겹게 애써야 하는 처지에 이르고 말 것이다. 그 지경이 되어서야 너희들은 모든 일에 있어서 하느님께 순종하겠다고 진정으로 경의를 표할 수 있게 될 거야. 그때도 분명 신께서는 우리에게 '너희들은

모두 나의 사랑하는 자녀들이니 서로 사랑하거라!'라고 말씀을
전하실 테니까.

　"하지만 표도스는 그들을 납득시키지 못했을 뿐만 아니라, 그
자리에 있는 모두로부터 욕설을 들었지. 심지어 친손녀인 마브
루트카는 가장 심하게 그에게 반항하며 상처를 입혔소. 가족 중
에 유일하게 마브루트카만이 홀로 남았고, 표도스는 손녀와 함
께 단둘이 오두막집에서 살았었는데, 마브루트카는 항상 할아
버지에게 반항했소. 그녀는 정말 덜렁쇠였고, 표도스의 말엔 귀
도 기울이지 않았고, 심지어는 자주 건방지게 할아버지에게 대
들었소."

　— 할아버지는 이제 너무 늙었어요. 게다가 늘 모두에게 걱정
거리만 만들어주려고 해요. 사람들이 만족스럽지 않기 때문이
죠. 할아버지는 매사 말끝마다 하느님밖에 몰라요. 그 소리는 교
회에서도 지겹게 듣는다고요. 그 소리가 나올 때마다 우린 성호
를 그으며 두 손을 모아 고개를 숙여요. 이젠 우리도 즐기고 싶
다고요!

　"그러면 표도스는 그녀에게 답했소."

　— 얘, 마브루트카야. 지금 네가 한 말은 옳지 않단다. 사람들
은 항상 하느님의 존재를 볼 수 있어야만 해. 왜냐하면 신께서는
모든 곳에 계시고, 무엇이 옳고 그른지 분명히 들을 수 있게 네

게 말씀해주시기 때문이란다.

"하지만 손녀는 이런 말에 반박을 위한 반박만 할 뿐이었소. 그녀는 매번 할아버지에게 '할아버지는 그냥 농부일 뿐이에요. 신부님이 아니라고요. 할아버지 말에 따르지 않겠어요' 하며 말을 마쳤지. 그러면 표도스는 이렇게 대답했소. '맞다. 난 그냥 평범한 농부일 뿐이다. 결코 신부님 같은 성직자들 속에 나를 끼워넣으려는 것이 아니다. 하지만 넌 내가 어떤 사람인지 연구할 게 아니라 내 말을 명심해야 해. 선한 일을 행하고 불쌍한 사람들에게 동정심을 가지란 말이다.' 하지만 손녀딸은 '좋아요, 그렇지만 젊은 사람들은 동정심이 그렇게 많을 필요는 없어요. 젊은 시절엔 자신의 행운도 시험해봐야죠'라고 대답했지. 그러면 표도스는 '그땐 아무도 도울 수 없을 게다. 넌 네 행운을 시험해보겠지. 하지만 그것이 너를 언제나 만족시켜주지는 못할 게다'라고 대답하는 수밖에 없었소. 물론 다른 사람들도 모두 표도스에게 반대했지. 그래도 표도스는 야단법석 떨지 말고 조용히 생활해야 한다고 계속해서 설교했지만, 결코 다른 사람들과 의견이 맞지 않았소.

축제가 가까워오던 어느 날, 표도스는 마브루트카와 집에서 심하게 다투었소. 그녀는 '할아버지, 체에 거를 밀가루가 필요해요. 난 플라덴 빵을 만들어 먹고 싶단 말예요'라며 할아버지를 괴롭혔지. 하지만 표도스는 그러길 원치 않았소."

─ 그냥 먹던 빵이나 먹거라. 있는 티 내지 말고.

그러자 마브루트카가 화가 나서 말했소.

─ 하느님조차도 우리의 처지를 이렇게 예전보다 훨씬 좋게
해주셨는데, 왜 할아버지께선 계속해서 누군가를 괴롭히려 하
시는 거예요!

─ 아, 어리석은 것! 신께서 왜 너희들에게 특별한 은총을 베
푸시는지 아무도 모르는구나. 그건 즐기라고 그러신 게 아니라
가르침을 주시기 위함이다.

"이런 대화가 있었던 어느 날, 마브루트카는 소리를 지르며
할아버지에게 대들었소."

─ 오, 제발 할아버지하고 함께 오래 살 일이 없길 빌어요! 신
께서도 할아버지가 돌아가시길 바라고 계셨으면 좋겠어요.

"하지만 이런 말에도 표도스는 화를 내지 않았소."

─ 걱정 말거라! 어려운 일도 아니지! 조금만 기다려라, 너희
들은 곧 내 장례식을 치르게 될 테니. 그러고 나면 필시 너희들
은 날 그리워하게 될 거야.

"젊은이들은 박장대소를 했지."

─ 암요, 어련하시겠어요! 저희들은 불평만 하던 노인네를 떠
올리게 되겠지만!

"표도스를 존경할 만한 사람이라고 했던 노인들조차도 표도스의 편이 되어주지 못했고, 젊은이들과 마찬가지로 말하곤 했지."

— 어째서 그자는 그리도 교만한 거지? 표도스는 정말 다른 모든 게으름뱅이들보다 튀기를 바라고 있어! 우리가 표도스에 대해 잘 알지 못하는 것 같아. 그도 예전엔 술도 마시고 여인네들과 춤도 추지 않았어? 표도스도 늘 위대한 일만 행하진 않았잖아!

"젊은이들은 이런 소리를 듣고는 흡족해했지. 한 경박한 자가 표도스에게 다가가 물어보았어."

— 표도스 할아버지! 노인분들이 당신에 대해 뭐라고 하는지 좀 들어보세요.

— 그래! 어디 한번 말해보게나, 들어나 보지!

— 노인분들이 그러시는데……. 당신……. 아, 도저히 창피해서 제 입으론 말 못 하겠어요!

— 이봐, 왜 그래? 응? 그건 자네가 창피해할 일이 아니라고!

— 당신이 아주 젊었을 때…….

— 그래, 그 시절 난 진짜 몹쓸 놈이었지! ……이보게, 그 당시엔 학교가 없었네! 오로지 싸움터밖에 없었지, 학교는 없었다고.

— 당신은 창녀에게 먹을 걸 가져다주었다고 하던데요!

— 그보다 나쁜 짓을 훨씬 더 많이 했지. 이봐, 난 아주 사악한 짓을 저질렀다네. 감사하게도 그런 짓들의 대부분을 이젠 다 잊었지만……. 보다시피, 하느님께서 날 용서해주셨지……. 사람들도 그 사실을 다 알고 있어. 이보게, 자네는 나처럼 살아서는 안 돼. 자네들은 좀 더 훌륭하게 살아야 해. 그래야 나중에 사람들이 자네들에 대해 험담을 할 수 없을 테니 말일세.

"하지만 우리는 점점 더 커다란 잘못을 저지르게 되었지. 이보게들, 결국에 우리들은 부도덕하고 문란한 생활에 빠져들게 되었소. 우유빵과 플라덴 빵을 만들어 먹는 것만으로는 만족하지 못했소. 우리는 쾌락을 쫓았고 놀음을 일삼고자 했소. 우리는 노인들 몰래 악마나 곰같이 가능한 한 기괴하고 요란하게 치장을 하고, 심지어 계집애들은 집시처럼 꾸미기로 하고는 모두 강 건너편에 있는 술집으로 달려가 희희덕거리며 놀기로 작당했지. 어디서 들었는지 이 사실을 알게 된 표도스는 불편한 마음을 드러냈소."

— 아, 방탕한 자들 같으니라고! 너희들이 칠현금을 들고 굶주림에 시달리는 사람들 곁을 지날 때 그 사람들이 얼마나 화가 치밀지 생각해보았니? 애, 마브루트카야, 잘 듣거라. 난 네가 그 짓거리를 하게 허락할 수 없단다!

"사람들은 모두 표도스에게 찾아와 마브루트카도 함께할 수 있도록 허락해달라고 간청했소."

— 표도스 이바노프 씨, 제발 마브루트카도 함께 갈 수 있도록 허락해주세요. 당신은 왜 항상 마브루트카의 속을 태우려 하시나요!

— 썩 꺼져버려, 이 얼간이들 같으니! 어떻게 그걸 속 태우는 거라 말할 수 있어? 난 단지 인간들이 멍청이가 되어가게 내버려둘 수 없을 뿐이라고!

— 암요, 물론이죠, 당신은 언제나 그랬으니까요. 당신은 늘 모두가 할 수 있는 것 이상으로 현명하길 요구했으니까요!

— 결코 능력 이상의 것을 요구하지 않았어. 난 단지 '네 이웃을 사랑하라'라고 하느님이 말씀하신 것을 너희들이 지키길 원했을 뿐이야. 너희 이웃이 곤경에 처해 있으니, 너희들도 춤추며 즐겨서는 안 돼.

— 그렇게 한다고 해서 우리 이웃의 처지가 더 나빠지기라도 한단 말씀인가요?

— 당연하지. 네 이웃을 유혹하지 말거라! 현명하게 생각하라고!

— 또 그 잘난 척! 정말 넌더리가 나요. 당신도 젊었을 때 지금처럼 그렇게 지껄이지 않고 오히려 우리처럼 빈둥빈둥 즐기면

서 지냈잖아요.

— 그래서, 그게 어쨌다는 건가? 젊은 시절 무지로 인해 저지른 과오에 대해 난 이미 충분한 대가를 치렀다네. 내가 젊은 시절 그랬기 때문에 지금 자네들에게 옳은 일 대신 나쁜 짓을 저지르라고 권해야만 한단 말인가? 하, 어찌 이리도 어리석을까! 술 마신 사람들하곤 이야기하는 게 아니라 잠을 재워 술을 깨게 해야지. 젊은 시절 나도 꽤나 얼큰히 취해 다녔었지. 하지만 지금은, 신께 감사하게도 충분한 수면으로 완전히 술에서 깨었다네. 만일 내가 그렇게 쉽게 죄를 범한 인간이 아니었고 올바른 인간이었더라면, 아마도 지금 자네들에게 다른 방식으로 말했을 것이네. 그것은 '하느님께서 너희들에게 금하신 일이니, 그 일로 말미암아 너희에게 벌이 내려질 것이로다!'라고 말일세.

"바로 이 말 때문에 모두들 표도스에게 반항하며 일어나 큰 소리로 말했소."

— 아니, 그렇지 않아! 저 인간 뭐라고 지껄이는 거야! 다 지어낸 말임에 틀림없어! 교회에서조차 즐거움에 대해 얘기했는걸. 다윗 왕도 놀며 춤추며 즐겼다고. 결혼식 땐 와인까지 마시지 않았어? 당신은 우리에게 아무것도 강요할 수 없어요. 그건 절대 우리에게 금지된 일이 아니에요. 만일 사람들을 바른 길로 인도하는 것이 정말 하느님의 뜻이라면, 하느님께선 당신을 보

내지 않으셨을 거예요. 특별한 신의 사자나 예언자를 보내셨을 거예요."

"표도스는 젊은이들을 깨우쳐주려 무척 애를 썼소."

—신이 누굴 보낼지는 우리가 판단할 문제가 아니라네. 중요한 건 하느님의 말씀은 신성한 것이고, 그 말씀의 씨앗을 뿌려 누군가를 통해 인간들에게 알리고 이해시키는 것일세. 급파된 사자를 기다리는 것이 아니라 그게 누가 되었든 신의 뜻을 전하는 자에게 귀 기울여야 한단 말일세. 만일 급파된 사자가 갑자기 나타나면 어느 누구도 그의 말을 이해하지 못할 걸세.

"비록 모두가 표도스와 언쟁을 벌이기는 했지만, 누구나 다 드러내놓고 그 말을 거역하길 꺼려했소. 우리는 노인들이 창녀에 대해 했던 이야기가 떠오를 때면 겉으로는 표도스를 존경하지 않는 것처럼 행동했지만, 그가 이미 오래전에 반듯한 사람이 되었다는 사실을 인정하지 않을 수 없었다네. 그러고 나면 우리는 표도스 앞에 서기가 부끄러웠지. 예전에 그가 나쁜 짓을 많이 했다는 건 사실이었소. 그는 정말 몹쓸 사람이었소. 하지만 이미 오래전에 모든 것을 일축시켰지. 그는 정말 반듯한 인간이 되었소! 한편으로 우리는 우리의 계획을 실행시키고자 했지만, 다른 한편으로는 우리 자신이 부끄러웠소. 그래서 우리는 우리의 계획을 숨기로 하고, 크리스마스 전날 저녁에 곡물 창고에 모여 짚단 속 한 귀퉁이에 숨어서 서로를 기다리며 분장을 하고 떼를 지어 술집으로 몰려가기로 은밀히 약속했지. 선술집에서 축제가 열릴 거라는 걸 우리는 알고 있었소. 들은 바에 의하면 술집 주인은 소 한 마리와 돼지 세 마리를 잡았고, 연한 맥주를 두 통이나 양조했다는 것이었소. 그곳에서 우리는 미친 듯이 먹고 마실 생각이었지. 여자애들은 집으로 가는 길에 자신들이 숨을 곳을 보고자 했었고. 물론 그 계획은 완벽하게 진행되었지! 그래서 우리는 매우 바빠졌어. 특이한 의상들을 가져다 은밀한 장소에 숨겨야만 했소. 그리고 굶주린 이웃들이 행여 우리를 관찰하고는 우리가 숨겨놓은 물건들을 훔쳐 갈지도 모른다는 불안감에 항상 시달렸지. 크리스마스이브까지 그들에게 먹을 것을 조금 주면서 아낙네들과 여자애들이 말했소."

— 잘 들어, 내일은 이리 오지 마! 우리는 내일 목욕탕에 가서 목욕할 거야. 그러고 나서 도끼로 나무를 깎아 의자를 만들어야 해. 내일 우리 마을에 남아 있는 사람은 아무도 없을 거야. 그러니 잘 알아듣고 대비를 하도록 해!

"마브루트카는 표도스 할아버지가 숲으로 가고 나면 옷과 장신구들을 곡물 창고에 가져다놓으려 했네. 집에 있는 것들 중 필요한 것들을 모두 챙겨 깨끗이 닦고 있을 때, 창밖으로 진눈깨비처럼 눅눅한 눈보라가 휘몰아치는 것을 보았소. 기가 막혀 허탈

한 얼굴로 마부르트카는 중얼거렸지."

— 빨리 갔다 오지 않으면 할아버지한테 들키겠는걸!

"하지만 문을 열자마자 눅눅한 눈이 그녀의 얼굴에 들이쳤고, 그녀는 문 바로 앞에 있는 연자방아 위에 한 거지 아이가 앉아 있는 것을 보았지. 그 아이는 아주 이상해 보였어. 얼굴은 아름답게 생겼지만 옷이라곤 다 떨어진 외투가 전부였지. 외투의 어깨에는 짚으로 쑤셔 박아 채운 커다란 구멍이 뚫려 있었소. 마치 부러진 날개가 짚으로 덮여 고정되어 있는 것 같았소. 그때 마브루트카는 아이에게 화를 냈소."

— 뭘 원하지? 이런 날 여기 와 있으면 어쩌라는 거야? 이 망할 놈의 비렁뱅이들 같으니라고!

"아이는 말없이 서서 커다란 눈으로 그녀를 쳐다보았지."

— 딱부리 같은 눈으로 뭘 쳐다보는 거야? 썩 꺼져버려!

"하지만 아이는 꼼짝 않고 그 자리에 서 있었소. 그러자 마브루트카는 몸을 휙 돌리며 쏘아붙였지."

— 지옥에나 가버려!"

"그러고는 전혀 영혼의 거리낌 없이 달려가버렸소. 마부르트카는 오늘 참석하지 못할 거라는 소문이 나돌았기 때문에 그녀는 그렇게 서둘러 달려갔던 것이오! 곡물 창고까지 달려간 그녀는 창고 안에서도 가장 구석진 곳의 짚더미 속에 자신의 물건들

을 숨겼지. 하지만 되돌아가기 위해 다시 일어났을 때, 부리부리
한 눈의 그 아이가 바로 문 앞에 서 있는 것을 보았소. 마브루트
카는 분노했소."

　　— 너 이 건방진 놈 같으니. 내 물건을 훔치려고 날 염탐하고
있었지! 내가 네 버릇을 고쳐주마!

　　"그리고는 아이를 즉사시킬 수도 있을 것 같은 무거운 도리깨
를 아이에게 힘껏 던졌소. 오, 하느님! 감사합니다! 다행히도 아
이는 도리깨를 피해 달아나버렸소. 그 사실이 마브루트카를 더
욱더 화나게 만들었고 그녀는 아이를 뒤쫓아갔소. 하지만 구석
에 숨었는지 겁에 질려 곡물 창고를 빠져나갔는지, 마브루트카
는 녀석을 찾지 못했고, 할아버지가 숲에서 돌아오기 전에 집에
가 있으려고 얼른 집으로 갔소이다. 그때 그녀는 어떤 불행이 자
기 앞에 서 있는 듯한, 그리고 누군가에게 추격당하는 듯한 불안
한 생각이 들었소. 그리고 그녀가 빨리 달리면 달릴수록 점점 더
용기는 사라졌지. 게다가 누군가가 자기 집 앞에 있는 것 같았
소……. 마브루트카는 눈을 가늘게 뜨고 바라보았지. 딱부리눈
녀석이 벌써 와 있는 것일까? 그때 마브루트카와 동갑내기인 소
녀가 양동이를 들고 그녀 옆을 지나가다 물었소."

　　— 어떻게 된 거야? 혹시 발이라도 삔 거니?

　　"하지만 마브루트카는 그녀에게 손짓을 하며 물었지."

─혹시 여기에서 우리 집이 보이니?

─응.

─우리 집 앞 창문 아래 벤치에 누가 앉아 있니?

─글쎄, 표도스 할아버지하고 그리고…….

─갑자기 야맹증이라도 걸린 거야?

─웬걸! 아주 똑똑히 보여. 손에는 엄지장갑을 끼셨고, 기둥에 기대서는 기침 때문에 아주 괴로워하고 계셔…….

─눈이 부리부리한 녀석도 보이니?

─그 녀석 오늘 하루 종일 온 동네를 돌아다녔어. 그런데 지금은 어디론가 가버렸고…….

"그러자 마브루트카가 그녀에게 자기도 그 녀석을 보았고, 그 녀석이 자기가 물건들을 어디에다 숨기는지 염탐했다고 말했소이다."

─그리고 이젠 그놈이 내 물건들을 찾아 훔치려 해.

─얼른 가서 다른 데다 숨겨.

─네 말이 맞아, 그래야겠어!

"순간 마브루트카는 곡물 창고에서 기분이 언짢아질지도 모른다는 느낌이 들었소. 마브루트카가 집으로 돌아오자 몹시 실망한 표도스가 말했지."

─내 말 명심하거라. 재앙이 일어나지 않도록 주의하거라.

— 할아버진 절 막지 못해요!

— 어떻게 강제로 막을 수 있겠니……. 그게 무슨 소용 있겠어. 하지만 어디 한번 말해보렴. 도대체 그렇게 해서 너한테 좋은 건 뭐냐? 돌아올 때 너희들에게 남는 건 아무것도 없을 게다. 내 말 명심해라.

— 또 시작이시군, 또 시작이야! 우리는 아무것도 두려워하지 않아요. 그리고 들으신 대로 축제는 열릴 거예요. 벌써 소와 돼지를 잡고 맥주도 양조했어요.

— 봐라, 얘야. 너희들이 어떤 미친 짓을 했는지. 술을 만들고 가축들을 도살하다니…….

— 돼지가 참으로 불쌍하시겠어요!

— 난 까마귀도 불쌍하단다. 높으신 신의 섭리조차도 그 작은 몸통 하나에까지 마음을 쓰시는데…….

— 조그마한 까마귀 몸통에도 신경을 쓰신다고요?

— 그래!

— 신의 섭리요?

— 그래!

— 퉤!

"마브루트카는 큰 소리로 침을 뱉었소."

— 왜 침을 뱉는 거냐?

— 할아버지 말씀에 뱉었어요.

— 내 말에 침을 뱉을 수 있을지는 모르나, 신께는 그렇게 무례하게 굴지 말거라.

— 하느님 같은 거 필요 없어요.

— 내 눈을 똑바로 보고 말하거라!

— 그러죠! 신은 항상 우리한테 억지로 자기 뜻에 따르게 해요.

— 함부로 지껄이는구나, 어리석은 것 같으니라고! 내가 너한테 신에 대해 이야기한 것은 우리 인간들 모두 그분을 위해 일해야만 하기 때문이다!

— 왜 그래야 하는지 이해할 수 없어요. 이해하고 싶지도 않고.

— 뭐라고? 일을 하지 않겠다는 말이냐?

— 관심 없어요.

— 그래도 해야만 해. 자발적으로 일하는 사람이 없다면 사람들은 강제로 일하게 된단다. 그러니 너도 일을 해야만 할 게다.

"화가 나면서도 마브루트카는 웃으며 대답했소."

— 그만두세요, 할아버지. 확실히 할아버진 누가 봐도 정상이 아니에요!

"그러자 표도스는 손녀를 바라보며 '제정신이 아니구나! 신의 가호가 있기를!' 하고 답하고는 묵묵히 난로 옆 의자에 앉았소. 하지만 손녀는 램프에 초를 끼워 들고 자기 물건들을 다른 곳에 숨기려고 정신없이 서둘러 곡물 창고로 갔소. 창고 안은 이미 어두워져 있었고, 사방에서 공포가 엄습했지. 공포와 함께 두려움도 느꼈소이다. 그런 공포심이 그녀의 온몸을 사로잡았고, 그녀는 비틀거렸지. 그러자 그녀는 얼른 불을 붙이면 훨씬 용기가 생길 거라 생각하고 성냥을 한 번, 또 한 번 그었소. 그때 무엇인가가 그녀 얼굴을 스쳐 지나갔지. 마침내 그녀는 램프에 불을 붙였고, 성호를 그었소. 하지만 그녀는 자신의 물건을 숨겨놓은 곳을 찾을 수 없었소. 그때 어떤 작은 새 한 마리가 그녀에게 날아들었고, 다른 데서 또 한 마리가 날아들었소. 새들은 그녀가 하는 짓을 허락하려 하지 않았소! 순간 그녀는 깨달았소. 그녀에게 그 일이 생길 것이라는 걸. 그리고 실제 그런 일이 생겼소. 작은 참새들은 어디에서 나타났는지 모르게 몰려들어 불빛 속에서 날개를 퍼덕이며 짚단 위에 앉아 깃털을 곤두세운 채 그녀를 바라보았소. 물건을 얼른 꺼내서 나가야겠다고 생각한 마브루트카는 서둘러 짚단 속으로 양손을 집어넣어 여기저기 헤집기 시작했소. 하지만 그녀의 손 밑에서 뭔가가 움직이며 꿈틀거렸소. 마브루카가 그걸 꽉 움켜쥐는 순간 참새 한 마리가 튀어나와 날개를 퍼덕이며 짹짹거렸소."

172

─퉤, 이 악마! 여기서 뭘 찾고 있는 거야? 빌어먹을 것 같으니!

　"마브루트카는 참새를 붙잡아 목을 잡아 뜯어버렸소. 하지만 그녀는 분노에 차, 자신이 램프를 쓰러뜨렸다는 사실을 알아채지 못했소. 삽시간에 짚더미에 불이 번졌소. 그때 짚에서, 아니 짚더미에서, 뭐라 말해야 좋을지 모르지만, 눈이 부리부리한 그 아이가 이마에 핏방울이 맺힌 채 벌떡 일어났소. 그러자 마브루트카는 모든 걸 잊은 채 허둥지둥 달아났소. 하지만 불은 폭풍우처럼 온 마을을 휩쓸어버렸고, 1시간도 채 못 되어 모든 것이 재로 변해버렸지. 우리가 인생을 바쳤고 그렇게도 자랑스럽게 여기던 것들이 말이오……. 이제 우리는 예전에 우리가 부담스러워했던 그자들보다 더 곤궁한 처지가 되었소. 우리의 곡식이 몽땅 타버렸을 뿐만 아니라 거할 곳조차 없어졌기 때문이오. 그래서 우리는 어쩔 수 없이 우리에게 구걸했던 자들에게 찾아가 날이 따뜻해질 때까지만이라도 그들 집에 머물 수 있게 해달라고 간청하는 수밖에 없었다오. 그 화재로 인해 표도스도 심한 화상을 입어 다시는 일어날 수 없게 되었소. 그러나 죽는 순간까지도 표도스는 여전히 변함없었소. 오히려 다른 사람들에게 위로의 말을 전했다오."

　─괜찮아, 아무 일도 아니야. 신께서 보내신 것은 모두 다 선

하다네. 우리는 여전히 신께서 사랑하는 자이니, 완전히 잊고 다시는 우리가 범했던 어리석은 짓을 되풀이하지 않고자 하면, 반드시 신께서 우리를 보다 나은 길로 다시 인도하실 거라오.

"이 말을 남기고 표도스는 죽었소. 바로 그런 믿음으로! 눈이 부리부리한 아이가 어떤 아이이든 어디에서 왔든 중요한 것은 재만 남은 마을에서 왔다는 것이오. 나중에 그 누구도 그 아이의 소식을 듣지 못했소. 그래서 사람들은 그 아이가 천사였고 매정하게 대한 대가로 우리에게 벌을 준 거라고 말했다오. 예전에 표도스가 이렇게 말했소."

— 어찌 됐든, 어떤 아이이든, 불쌍한 아이는 신이 우리 인간의 마음을 알고자 할 때 보내는 신의 사자요…….

"그러니 자네들도 주의를 기울이게. 혹여 자네들 중 누군가가 그런 신의 사자와 만날 수도 있으니 말일세!"

네 번째 동방박사 이야기

헨리 반 다이크

Henry Van Dyke
1852–1933

미국의 작가, 교육자, 목사. 대학에서 영문학 교수를 지내다가 윌슨 대통령의 임명으로 네덜란드와 룩셈부르크 장관을 역임했다. 또 미국 문학·예술 아카데미에 선출되는 영예를 누리기도 했다. 대표작으로『네 번째 동방박사 이야기』The story of the other wise man,『첫 번째 크리스마스 트리』The first christmas tree,가 있다. 이 외에도 수많은 시와 찬송가 가사를 남겼다.

일반적으로 알려진 동방박사는 세 명이지만 동방박사가 네 명이었다는 전설이 페르시아와 러시아 지역에서 전해 내려오는데, 이를 토대로 쓴 것이『네 번째 동방박사 이야기』(1895)이다. 이 작품을 통해 동방박사의 전설은 전 세계적으로 알려졌으며, 다양한 연극과 영화로도 만들어졌다.

반 다이크의 작품에서 네 번째 동방박사의 이름이 아르타반Artaban이었기에 일반적으로 네 번째 동방박사를 아르타반이라 부른다.

네 번째 동방박사 이야기

만인의 왕인 아기 예수께 경배드리기 위해 길을 떠난 동방박사가 실은 세 명이 아니라 네 명인 걸 알고 있나요? 이것은 러시아에서 예로부터 전해 내려온 이야기입니다.

　네 명의 동방박사는 각자 자기 나라에서 가장 귀중한 것을 하나씩 품고, 서로 다른 네 개의 길에서 출발하여 한곳에 모였다. 한 사람은 빛나는 황금을, 다른 한 사람은 달콤한 유향(乳香)을, 세 번째 사람은 귀한 몰약(沒藥)을, 그리고 마지막으로 가장 젊은 네 번째 사람은 가치를 따질 수 없을 만큼 값비싼 세 개의 보석을 왕께 바칠 예물로 준비했다.

　신비로운 별이 그들의 길을 인도했고, 네 명의 동방박사는 쉬지 않고 그 별을 따라갔다. 그들은 밤인지 낮인지도 알아채지 못했고, 배고픔과 목마름도 느끼지 못했다. 속세의 아름다움도 눈에 들어오지 않았고, 도시의 요란한 유혹의 소리도 귀에 들리지 않았다. 황량한 사막도 두렵지 않았다. 사막에 내리쬐는 뜨거운 태양도 그들에게는 장애물이 되지 못했다. 그들에게는 오로지 수천 년 전부터 온 민족이 학수고대하며 기다려온 구원자를 찾겠다는 일념뿐이었다.

그들 중에 왕 중의 왕이신 아기 예수께 직접 찾아가 경배드리기 위한 열망으로 불타지 않는 사람은 없었다. 네 번째 동방박사도 마찬가지였다. 그 역시 이러한 간절한 소망을 품고 맨 뒤에서 말을 타고 일행의 뒤를 쫓았다. 그런데 갑자기 어디선가 흐느끼는 소리가 들려왔다. 그 소리는 너무나 간절하고 비통해서 잔뜩 꿈에 부풀어 길을 가던 네 번째 동방박사의 일념을 한순간에 몰아내버렸다. 주위를 둘러보던 그는 모래바람 속에서 한 어린 아이가 벌거벗은 채로 쓰러져 있는 것을 보았다. 그 아이는 다섯 군데에 상처를 입은 채 피를 흘리고 있었다. 아무런 도움의 손길도 없이 괴이한 차림으로 고통스러워하는 아이의 모습에 네 번째 동방박사는 끓어오르는 연민을 참을 수가 없었다. 그는 아이를 조심스럽게 자신의 말에 태웠다. 그리고 천천히 말을 몰아 방금 지나왔던 마을로 다시 되돌아갔다. 그사이 다른 세 명의 동방박사는 아무런 눈치도 채지 못하고 무조건 별만 쫓아 여정을 계속했다.

마을에서 그 아이를 알고 있는 사람은 아무도 없었다. 네 번째 동방박사는 한 젊은 부인에게 아이를 돌보아주도록 부탁했다. 그는 허리춤에서 보석 하나를 꺼내어 아이에게 주며, 이것으로 생명을 구할 수 있을 거라고 말했다. 그러고 나서 동료들과 잃어버린 별을 찾기 위해 서둘러 다시 길을 나섰다.

그는 사람들에게 물어물어 세 명의 동방박사가 지나간 길을 뒤쫓았다. 그러던 어느 날 그는 다시 신비의 별을 발견했고, 황급히 그 별을 쫓아갔다. 그러나 구세주를 찾아 경배하려는 열망에 사로잡혀 있었던 그는 우연히 맞닥뜨린 아이로 인해 세상의 모든 고통에 귀를 열게 되었고, 그것은 더 이상 그를 놓아주지 않았다.

별은 네 번째 동방박사를 한 도시로 인도했다. 그곳에서 그는 어떤 장례 행렬을 보게 되었다. 그 행렬에는 유족인 듯한 여자가 아이들과 함께 관(棺)을 뒤따르고 있었다. 여기저기에서 안타까운 탄식의 소리가 흘러나왔고, 아이들은 절망에 빠진 채 엄마에게 꼭 매달려 있었다. 이를 본 동방박사는 분명 죽은 사람에 대한 슬픔 말고도 또 다른 고통의 원인이 있을 거라 생각하고 말에서 내렸다. 사람들은 한 집안의 남편이자 아버지인 사람을 땅에 묻었다. 그리고 엄청난 빚 때문에 곧바로 부인과 아이들은 뿔

뿔이 흩어져 노예로 팔릴 처지였다. 동방박사는 또다시 동정심에 가득 차서 허리춤에서 두 번째 보석을 꺼냈다. 보석은 그의 손바닥 위에서 햇빛을 받아 반짝거렸다. 그것은 새로 태어난 만인의 왕께 드릴 예물이었다. 하지만 그는 주저 없이 그 보석을 슬픔에 잠겨 있는 여인에게 주며 말했다.

"이것으로 네 빚을 갚아라. 그리고 고향으로 가서 집과 농장과 땅을 사고 아이들과 함께 지내거라."

이 말을 마치자마자 그는 말 위로 훌쩍 뛰어올라 별을 쫓아가려고 했다. 하지만 별은 이미 사라지고 없었다. 그로부터 몇 주 동안 그는 별을 찾아 헤맸다. 그의 영혼은 크나큰 슬픔에 빠졌다. 그리고 그의 마음은 의심으로 가득했다.

'내가 나의 소명에 불성실했던 것일까?'

또한 구세주를 결코 만날 수 없을 거라는 불안감에 몸을 떨었다. 그러던 어느 날 다시 별을 발견한 그는 기쁜 마음과 새로운 희망으로 목적지를 향해 나아갔다.

그는 낯선 나라를 지나게 되었다. 그곳은 광란의 전쟁이 일어나 온 나라와 심령이 모두 고통과 빈곤과 피비린내로 얼룩져 있었다. 때마침 군사들은 끔찍한 살육을 저지르기 위해 많은 농부들을 한마을로 몰아넣고 있었다. 집집마다 부인들의 처절한 울부짖음과 아이들의 흐느낌이 터져나왔다. 동방박사는 공포에 사로잡혔다. 그에게 남은 것은 마지막 보석 하나뿐이었다. 이걸 써버리면 그는 만인의 왕 앞에 빈손으로 나서야 했다. 하지만 이 마을에 닥친 재앙은 너무나 큰 것이어서 동방박사는 도저히 외면할 수 없었다. 그는 떨리는 손으로 마지막 남은 보석을 꺼냈다. 그리고 그것으로 군사들에게 농부들의 몸값을 치러 능욕당할 뻔한 부인들과 황폐해질 위기에 처한 마을을 구해주었다.

　피곤에 지치고 슬픔에 잠긴 채 네 번째 동방박사는 다시 터벅터벅 말을 몰았다. 그의 별은 더 이상 빛나지 않았다. 그의 영혼은 고통 속에 빠져버렸다. 그는 어디로 가야 할까? 인간들의 고통은 그를 목적지에서 점점 더 멀어지게 만들었다. 그는 수년 동안 유랑을 했다. 타고 있던 말까지 모두 고통받는 사람들에게 주고 결국에는 걸어 다녀야 했다. 이제 그에게 남은 것은 아무것도 없었다. 그는 구걸을 하며 이 나라 저 나라를 떠돌아다녔다. 그런 와중에도 네 번째 동방박사는 끊임없이 어려움에 처한 이들을 도와주었다. 무거운 짐을 짊어진 노파를 도와 대신 짐을 들어주었고, 힘 있는 자들에게 당하고만 있는 약자들에게는 대항할 수 있는 방법을 일러주었다. 그 밖에도 병든 사람들을 돌보아주거나, 거의 굶어 죽을 지경에 이른 말을 괴롭히고 있던 파리들을 쫓아주기도 했다.

　그에게 고통은 더 이상 낯선 것이 아니었다. 그가 맞닥뜨린 그 어떤 고통도 피할 수 없었다. 그러던 어느 날, 그가 어떤 큰 도시의 항구에 도착했을 때, 한 아버지가 공포에 떨며 울부짖는 아내와 아이들을 폭력으로 다스리려 하는 것을 목격하게 되었다. 그는 주인의 학대에 못 견뎌 일부러 죄를 저지르려는 노예였다. 그는 자신의 가족에게 폭력을 행사함으로써 그 벌로 죄수가 되어 갤리선을 타려 했다. 동방박사는 이 불쌍한 남자를 위해 간절히 애원했고, 아무것도 도와줄 것이 없자 자기 자신을 내주었다. 그는 자신의 자유와 목숨을 대가로 치르고 그 남자 대신 갤리선의 노예로 배에 올라탔다.

그가 짊어진 짐이 너무나 가혹하지 않은가? 그는 쇠사슬로 묶이자 자존심이 땅에 떨어지는 듯했다. 그는 여태껏 이런 고통을 단 한 번도 당해본 적이 없었다. 그는 스스로의 선택으로 죄수들 사이에 앉아 있는 것이었다. 탁한 공기 속에서 긴 행렬의 노예들은 박자에 맞추어 끊임없이 노를 저어야 했다. 갤리선에서 쇠사슬에 묶인 채로 동방박사는 거친 풍랑에 맞서 사투를 벌여야 했다.

그는 쓸데없는 행동을 했던 것일까? 그의 폐부 깊숙한 곳으로부터 고통에 찬 신음 소리가 새어나왔다. 하지만 이렇듯 위험한 시간들 속에서 그의 정신은 오히려 또렷해졌고, 그의 심장은 더욱 담대해졌다. 그때였다. 다시 별이 보이는 게 아닌가, 그의 별이! 더 이상 하늘에서 찾아볼 수 없었던 그 별은 그의 영혼 속에서 환히 빛나고 있었다. 이 내면의 빛은 그가 올바른 길로 가고 있다는 확신을 주었다. 그는 확신에 차서 노를 단단히 부여잡았다. 그렇게 수십 년의 세월이 흘렀다. 그는 이제 시간을 따져보는 것도 잊어버렸다. 그의 머리는 반백이 되었고, 양손에는 딱딱한 굳은살이 박혀 있었으며, 오랜 기간의 모진 학대로 인해 그의 육신은 망가질 대로 망가져 있었다. 하지만 그의 심장만은 고통을 느끼지 못했다. 그의 별이 여전히 빛나고 있었기 때문이다. 그 심장의 평화로운 빛은 그의 얼굴을 통해 뿜어져나왔다.

오래전부터 사람들은 이 기이한 노예를 주목하게 되었다. 그리고 그가 도저히 꿈도 꾸지 못했던 일이 일어났다. 사람들이 그에게 자유를 선물하기로 한 것이다. 이 갤리선이 낯선 나라의 해안가에 도착하자 그는 마침내 풀려났다. 근처 가난한 어부들이 그에게 밤을 지새울 곳을 마련해주었다.

이날 밤 꿈속에서도 그는 별을 보았다. 그가 젊은 시절 고향과 재산을 모두 버리고 따라나선 그 별을. 그때 어디선가 그에게 외치는 소리가 들렸다.

"서둘러요, 어서!"

그는 그 즉시 길을 떠났다. 그가 캄캄한 밤을 헤치고 길을 나서자, 그 앞에 기적처럼 별이 나타났다. 그 별은 마치 저녁나절의 태양처럼 붉게 빛났다.

그는 황급히 길을 재촉하여 마침내 어느 큰 도시의 성문 앞에 이르렀다. 도시의 거리마다 야단법석이었다. 흥분한 사람들이 잔뜩 몰려들어 있었고, 병사들에 의해 계속해서 앞으로 떠밀려가고 있었다. 그들은 성문 밖으로 빠져나갔다.

네 번째 동방박사는 사람들의 무리에 휩쓸려가게 되었다. 그는 어찌해야 할 바를 몰랐다. 숨 막힐 듯한 불안감이 그를 조여왔다. 그는 언덕 위로 올라갔다. 하늘과 땅이 맞닿아 있는 듯한 그곳에는 세 개의 말뚝이 우뚝 솟아 있었다. 그게 무엇이었을까? 그를 만인의 왕에게 인도해줄 그의 별이 그중 한가운데에 있는 말뚝 위에서 그대로 멈추었다. 그리고 마치 마지막 외마디 비명을 지르는 듯, 길게 한 번 더 빛을 발하고는 이내 사라져버렸다.

그때 네 번째 동방박사는 말뚝 위에 매달려 있던 남자의 눈과 마주쳤다. 남자의 눈빛은 세상의 모든 고통과 괴로움을 한 몸에 감싸 안은 듯했다. 고통에 일그러져 있어도 아름다움과 기품으로 가득한 그의 모습에서는 선량함과 무한한 사랑이 배어나왔다. 못으로 박힌 그의 손바닥은 피투성이였지만, 양손에서는 광채가 났다.

그 순간 동방박사는 섬광처럼 스치는 깨달음으로 온몸에 전율이 일었다.

'이분이 만인의 왕이시다! 이분이야말로 내가 그토록 열망하며 찾아 헤매었던 신이시자 세상을 구원하러 오신 구세주시다! 그는 의지할 데 없고 곤경에 빠진 모든 이들의 모습으로 내게 오셨던 것이구나. 내가 고통당한 사람들과 핍박받는 사람들을 도왔던 것이 바로 그를 섬긴 것이었어.'

네 번째 동방박사는 십자가 밑에 무릎을 꿇고 앉았다. 그가 만인의 왕이신 주님께 드릴 수 있는 것은 무엇이었을까? 아무것도 없었다. 그는 아무것도 없는 빈손을 들어 예수님을 향해 뻗었다. 그때 동방박사의 손바닥 위로 검붉은 피가 뚝, 뚝, 뚝 떨어졌다. 세 방울의 피는 그 어떤 보석보다도 밝게 빛났다.

그때 누군가의 비명 소리가 허공을 가르며 울려 퍼졌다. 예수님께서 고개를 떨구고 숨을 거뒀다. 그때 십자가 아래에 있던 동방박사도 쓰러져 함께 숨을 거뒀다. 그는 두 손에 예수님의 붉은 피를 움켜쥐고 마지막 순간까지 십자가에 매달린 예수님을 바라보며 숨을 거뒀다.

두 개의 동화가 있는

크리스마스

헤르만 헤세

Hermann Karl Hesse
1877-1962

독일 뷔르템베르크 지방의 칼브에서 태어났다. 괴핑겐의 라틴어 학교를 졸업하고 마울브론 수도원 신학교에 입학했지만 갑갑한 생활에 적응하지 못하고 그만두었다. 이때의 경험은 지나치게 근면한 학생이 자기 파멸에 이르는 소설 『수레바퀴 밑에서Unterm Rad』(1906)에 잘 나타나 있다. 1904년 첫 소설 『페터 카멘친트Peter Camenzind』를 발표했고 이후 인도를 방문하고 나서 부처의 초기 생애를 그린 소설 『싯다르타Siddhartha』(1922)를 썼다. 제1차 세계대전 중에는 군국주의와 민족주의를 배격하고 독일의 전쟁 포로들을 위한 잡지를 편집하기도 했다. 그는 융의 제자인 랑 박사와 함께 정신 분석을 연구하며 융과도 알게 되었는데 그 영향이 『데미안Demian』(1919)에 나타난다. 이 작품은 고뇌하는 청년의 자기 인식 과정을 고찰한 작품으로 독일인에게 큰 영향을 끼쳤다. 나치의 광기가 극에 달한 시기에 쓴 마지막 소설 『유리알 유희Das Glasperlenspiel』(1943)는 유토피아적인 세계를 배경으로 동서양의 철학, 문학, 음악 등에 대한 광범위한 지식을 녹여내 유럽 지식인들의 찬사를 받았다. 그는 전 작품에 걸쳐 인간의 본질과 정신, 자기 인식에 대해 깊이 탐구했으며, 1946년에는 노벨문학상을 수상했다.

「두 개의 동화가 있는 크리스마스Weihnacht mit zwei Kindergeschichten」는 1951년 발표된 에세이로, 헤세 동화집 『두 형제Die beiden Brüder』에 담겨 있다.

12월 24일, 크리스마스 파티가 끝났을 때는 아직 밤 10시도 안
되었지만 이제 잠자리에 들 수 있고, 무엇보다 앞으로 이틀 내내
우편물과 신문이 배달되지 않는다는 사실을 좋아하기에는 나
는 너무 지치고 피곤했다. 소위 도서관이라 할 수 있는 우리 집
의 커다란 거실은 마치 우리 내면세계와 마찬가지로(물론 우리의
내면보다는 훨씬 경쾌하지만) 치열하게 싸운 전쟁터처럼 정돈되지
않아 엉망진창이었다. 집주인인 나, 아내 그리고 요리사 이렇게
우리 셋이서만 크리스마스 파티를 했는데도 말이다.

다 타버린 초가 달린 크리스마스트리, 형형색색의 황금빛, 은
빛 종이와 끈들로 뒤죽박죽이 된 혼란스러움, 식탁 위의 꽃, 아
무렇게나 포개져 층층이 쌓여 있는 새로운 책들, 어느 부분은 뺏

빳하고 어느 부분은 축 늘어져 반은 함몰되어 화병에 기대 있는 그림, 수채화, 석판화, 목판화, 거실에 있는 아이들 그림과 사진들, 성대한 파티 때 배불리 먹고 마시는 익숙지 않은 과잉 공급과 감정의 동요, 크리스마스 대목 시장에서 산 장식품들과 창고에서 꺼내 온 예전에 사용했던 장식품들, 진지함과 무의미함의 흔적들과 어린아이같이 흥겹게 놀고 장난치는 분위기. 이 모든 것들을 우리 셋이서 만들었다.

게다가 실내 공기는 송진 냄새, 밀랍 초 냄새, 초의 그을음 냄새와 과자 향, 와인 향, 꽃향기가 어지럽게 뒤섞여 있었다. 그리고 마치 나이 많은 노인네들처럼 시간이 멈춘 듯 그리고 공간이 바뀐 듯, 그동안 많고 많았던 파티의 그림 같은 순간들이 소리처럼 울려오고 향기처럼 피어났다. 내가 처음 엄청난 경험으로 크리스마스를 지낸 이후로 크리스마스가 일흔 번 아니 그보다 훨씬 더 많이 나를 찾아왔다. 내 아내의 경우는 나이도 그렇고 크리스마스 파티 경험도 그렇고 나보다 훨씬 적은 편이다. 그래서 내 아내의 경우 이런 것들을 나보다 훨씬 더 낯설어하고, 고향이나 안정됨을 훨씬 더 멀게 느끼며 그 의미 또한 많이 퇴색되어 영원히 사라져버렸다. 최근 며칠간 아무리 정신을 집중해도 선물하고 포장하고, 선물받고 포장 풀고 하는 이 가식적인 의무(소홀히 했다가는 종종 가차 없이 복수가 가해지는 의무)를 이행하는 것은 쉬운 일이 아니었다. 그리고 크리스마스 축제 기간 동안 완전히 흥분되고 무엇엔가 선동된 듯 생활한다는 것 또한 이미 우리 같은 연배에는 녹록하지 않았다. 그래서 옛 시절들과 그 시절의 축제를 회상한다는 것은 여전히 신경을 곤두서게 하고 스트레스받는 일이기는 하지만, 그래도 최소한 의미 있는 일이기는 하다. 그리고 진정한 의미가 있는 일들이란 무언가를 요구하고 음미하게 해줄 뿐만 아니라 누군가를 도와주고 더 강하게 해주는 축복을 지니고 있다. 게다가 서서히 죽어가는 한 문명에 살고 있는 의미 결핍증에 걸린 개인이나 해체된 공동체 사회는 우리의 존재나 행동을 거부하기 위해 모두에게 의미를 부여해 자신의 정당함을 밝히려고만 하고, 그 외 치료 방법이나 영양 공급 수단, 즉 생존을 유지하기 위한 힘의 원천이 없다. 축제나 우리 인생 전반에 연관된 것들을 회상할 때나 어렸을 적 생기 넘치는 자유분방한 시절로까지 거슬러 올라가는 영혼의 울림과 흥분의 소리를 들을 때, 혹은 오래전에 퇴색된 그리운 눈동자를 바라볼 때, 한 의미와 시공을 초월한 한 조화로움, 그리고 일생 동안 우리가 알게 모르게 그 주위를 맴도는 어떤 은밀한 중심이 증명된다. 어린 시절의 밀랍 초와 꿀 향기로 그득한 경건한 크리스마스 축제가 파괴되지 않을 것이라 믿는 아직은 숭고한 세상에서 모든 변화와 위기, 충격, 우리 개인적인 인생에 대한 회상, 우리

시대에 대한 회상 저 너머 우리 내부에 하나의 핵심이 유지되어 있다. 다시 말하면 어떤 의미나 은총이 유지되어 있는데 이런 것들은 교회나 학문의 그 어떤 교리에 대한 것이 아니고, 위험에 처해 있거나 장애가 있는 삶도 항상 또다시 그 중심에 있다는 의미나 은총이고, 우리 존재의 가장 깊은 내면에서부터 신에게 도달할 수 있다는 가능성에 대한 믿음과 그 중심부에 신이 존재한다는 일치감에 대한 믿음의 의미나 은총인 것이다. 신이 존재하는 곳에서는 추악한 것과 겉으로 보기에 무의미한 것들도 기꺼이 견디어낼 수 있을 것이다. 왜냐하면 신은 그 어느 곳에서도 현상과 의미를 분리하지 않기 때문이다. 신에게는 모든 것이 의미 있다.

작은 전나무는 벌써 오랫동안 어둠 속에서 약간 멍청해 보이는 모습으로 작은 테이블 위에 서 있고, 조금 전부터 평소 저녁때와 마찬가지로 무미건조한 전기 램프가 켜져 있었다. 덕분에 우리는 창문을 통해 조금 다른 방식의 신성함을 발견하게 되었다. 그날은 하루 종일 맑았다 흐렸다 날씨가 변덕스러웠다. 영혼의 계곡 건너편 산 중턱에는 가끔씩 가늘고 길게 흘러가는 하얀 구름이 걸려 있었다. 구름들은 꼼짝 않고 움직이지 않는 것처럼 보였으나, 사실은 움직이고 있었다. 우리가 창밖을 내다볼 때마다 사라졌다가 다시 산을 에워싸고는 했다. 한밤중에는 우리가 마치 하늘이 보이지 않는 깊은 밤안개 속에 파묻혀 있는 듯했다. 하지만 우리가 파티에, 크리스마스트리에, 초에, 선물에 그리고 점점 뚜렷하게 다가오는 추억들에 정신이 팔려 있는 동안 밖에서는 많은 행사가 벌어졌고 연주회가 진행되었다. 우리가 이러한 사실들을 알았을 때, 거실의 불빛이 꺼지면서 정적 속에 묻힌 환상적이고 신비로운 세계를 발견하게 되었다. 발치에 드리워진 협곡은 희미한 빛들이 힘차게 넘실대는 안개로 가득 차 있었다. 이 안개구름 위로 눈 덮인 언덕과 산이 솟아올랐고, 촛불들은 모두 일정한 간격으로 퍼져 강한 빛을 발하고 있었다. 새하얀 고원에는 온통 앙상한 나무와 숲, 그리고 눈이 쌓이지 않은 바위 절벽이 있었다. 그 모습은 마치 뾰족한 펜 끝으로 끼적끼적 글씨를 대충 휘갈겨 쓴 듯한, 말없이 침묵하는 해독하기 어려운 상형문자나 아라베스크 무늬 같았다. 그런데도 거대한 하늘 저 위에서는 보름달과 함께 투명한 구름들이 우글우글 몰려 하얀 젖빛을 발하며 넘실대고 있었다. 또한 꽉 찬 달빛이 불안한 듯 끓어오르고 있었고, 초자연적인 힘에 의해 신비하게 흩어졌다 뭉치는 안개 사이로 달이 사라졌다 다시 나타났다. 달이 하늘과 싸워 자유를 한 조각이라도 얻으면, 우리는 달을 둘러싼 요정같이 상쾌한 무지갯빛 달무리를 보게 된다. 반짝반짝 빛나는 색의 연속적인 움직임이 투명한 구름 주위에서 되풀이된다. 고귀한 빛이 하늘을 가로질러 진줏빛과 우윳빛으로 흘러내리고, 안개 속에서 점점 약해져 희미하게 빛났다가 다시 부풀어 올랐다 줄어들었다 하면서 살아 숨 쉬듯 일렁였다.

나는 잠자리에 들었다가 다시 일어나 전등불을 켰다. 그리고 선물들이 놓여 있는 탁자로 시선을 보냈다. 크리스마스이브에 아이처럼 탁자에 있던 선물들 중 몇 개를 침실로 가져와 그중 몇 개를 들고 침대에 들어갔다. 아직 자고 싶지 않았기에 선물들을 집어 들었다. 손자들이 보낸 선물들이었다. 제일 어린 실비아는 먼지 닦는 천을, 지멜리는 별이 빛나는 하늘을 배경으로 한 농부의 집을 그린 작은 스케치를, 크리스티네는 내 단편소설을 위한 늑대를 그린 컬러 삽화 두 장을, 에바는 힘 있게 잘 그린 유화를, 에바의 열 살 난 오빠 질버는 아빠의 타자기로 쳐서 쓴 편지를 보냈다. 나는 손주 녀석들이 보내준 선물들을 서재로 가져갔다. 서재에서 나는 질버의 편지를 다시 읽어보았다. 그러고 나서 선물들을 그곳에 놔두고, 간신히 계단을 올라 침실로 향했다. 하지만 나는 오랫동안 잠을 이룰 수가 없었다. 저녁때 있었던 일들과 광경들이 나의 정신을 깨워놓았다. 오늘은, 내 머리를 떠나지 않는 물리칠 수 없는 일련의 상상들을 손자의 편지를 읽으면서 끝냈다.

할아버지, 안녕하세요! 제가 짧은 동화 하나 들려드릴게요.

제목: 하느님께 감사드립니다.

파울은 신앙심이 깊은 소년이었습니다. 파울은 이미 학교에서 하느님에 대해 많은 것을 배웠습니다. 파울은 이제 하느님께 뭔가 선물을 드리고 싶어졌습니다. 파울은 자기가 갖고 있는 장난감들을 모두 살펴보았습니다. 하지만 마음에 드는 게 하나도 없었습니다. 곧 파울의 생일입니다. 파울은 장난감을 많이 받았습니다. 그중에 1탈러짜리 동전이 있었습니다. 순간 파울은 흥분해서 큰 소리로 말했습니다.

"이걸 하느님께 선물로 드려야지. 하느님께서 이 동전을 보시고 가져가실 수 있게 들판으로 가서 제일 좋은 자리를 골라야겠어."

파울은 들판을 향해 갔습니다. 들판에 도착했을 때 파울은 몸이 굽은 나이 많은 할머니를 보았습니다. 파울은 슬퍼졌습니다. 그래서 그 동전을 할머니께 주며 말했습니다.

"그건 원래 하느님 드리려고 했던 거예요."

할아버지, 안녕히 계세요.
질버 헤세 드림

그날 밤 나의 손자가 들려준 동화로 인해 과거의 기억이 떠올랐지만 구체적으로 기억나지 않았고, 그다음 날에야 비로소 생각해냈다. 나도 지금 손자처럼 한 열 살쯤 되었을 무렵 여동생에게 생일 선물로 주기 위해 동화를 쓴 적이 있었다. 소년 시절 몇 편의 시는 순수한 창작품이었다. 아니, 그것은 내 어린 시절의 순수한 문학적 시도였다. 순수함이 유지된 시도. 나조차도 수십 년 동안 어린 시절의 그 시도에 대해 까맣게 잊고 있었다. 어떤 계기에서였는지는 기억나지 않지만, 몇 년 전 어린 시절의 이 시도가 다시 내게로 돌아왔었다. 아마도 내 여동생이 전해준 것 같다. 비록 그 내용을 명확하게 기억할 수는 없지만, 60년 전 내가 썼던 동화와 지금 손자가 나를 위해 써서 보내준 동화 사이에 비슷한 점이 있다는 생각이 들었다. 하지만 어떻게 60년 전에 쓴 동화를 찾아낼 수 있겠는가? 도처에 속이 꽉 찬 서랍들과 묶어놓은 서류철, 그리고 이제는 확실하지도 않고 더 이상 글씨를 알아볼 수도 없는 주소와 이름이 적혀 있는 편지 묶음들이 산더미처럼 쌓여 있고, 여기저기에 글이 적힌 종이와 인쇄된 종이가 널려 있는데…….

사람들은 버리기로 마음먹기가 쉽지 않기 때문에 수십 년 동안 물건들을 간직한다. 사람들은 경외심과 성실함 때문에, 결단력과 용기 부족으로, 그리고 언젠가 그 어떤 새로운 작업에 한

번쯤은 '가치가 있었던 자료들'의 기록을 과대평가하기 때문에 버리지 못하고 보존한다. 사람들은, 외로운 노파가 편지들과 책갈피에 꽂아놓은 꽃들과 아기 때 백일 기념으로 자른 머리 따위를 궤짝, 다락방, 상자와 작은 갑에 가득 채워 보관해두듯이 물건을 보관한다. 나같이 거의 이사도 가지 않고 한곳에서 나이를 먹어가는 작가들의 경우를 보더라도 1년에 100킬로그램 정도의 종이를 태워버림에도 불구하고 엄청나게 많은 자료들이 쌓인다.

하지만 지금 나는 모든 이야기들을 다시 읽고 싶다는 소망에 점점 빠져들고 있다. 그 시절의 나와 같은 나이 또래인 손자이자 동료인 질버의 이야기와 비교해보기 위해서이기도 하고, 또 질버에게 답장으로 보내주기 위해서이기도 하다. 나는 온종일 나 자신과 부인을 들볶았다. 그리고는 마침내 황당하기 짝이 없는 장소에서 동화를 찾아냈다. 1887년 칼브에서 쓴 것이었다.

두 형제 이야기

옛날 옛적에 두 아들을 둔 아버지가 있었습니다. 큰아들은 매우 잘생겼고 건강했지만, 작은아들은 체구가 작은 장애인이었어요. 그런 이유로 형은 동생을 업신여겼습니다. 동생은

197

형의 그런 행동이 마음에 들지 않았습니다. 마침내 동생은 멀리 떠나기로 결심했습니다. 동생은 얼마쯤 길을 가다 한 마부를 만났습니다. 동생은 그 마부에게 어디로 가는 길이냐고 물었습니다. 마부는 보물을 가져다주러 난쟁이들이 있는 유리산에 간다고 대답했습니다. 동생은 보수를 얼마나 받는지 마부에게 물었습니다. 마부는 보수로 다이아몬드 두세 개를 받는다고 말했습니다. 그러자 동생도 난쟁이들에게 가고 싶어졌습니다. 그래서 동생은 난쟁이들이 자기를 받아줄지 마부에게 물었습니다. 마부는 잘 모르겠다고 했지만, 동생을 데리고 함께 난쟁이들이 있는 곳으로 갔습니다. 마침내 동생과 마부는 유리산에 도착했습니다. 난쟁이 관리인이 마부에게 수고했다며 보수를 지급하자 마부는 그곳을 떠났습니다. 그때 난쟁이 관리인이 동생을 보고는 무엇을 원하냐고 물었습니다. 동생은 모든 사실을 관리인에게 말했습니다. 난쟁이 관리인은 동생에게 따라오라고 했습니다. 난쟁이들은 동생을 기꺼이 맞아주었습니다. 그곳에서 동생은 행복하게 살았습니다.

자, 그럼 이제 형에 대해 알아볼까요! 형은 고향에서 잘 지내고 있었습니다. 하지만 나이가 들어 군인이 되어 전쟁터에 나가야만 했습니다. 형은 오른쪽 팔에 부상을 입고 구걸하는 신세가 되었습니다. 불쌍한 형도 유리산에 도착하게 되었습니다. 그곳에서 형은 한 장애인을 보았습니다. 하지만 그 사람이 바로 자신의 동생이란 걸 알아보지 못했습니다. 하지만 동생은 첫눈에 형을 알아보았고, 그에게 무엇을 원하냐고 물었습니다.

"오, 나리. 빵 껍질 약간이면 충분합니다. 배가 고파 죽겠거든요."

"저를 따라오세요."

동생은 벽이 온통 커다란 다이아몬드로 번쩍이는 동굴 안으로 들어갔습니다.

"저 벽에 박힌 다이아몬드들을 남의 도움 없이 옮길 수 있다면 한 손 가득 가져가도 돼요."

동생이 말했습니다. 형은 자신의 건강한 한쪽 손으로 다이아몬드 벽에서 몇 개를 떼어내려 애썼습니다. 하지만 불가능한 일이었습니다. 그러자 동생이 말했습니다.

"아마 형제가 있을 텐데, 당신 형제라면 당신을 돕도록 허락하지요."

그 말이 떨어지자마자 형은 울면서 말했습니다.

"예전에는 물론 형제가 있었습니다. 당신처럼 작고 장애를 가진 동생이 있었어요. 아주 착하고 다정한 아이였죠. 그 아이라면 분명 저를 도와줄 겁니다. 하지만 저는 그 동생과 인연이

199

끊겨 오랫동안 그 아이에 대해 아무 소식도 듣지 못했답니다."

그러자 동생이 말했습니다.

"제가 바로 그 동생이에요. 더 이상 고생하실 필요 없어요. 저와 함께 이곳에서 살아요."

나의 짧은 동화와 손자의 이야기 사이에 어떤 유사성이 있을 거라 여겼던 짐작은 할아버지의 착각이 아니었다. 어떤 일반 심리학자들은 이 두 어린이들의 시도를 다음과 같이 분석할 것이다. 두 화자는 각각 자신들의 이야기 속 주인공과 동일시될 수 있다. 두 이야기의 주인공인 신앙심 깊은 파울과 장애인인 동생은 이중으로 소원을 성취할 수 있게 된다. 우선 주인공들은 장난감과 탈러 동전 또는 온통 보석으로 이루어진 산과 난쟁이들에게서 보호받는 삶을 선물로 받았고, 동시에 다른 사람에게 순수한 선물을 선사한다. 물론 두 동화는 현실에 존재하는 선물이나 사람들과는 거리가 멀다. 하지만 이를 통해 두 동화의 화자 모두는 도덕적 명예, 즉 동정심으로 불쌍한 사람들에게 보석을 나누어주는 선행을 베풀게 된다(현실 세계에서는 그런 열 살짜리도 없고, 열 살짜리가 그런 행동을 하지도 않지만). 무엇이 옳고 그르건 간에 그것에 대해 나는 아무런 반대도 하지 않는다. 하지만 내가 보기에 소원 성취는 상상이나 어떤 피상적인 영역에서 이루어지는 것 같다. 적어도 나에 대해 말할 수 있는 건, 내가 열 살일 때 나는 자본주의자도 아니었고 보석 상인도 아니었다. 물론 다이아몬드를 본 적도 없었다. 오히려 그와는 정반대로 수많은 그림 형제 동화와 요술 램프를 갖고 있는 알라딘에 대해서는 잘 알고 있었고, 아이들에게 있어서 보석 산은 부에 대한 상상을 의미하는 것이 아니라 이제까지 들어보지 못한 아름다움이나 마술에 대한 상상을 의미했다. 손자에게 신은 '학교에서' 처음 알게 된 궁금한 존재였지만 나에게 신은 훨씬 더 자명하고 현실적인 존재였다. 그럼에도 불구하고 특이하게 나의 동화에는 신이 등장하지 않았다.

유감스럽게도 삶은 너무도 짧은데 겉보기에 중요한 불가피한 의무들과 과제들로 가득 차 있다. 때때로 사람들은 아침마다 감히 침대를 떠나지 못한다. 왜냐하면 책상은 처리되지 않은 서류들로 가득 차 있고, 온종일 우편물들이 두 배로 쌓여간다는 사실을 잘 알고 있기 때문이다. 그렇지 않다면 이 두 아이들의 동화로 즐거운 사색 놀이를 더 할 수 있을 텐데. 내게 있어 이 두 개의 시도에 나타난 문체와 문장 구조를 비교 연구하는 것보다 더 흥미진진한 것은 없는 것 같다. 이런 재미있는 놀이를 충분히 하기에는 우리의 삶은 그리 길지 않다. 인간은 나이를 통해서가 아니라 주변 환경을 통해서 무언가가 되기 때문에 나는 63세나 더 어린 작가에 대해 분석하고 비판하고 인정해주고 비난할 것이다. 그의 성장 과정에 영향을 끼쳤다는 사실이 그 작가의 인생 끝에 보이지 않을지라도!

얼음 절벽

아달베르트 슈티프터

Adalbert Stifter
1805–1868

현재 체코에 속해 있는 보헤미아 지방 오버플란에서 태어났다. 빈 대학교에서 법을 공부하던 중 파니 그라이플과 사랑에 빠지지만 상대 부모의 반대로 헤어지고, 이 사건은 그에게 평생의 상처를 남긴다. 대학 졸업 후 빈에서 귀족들의 가정교사로 지내다 1840년 첫 단편인 「콘도르Der Condor」를 출간하며 작가의 길을 걷기 시작한다. 그는 주로 아름답게 묘사되는 소박한 풍경 속에서 도덕적인 주인공들을 내세워 생활의 작은 미덕들을 찬양하는 비더마이어풍의 소설을 썼다. 특히 『브리기타Brigitta』(1844)에서는 자연 풍경과 인간의 내적 통합을 가장 중요한 삶의 요소로 보았다. 1848년 린츠에 여행을 갔다가 눌러앉아 죽을 때까지 살았으며, 최고의 걸작인 『늦여름Der Nachsommer』(1857)도 여기에서 쓴 것이다. 『늦여름』은 니체가 19세기 독일 소설의 최고봉으로 꼽은 작품으로, 한 젊은이의 성장과 배움을 묘사하며 슈티프터 자신이 사랑한 자연을 배경으로 잔잔한 아름다움과 절제된 이상주의를 표현하고 있다.

1845년 발표된 「얼음 절벽Bergkristall」은 토마스 만과 시인 오든의 찬사를 받았으며, 1914년 처음 영어로 번역되어 미국에서도 인기를 얻었다.

얼음 절벽

교회에서는 매년 다양한 축일을 기념한다. 그중에서도 가장 즐거운 축일은 오순절이고, 가장 엄숙하고 성스러운 축일은 다름 아닌 부활절이다. 부활 주간의 슬픔과 우울함, 그 뒤를 이은 주일의 축제 분위기는 우리의 전 생애를 함께한다. 가장 아름다운 축일 중 하나는 연중 밤이 가장 길고 낮이 가장 짧은 한겨울에 찾아온다. 태양은 들판 위를 비스듬히 비추고 논밭은 온통 하얀 눈으로 뒤덮인 계절에 축일 중의 축일, 성탄절이 찾아오는 것이다. 여러 나라에서 예수님이 태어나기 전날을 일컬어 크리스마스이브라고 하듯이, 우리의 경우에도 그날을 하일리게 아벤트*라고 부른다. 하일리게 아벤트의 다음 날은 하일리게 타크**이며 그사이 밤 동안을 크리스마스라고 한다. 가톨릭교회에서 예수님이 태어난 날인 크리스마스는 가장 성대한 축일이며, 대부분의 지역에서는 예수님이 태어난 시각인 자정부터 이미 야간 축제로 화려하게 크리스마스의 문을 연다. 자정이 되면 고요하고 어두운 한겨울의 밤공기를 가르며 교회 종소리가 울려 퍼지고, 손에 등불을 든 사람들도, 어둠 속에서 눈을 밝히는 사람들도, 눈 덮인 산에서부터 서리가 내려앉은 숲을 지나 바스락거리는 과수원을 가로질러 익숙한 골목길을 통해 교회로 발걸음을 재촉한다. 마을은 온통 꽁꽁 얼어붙은 나무들로 둘러싸여 있고, 그 한가운데 우뚝 솟은 교회에서는 벌써부터 축제 분위기가 감돌고 있다.

크리스마스는 일반 가정에서도 역시 중요한 날이다. 기독교 국가에서 아기 예수는 이제껏 세상에 태어난 그 어떤 아기보다 귀하게 여겨진다. 그 때문에 아기 예수가 오신 날은 가장 복되고 기쁜 날이며, 당연히 축하할 일인 것이다. 크리스마스는 우리의 삶과 지속적으로 함께하며, 나이가 들어 옛일을 회상할 때 희미하고 흐릿한 기억 속에서도 유독 화려하게 빛나는 추억으로 남는다. 우리는 이날이 되면 아기 예수가 오신 것을 함께 기뻐하

* Heiligh Abend, 독일어로 '거룩한 밤'이라는 뜻.
** Heiligh Tag, 독일어로 '거룩한 낮'이라는 뜻.

기 위해 아이들에게 선물을 주고는 한다. 아이들은 보통 크리스마스이브의 밤이 깊어지면 선물을 받는다. 거실 한가운데 마련된 작은 소나무나 전나무의 아름다운 초록빛 가지에는 작은 양초들이 수없이 매달려 환하게 주위를 밝히고 있다. 아이들은 아기 예수가 와서 선물을 놓고 갔다는 신호가 있을 때까지 거실로 나와서는 안 된다. 드디어 문이 열리고 아이들이 거실로 나오면 아른거리는 따스한 불빛에 싸인 나무 밑이나 테이블 주위에서 선물을 발견한다. 선물은 아이들이 상상했던 것 이상이고, 처음에는 감히 손댈 엄두도 내지 못한다. 그러다 드디어 선물을 손에 넣으면 좋아서 어쩔 줄 몰라 하며 저녁 내내 손에서 놓지 않고, 결국에는 잠자리에 들어서까지 안고 잔다. 아이들은 꿈결에 들려오는 교회 종소리를 들으면서, 천사들이 하늘에서 행진하고 아기 예수가 모두에게 훌륭한 선물을 주고 집으로 돌아가는 듯한 착각에 빠지기도 한다.

그리고 다음 날, 크리스마스가 되면 아이들은 또다시 한껏 들뜬 기분이 된다. 크리스마스에 아이들은 이른 아침부터 일어나 가장 좋은 옷을 입고 따뜻한 거실에 모여 재잘대고, 모처럼 정장을 차려입은 아버지와 어머니의 모습도 볼 수 있다. 게다가 점심에는 1년 중 그 어떤 날보다 더 훌륭한 만찬을 즐길 수 있고, 오후나 저녁 무렵이 되면 가까운 친구나 친지들과 함께 삼삼오오 모여 앉아 편안한 마음으로 창밖의 겨울 풍경을 바라보며 이야기를 나눌 수도 있다. 이맘때가 되면 창밖에는 소리 없이 눈송이들이 내려앉거나, 아니면 멀리 산 중턱을 휘감고 있는 희뿌연 안개 속에 붉은빛 태양이 서서히 모습을 감춘다. 거실 안에는 작은 의자나 긴 의자 위에 혹은 창문턱에, 눈에 익은 어젯밤의 선물들이 여기저기 놓여 있다.

이렇게 기나긴 겨울이 끝나면, 곧이어 봄이 찾아오고 또다시 끝나지 않을 듯한 지루한 여름이 시작된다. 이때쯤이면 엄마들은 또다시 아이들에게 아기 예수에 대한 이야기를 한다. 머지않아 크리스마스가 되면 이번에도 역시 아기 예수가 하늘에서 내려올 거라고. 하지만 지난번 예수님이 다녀가신 후로 아이들에게는 영원이라고 느껴질 만한 시간이 흘렀고, 그때 느꼈던 기쁨도 이미 회색빛 안개에 휩싸인 듯 희미해진 지 오래다.

그래서 매년 똑같은 일을 반복하며 똑같은 기쁨을 맛보는 아이들을 바라보는 일은 흐뭇하다. 어릴 적 크리스마스에 대한 기억은 나이가 들수록 생생해지고, 그래서 지금 아이들이 맞는 크리스마스는 영원하다는 것을 우리는 알고 있기 때문이다.

독일의 높은 산악지대에는 작은 마을이 하나 있다. 이 마을에는 역시 작은 교회가 하나 있다. 교회는 작지만 아주 뾰족한 탑이 있고, 지붕은 붉은색으로 칠해져 있어서 주변의 푸른 과일나무들 사이에서 단연 돋보인다. 이 붉은색 지붕 덕분에 푸르스름한 새벽녘, 산 전체가 엷은 안개로 싸여 있을 때에도 교회의 모습은 멀리서도 보인다. 마을은 넓은 계곡 한가운데 마치 긴 원을 그리고 있는 듯한 모양새로 자리하고 있다. 이곳에는 교회 말고도 학교, 마을 회관, 아름다운 집들이 있고, 이것들이 하나의 광장을 형성하고 있다. 광장에는 네 그루의 보리수가 있고, 그 한가운데에는 돌로 된 십자가가 세워져 있다. 마을의 아름다운 집들은 단순한 농가 주택일 뿐 아니라, 산간 지역 주민들에게 필요한 물건을 공급해주는 수공업자들의 집이기도 하다. 수공업은 사람들에게 없어서는 안 될 필수적인 것이다. 대부분의 산간 지역과 마찬가지로 산과 계곡 여기저기에는 크고 작은 오두막들이 흩어져 있다. 하지만 산속 깊은 곳에 꽁꽁 감추어져 있어 계곡에서는 전혀 볼 수 없는 집들도 여러 채 있다. 이곳의 주민들은 이웃과의 왕래도 어렵다. 특히 겨울에는 더더욱 고립되기 쉽다. 그래서 종종 시신이 방치되어 눈이 녹은 후에나 겨우 장례를 치를 수 있게 되기도 한다. 이 동네 사람들이 1년 내내 보게 되는 가장 큰 어른은 목사님이다. 사람들은 목사님을 매우 존경했고, 한 목사가 이 작은 마을에 오래도록 지내면서 결국 고독에 익숙해진 남자가 되는 일을 다반사로 보게 됐다. 그런 목사들의 대부분은 그다지 마을을 옮길 만한 이유가 없어 그냥 계속 한곳에 머무르게 되는 것이 보통이다. 적어도 이때까지 이 마을에서는 바깥세상으로 나가고 싶어 병이 날 지경이거나 또는 그의 지위에 어울리지 않는 사람이 목사로 있었던 적은 없다.

계곡으로는 어떠한 도로도 뚫려 있지 않고 겨우 말 한 필이 끄는 작은 마차를 타고 들판에서 수확한 농작물을 싣고 지나다닐 수 있는 두 갈래의 길이 전부다. 그래서 사람들은 이 계곡 안으로 잘 들어오지 않는다. 이곳에 들어오는 외지 사람이라고 해봐야 간혹 자연을 벗 삼아 홀로 외롭게 걷던 여행자나 화가 정도다. 우연히 계곡 안으로 들어선 여행객은 한동안 집주인이 직접 벽에 그림을 그려 꾸며놓은 다락방 같은 곳에서 지내며 산을 관찰하고, 화가의 경우에는 작은 교회의 뾰족한 첨탑이나 아름다운 절벽을 이루는 봉우리들을 그린다. 그래서 이곳의 주민들은 자신들만의 고유한 세계를 형성하고, 이웃들 간에 세세한 가정사까지 꿰뚫고 있다. 어느 집에 누가 죽거나 새로 식구가 태어나거나 하면 자신의 일처럼 함께 슬퍼하고 함께 기뻐한다. 그리고 이들이 쓰는 언어도 평지에 있는 사람들의 언어와는 좀 다르다. 그들은 싸움이나 분쟁이 일어나도 스스로 조정하며, 무언가 특별한 일이 생기면 서로 힘을 합해 해결한다.

사람들은 변함이 없으며, 마을은 옛날 그대로 머물러 있다. 벽에서 돌이 하나 떨어지면, 그 자리에 그대로 다시 돌 하나를 박고, 새로 집을 지을 때에도 옛날 집을 본떠 그대로 만든다. 낡아빠진 지붕들은 다시 똑같은 널빤지로 교체되고, 어떤 집에 얼룩덜룩한 암소들이 있으면, 그 새끼들도 역시 얼룩덜룩한 무늬를 가지고, 그 무늬는 그 후로도 계속 이어진다.

이 마을의 남쪽 방향에는 눈으로 뒤덮인 산이 있다. 눈이 부시게 하얀 산봉우리는 마치 집 지붕 바로 위에 서 있는 것처럼 보이지만, 실상은 그렇게 가까이에 있지 않다. 그 산은 여름이고 겨울이고 꼭대기가 눈으로 덮인 채 계곡을 내려다보고 있다. 마을 주변에 있는 것들 중 단연 눈에 띄는 것은 이 산이다. 마을 어디에서든 눈에 들어오는 이 산은 자연히 마을 사람들의 관심의 대상이고, 많은 이야기들이 얽혀 있다. 이 마을에 살고 있는 노인들치고 그 산의 뾰족한 봉우리와 갈라진 얼음 바위, 그리고 동굴과 계곡, 자갈 더미 등과 관련해서 자신이 직접 겪었거나 다른 사람에게서 들은 이야기 하나쯤 모르는 사람이 없다. 이 산은 마을의 자랑이기도 하다. 마을 사람들은 마치 자신들이 직접 이 산을 만들기라도 한 듯 우쭐댄다. 아무리 주민들의 정직함과 진실함을 높이 평가한다 하더라도 간혹 그들이 그 산의 명성에 대해 과장을 하는지의 여부는 알 수 없다. 하지만 그것은 그렇게 중요한 일이 아니다. 산은 주민들에게 있어서 자랑할 만한 명소일 뿐만 아니라 실질적인 도움을 주기도 한다. 산을 타기 위해 산악인들이 마을에 들어오면 주민들은 그들의 안내자로서 일거리를 얻게 되고, 일단 안내자가 되었다는 사실과 이런저런 체험을 해본 것, 그리고 골짜기의 구석구석을 다녀본 경험은 그들에게 두고두고 이야기할 만한 자랑거리가 된다. 그들은 종종 선술집에 앉아 자신들이 겪은 모험이나 놀라운 경험에 관해 이야기를 나누고, 그곳을 다녀간 여행객들이 말한 이런저런 이야깃거리와 그들이 주민들의 노고에 대한 보답으로 무엇을 주었는지에 관해 말하는 것을 결코 잊지 않는다. 그 밖에도 산은 여러 가지 도움을 준다. 눈이 얼어붙었던 곳에서는 조금씩 녹아내린 눈이 계곡을 따라 경쾌하게 흐르는 시냇물이 되어 높은 숲 지대에 살고 있는 사람들에게 중요한 식수원이 되어준다. 그리고 제재소와 방앗간, 그리고 또 다른 작업장들을 작동시키는 원동력이 되기도 하며, 마을을 정화시키고, 가축들의 목을 축여주는 일도 한다. 또한 그 산의 숲은 주민들에게 나무를 제공해주고 눈사태도 막아준다. 높은 곳에서 흐르는 산속의 물은 그대로 땅속으로 스며들어 골짜기를 관통하는 수맥을 이루며, 다시 위로 솟아올라 샘물이 되기도 한다. 주민들은 그 샘물을 마시고, 뛰어난 맛을 자랑하는 이 샘물은 다른 곳에까지 이르기도 한다. 하지만 주민들은 평소 이 물의 고마움에 대해 별다른 생각을 하지도 않을뿐더러, 그냥 늘 있는 것이려니 하고 여긴다.

　그 산의 사계절에 대해 살펴보면, 우선 겨울에는 산꼭대기의 호른*이라고 불리는 두 개의 봉우리가 흰 눈으로 뒤덮인 채 서 있는데, 맑은 날이면 뚜렷하게 그 모습을 드러내어 짙푸른 창공을 배경으로 빼어난 경관을 자랑한다. 산봉우리를 빙 둘러싸고 있는 면은 온통 흰 눈으로 덮여 있고, 산중턱 역시 마찬가지이다. 주민들이 마우어**라고 부르는 가파르게 깎아지른 듯한 암벽들도 니스 칠을 해놓은 듯 얇게 언 얼음으로 뒤덮여 있다. 그것은 잿빛으로 된 마법의 성처럼 그렇게 우뚝 솟아 있다. 뜨거운 태양과 따뜻한 바람이 가파른 암벽에 남아 있는 눈을 녹이는 여름이면 두 개의 산봉우리는, 그곳 주민들의 표현을 빌자면 시커멓게 하늘을 찌를 듯 서 있고, 아름답고 하얀 수맥 줄기만이 곳곳에 눈에 띈다. 하지만 실제로 이 봉우리들은 검은색이 아니라 쪽빛이고 수맥은 흰색이 아니라 파스텔빛 푸른색이다. 수맥은 백색의 눈 줄기가 짙푸른 색의 절벽 위에 붙어서 멀리서 보면 푸르스름한 빛깔의 우유 같다. 더 높은 산꼭대기 위에는 한여름에도 변함없는 만년설만이 그대로 남아 계곡 아래 푸른 나

* Horn, 독일어로 '뿔'이라는 뜻.
** Mauer, 독일어로 '벽, 담'이라는 뜻.

무들을 내려다본다. 계곡 아래는 겨울에 쌓인 눈이 점점 희미해져, 마치 군데군데 솜이 뭉쳐 있는 듯하고, 얼음 표석(漂石)은 서서히 푸른빛과 초록빛의 얼굴을 드러내기 시작한다. 멀리서 보면 보석을 조각조각 이어놓은 듯한 이 표석의 언저리에는 엄청난 크기의 바위와 매끈한 암벽들, 그리고 광맥들이 이리저리 마구 뒤엉켜 있다. 여름이 길고 무더울수록 표석은 맨얼굴을 드러내고, 계곡은 더욱 선명하게 푸른빛과 초록빛을 보여준다. 두 개의 봉우리가 흰옷을 벗고, 절벽과 땅과 진창 위에 얼어 있던 얼음들이 녹아내리면서 계곡에는 평소보다 많은 양의 물이 흘러내린다. 이 모든 것은 가을이 될 때까지 계속된다. 물은 점차 줄어들고, 한바탕 장마가 쏟아져 계곡을 온통 뒤덮고 난 후 안개가 산꼭대기에서부터 전체를 얇게 휘감으면 모든 절벽과 암석 그리고 봉우리들은 다시 또 흰옷을 입게 된다. 1년은 그렇게 주기적인 작은 변화와 함께 흘러가고, 오랜 세월 동안 자연은 늘 그대로의 모습을 지니고 있다. 산 위에는 눈이, 골짜기에는 사람들이 있는 모습 그대로. 골짜기의 주민들은 사소한 변화도 중요한 것으로 여기고, 계절이 바뀌는 것을 이러한 변화들로 감지한다. 또한 산이 흰옷을 벗은 정도에 따라 그해 여름이 얼마만큼 무더웠는지를 가늠한다.

산을 오르는 일은 이 계곡에서부터 시작된다. 계곡에서 사람들은 남쪽 방향으로 난 아름다운 길을 따라 걷는데, 그 길은 고개를 넘어 또 다른 계곡으로 이어져 있다. 이 고개를 통해서 두 산간 지역 사람들은 한 계곡에서 다른 계곡으로 건널 수 있는 것이다. 이 고갯마루에는 커다란 전나무 숲이 있고, 다른 쪽 계곡을 향해 점차 내리막길이 시작되기 직전, 가장 높은 곳에 소위 조난(遭難) 기둥이 서 있다. 옛날에 빵을 담은 바구니를 들고 이 고개를 넘다 죽은 채로 발견된 제빵사를 기리는 기둥이다. 사람들은 붉은색 나무 기둥에 전나무에 둘러싸인 채 바구니를 들고 죽은 제빵사의 모습을 그리고, 그 밑에 설명과 함께 기도문을 적어 제빵사가 조난당한 자리에 세웠다. 이 기둥을 기점으로 두 개의 길이 나타난다. 하나는 다른 쪽 계곡으로 내려가는 길이고, 다른 하나는 고갯마루를 따라 좀 더 위쪽으로 향하는 길이다. 오르막길이 시작되는 곳에 있는 전나무는 마치 그들 사이에 길을 내주는 통행 허가를 맡고 있는 듯 양쪽으로 서 있다. 완만한 경사를 이루는 이 길을 따라 쭉 올라가다 보면 나무 하나 없고 연약한 히스* 덤불과 마른 이끼, 그리고 잡초들로 무성한 곳이 나타난다. 그곳은 점점 가팔라지고 사람들은 한참을 더 그 위로 올라가게 된다. 하지만 둥그렇게 팬 분지를 계속해서 올라가는 것이어서 나무 하나 없이 똑같은 그곳에서는 자칫 길을 잃기 쉽다. 조금 후에는 풀밭에 세워진 교회처럼 우뚝 솟은 암벽들이 나타난다. 그 암벽을 타고 한참을 올라가보면 풀 한 포기 없는 황량한 산등성이가 나타난다. 산등성이는 더 높은 곳으로 쭉 뻗어올라가 곧바로 얼음산에 이르게 된다. 이 산을 넘기 위해서는 암벽에서부터 만년설이 덮인 고산지대까지 상당히 오랜 시간을 걸어야 한다. 만년설로 덮여 있는 가장 높은 곳에는 두 개의 봉우리가 솟아 있는데, 그중 하나는 조금 더 높아서 그 산의 정상을 이룬다. 여기에 오르기는 매우 어렵다. 깎아지른 듯한 절벽에는 여기저기 움푹 팬 곳이 많고 발 디딜 곳이 거의 없기 때문에 대부분의 산악인들은 만년설이 시작되는 곳에 이르러 주변의 전망을 감상하는 정도로만 만족한다. 정상을 오르고자 하는 사람들은 아이젠을 장착한 등산화와 로프, 클립 등의 등반 장비를 모두 갖추어야만 한다.

이 산 외에도 같은 남쪽 방향에는 또 다른 산들이 있다. 그곳역시 이른 가을부터 이듬해 봄까지 눈으로 뒤덮여 있지만, 그렇게 높지는 않다. 이 산들도 여름이 되면 얼어 있던 눈이 모두 녹아 절벽마다 태양 빛에 반짝이고, 깊은 곳에 자리해 있는 숲들도 그 푸르른 그림자와 싱그러운 초록빛을 마음껏 드러낸다. 그 아

* 황무지에서 자라는 진달랫과 관목.

216

름다움은 평생 보아도 질리지 않을 정도이다.

남쪽 외에 이 골짜기의 다른 쪽, 즉 북쪽과 동쪽과 서쪽의 산들은 비교적 낮고 길게 뻗어 있어 상당히 높은 곳까지 들판과 초원들이 펼쳐진다. 반면에 남쪽의 산속에는 큰 숲들이 많은데도 그 험준한 산세로 인해 깊이 파묻혀 있다. 그 때문에 남쪽은 매끄러운 산의 능선만이 하늘에 선을 긋고 있는데 반해, 다른 쪽은 산들의 지대가 낮아 겉으로 드러난 숲들이 삐죽삐죽 톱니 모양의 능선을 이루며 하늘에 걸쳐진다.

이 계곡의 한가운데 서 있으면 마치 이곳으로 들어오는 길도, 또 반대로 빠져나가는 길도 없는 것 같은 느낌을 받는다. 이 산간 지역에 자주 와본 사람들만이 그것이 착각이라는 것을 잘 알고 있다. 실제로는 마을로 통하는 여러 갈래의 길이 있으며, 심지어 산들의 지각 변동 덕분에 북쪽 평지로 빠져나가는 길은 아주 잘 닦여 있다. 깎아지른 듯한 절벽으로 인해 막혀 있는 것처럼 보이는 남쪽 역시 위에서 말한 마을로 이어진 길이 있다.

이 마을의 이름은 그샤이트, 그 마을의 집들을 내려다보고 있는 눈 덮인 산의 이름은 가르스이다.

고개 너머에는 그샤이트보다 훨씬 더 아름답고 번창한 마을이 있다. 그곳은 조난 기둥을 중심으로 그샤이트의 반대편 아래쪽에 있다. 그곳은 밀스도르프라는 이름의 큰 마을이다. 이 마을로 들어서면 바로 입구에서부터 큰 시장이 있고, 수많은 다양한 종류의 작업장들이 늘어서 있다. 밀스도르프의 집들은 대부분 도회적인 자영업을 운영하고 있다. 두 마을은 겨우 3시간 거리밖에 떨어져 있지 않는데도 밀스도르프의 주민들은 그샤이트 주민들보다 훨씬 더 부유하고, 두 마을은 서로 풍습이나 생활 습관이 판이하게 다르다. 산간 지역에서는 흔한 일로, 태양을 등지고 있느냐 마주하고 있느냐에 따라 생활 형편과 종사하는 일이 달라 이로 인해 주민들의 성향도 결정된다. 하지만 두 마을 사이에도 공통점은 있다. 두 마을 모두 전통과 조상들의 생활 방식을 고수한다는 점, 그리고 무엇보다 주민들 모두 자기 마을을 사랑하고 그곳을 떠나서 살아갈 마음이 없다는 점이다.

그샤이트 주민들은 지척에 있는 밀스도르프의 큰 시장을 수개월 혹은 1년이 다 가도록 찾지 않기도 한다. 그샤이트처럼 그렇게 외지도 아닌 밀스도르프 주민들도 다른 지역과의 교류는 활발하지만 그샤이트를 찾지는 않는다. 밀스도르프의 골짜기를 따라 도로라고 부를 수 있을 만큼 사람들의 왕래가 잦은 길이 하나 있는데, 그곳을 지나다니는 수많은 여행객들이나 방랑객들은 고개 하나만 넘으면 수많은 집들과 뾰족한 교회탑까지 있는 마을이 있다는 사실을 까맣게 모른 채 그곳을 지나친다.

산간 지역에서 필요한 것들을 공급하는 그샤이트의 자영업

체들 중에는 아주 세상과 동떨어진 오지가 아니라면 어느 마을에나 흔히 있는 구두 수선공의 작업장이 있다. 그샤이트 사람들은 아주 튼튼하고 실용적인 등산화를 필요로 한다. 꼭 단정 지어 말할 수는 없지만 이 구두 수선공은 그샤이트에서 유일한 구두 수선공이라 할 수 있다. 그의 집은 비교적 좋은 집들이 있는 그샤이트 광장 한가운데에 있는데, 외벽은 회색빛이고, 흰색 틀의 창문과 초록빛으로 칠해진 창의 덧문을 통해 광장에 서 있는 네 그루의 보리수를 볼 수 있다. 1층에는 작업실과 기술자들이 거처하는 방, 그리고 크고 작은 거실과 매장, 부엌과 식품 저장실, 잡동사니를 넣어두는 창고가 하나 있다. 2층으로 올라가면 화려한 방이 나타나고, 그 방 안에는 호화로운 침대 두 개와 아름답게 광채가 나는 옷장이 있다. 그리고 여러 가지 그릇들이 들어 있는 유리로 된 장식장, 상아 세공으로 만들어진 탁자, 푹신한 소파 등과 함께 벽에는 성화들과 두 개의 아름다운 회중시계, 사격장에서 상으로 받은 것들과 사냥총들이 들어 있는 유리 상자가 걸려 있다. 구두 수선공의 집 옆에는 아치형의 통로로 연결된 조금 더 작은 집이 있다. 구두 수선공의 집과 똑같은 양식으로 지어진 그 집은 구두 수선공의 집의 일부처럼 보이며, 방이 하나뿐인 단층이다. 그 집은 원주인이 자신의 아들이자 후계자에게 안채를 모두 넘겨준 다음 별채로 쓸 목적으로 지은 집이다. 그 집에서 그는 아내와 오랫동안 살았고, 두 사람이 죽은 후로는 비어 있는 채 새로운 주인을 기다리고 있다. 뒤쪽으로는 마구간과 곡물 창고가 있다. 계곡의 모든 주민들은 자영업체를 하나씩은 운영하고 있으면서 동시에 식량을 자급자족하는 농부들이기도 하다. 이 건물들 뒤로는 정원이 있다. 그샤이트에서 조금 형편이 넉넉한 집이라면 잘 가꾸어진 정원을 가지고 있기 마련이다. 정원에서는 야채와 과일, 그리고 축일을 기념할 때 쓰기 위한 아름다운 꽃들을 키운다. 또한, 산간 지역에서는 꿀벌을 키우는 일도 빠뜨릴 수 없는 중요한 일 중 하나이다.

앞서 광장에 사는 구두 수선공을 이 마을에 사는 유일한 구두 수선공으로 단정 짓기 어렵다고 한 이유는 그와 경쟁 관계에 있는 또 다른 구두 수선공이 있기 때문이다. 그는 늙은 토비아스로, 엄밀히 말하자면 구두 수선공의 경쟁 상대라고 할 수는 없다. 때때로 구두 수선공은 늙은 토비아스에게 수선용 가죽 조각들과 구두 안창, 그 밖에 또 다른 수선용 재료들을 무상으로 주기 때문이다. 늙은 토비아스는 여름철이면 이 마을 끝에 있는 라일락 숲에 앉아 일하곤 한다. 그는 온통 잿빛으로 얼룩지고 진흙 투성이에 너덜너덜 낡아빠진 신발들에 둘러싸여 있고는 한다. 하지만 그중에 긴 장화는 없다. 그 지역 사람들은 장화 같은 건 잘 신지 않기 때문이다. 마을 사람들 중 목사님과 학교 선생님

단 두 사람만이 이런 장화를 신는다. 하지만 두 사람 모두 수선이 필요할 때면 광장에 있는 구두 수선공의 집을 찾는다. 겨울철이 되면 늙은 토비아스는 라일락 숲 뒤에 있는 그의 작은 방에 따뜻하게 군불을 떼고 앉아 일을 한다. 그샤이트에서는 장작이 비싸지 않다.

광장의 구두 수선공은 그 집을 떠맡기 전까지 영양을 사냥하러 다니는 사냥꾼이었고, 그샤이트 사람들의 말에 의하면 젊은 시절에는 그리 착실한 청년이 아니었다고 한다. 그는 학교에서는 항상 모범생이었고 그의 아버지로부터 수공업을 물려받았지만, 곧 이곳저곳을 떠돌아다니는 방랑객이 되었다가 결국 다시 고향으로 돌아와 정착한 것이었다. 그는 수공업자들에게 있어서 일종의 예외이자 그의 아버지가 한평생 했던 대로 검은색 모자를 쓰는 대신에, 온갖 깃털로 장식한 초록색 모자를 썼다. 그리고 대부분의 수공업자들처럼 그의 아버지가 가능하면 검은색 긴 재킷을 입은 데 반해, 그는 최대한 짧은 로덴* 천으로 된 재킷을 입었다. 모든 무도회장과 오락 시설에서 이 젊은 구두 수선공의 모습을 어렵지 않게 찾을 수 있었다. 누군가 그에게 훈계라도

* 오스트리아 티롤 지방에서 쓰이는 두텁고 털이 있는 천.

할라치면 그는 짧은 휘파람을 불며 자리를 떴다. 그는 자신의 총을 들고 근처에 있는 사격장으로 놀러가 상품을 타서 집으로 돌아오고는 했다. 상품은 대부분 정교하게 만들어진 주화인 경우가 많았는데, 이것을 타기 위해 구두 수선공은 더 많은 돈을 써야 했다. 그는 인근에 있는 모든 사냥터마다 쫓아다녔고, 그 결과 명사수라는 이름을 듣고는 했다. 그가 때때로 쌍발총을 들고 아이젠을 장착한 등산화를 신고 다녔기 때문에 사람들은 그가 머리에 심각한 이상이 생긴 게 틀림없다고 말하기도 했다.

밀스도르프에는 한 염색공이 살고 있었다. 그샤이트에서 건너오면 마을 입구에 들어서자마자 보게 되는 큰 시장 바로 초입에 염색공의 작업장이 있었다. 그의 작업장은 한눈에 보기에도 웅장한 건물이었다. 그곳에서 수많은 사람들이 일을 하고 있을 뿐 아니라, 산간 지역에서는 좀처럼 없는 기계 시설까지 갖추고 있었다. 게다가 그는 드넓은 토지도 소유하고 있었다. 구두 수선공은 이 부유한 염색공의 딸을 얻기 위해 산을 넘어 밀스도르프로 향했다. 염색공의 딸은 뛰어난 미모로 멀리까지 이름이 나 있었는데, 정숙함과 예의 바름, 그리고 검소함까지 갖추고 있었다. 구두 수선공은 그녀의 주목을 끌려고 노력했다. 하지만 염색공은 그를 자신의 집에 발도 들여놓지 못하게 했다. 염색공의 딸은 공공장소나 유흥을 즐기는 장소에는 결코 모습을 드러내지 않았으며, 집 밖으로 외출할 때에도 늘 부모님과 함께였다. 그녀는 교회와 정원, 그리고 집만 왔다 갔다 할 뿐이었다.

구두 수선공은 부모님이 돌아가신 후 부모님이 살던 집을 물려받아 혼자서 지냈다. 그 후 그는 완전히 딴사람이 되었다. 사방팔방으로 떠돌아다니던 그가 이제는 구두 수선실에 앉아 온종일 망치로 구두 밑창만 두들겼다. 그는 이제 구두와 덧신을 자신보다 더 잘 만드는 사람은 없다고 자부했다. 그리고 그의 작업실에서 함께 일하는 기술자들 역시 최고가 아닌 사람이 없었고, 그들은 모두 구두 수선공의 말을 따라 일사불란하게 움직였다. 이제 그는 명실공히 최고의 구두 수선공이 되었다. 그동안 인근 마을에 구두 수선을 맡기던 그샤이트 주민 전체가 그의 고객이 되었을 뿐 아니라, 밀스도르프와 또 다른 마을의 주민들까지 그를 찾아와 구두와 덧신 제작을 의뢰했다. 그의 명성은 멀리까지 퍼졌고, 산을 타려는 사람들은 누구나 이곳에 들러 신발을 만들어 신었다.

그는 집 안을 아름답게 꾸몄고, 그의 가게 진열장마다 수많은 구두와 장화들이 반짝반짝 빛났다. 주일이 되어 온 마을 사람들이 네 그루의 보리수가 서 있는 광장에 모여들 때면, 그들은 유리창 너머로 구두를 파는 사람과 사는 사람들로 북적거리는 가게 안을 들여다볼 수 있었다.

구두 수선공은 산을 좋아하는 그의 취향에 따라 등산용 가죽 구두를 가장 잘 만들었다. 그는 가끔씩 선술집에 들를 때면 사람들을 모아놓고, 감히 이곳에 들어와 그가 만든 구두와 비교되게끔 다른 데서 만든 가죽 구두를 들이미는 사람은 없을 거라고 과시했다. 게다가 다음과 같은 말도 덧붙였다.

"그들은 아마 모를 거야. 암, 모르고말고. 제대로 만든 가죽 구두를 본 적이 있어야 알지. 자고로 그런 구두는 이래야 하는 거야. 우선 못이 주루룩 박힌 밑창은 마치 하늘에 별이 총총히 박힌 것처럼 보여야 하고, 그에 걸맞은 굽도 갖추어야 해. 그리고 신발 겉은 아주 딱딱하게 만들어야 해. 그래야 날카로운 자갈 돌멩이도 느끼지 못할 테니까 말이야. 그리고 신발 안은 아주 푹신하고 부드러워야 해. 마치 발에 따뜻한 장갑을 낀 것처럼 말이야."

구두 수선공은 자신이 만든 모든 신발들을 기록할 큰 장부를 만들었다. 그곳에 그는 재료를 제공한 사람과 물건을 사 간 사람들의 이름을 꼼꼼히 기록함과 동시에 물건의 품질에 대한 짤막한 소견도 덧붙여놓았다. 또한 비슷한 종류의 신발들에는 일련번호를 달았다. 그는 이 장부를 가게에 있는 큰 서랍 속에 보관했다.

밀스도르프에 사는 염색공의 아름다운 딸이 부모님의 집에서 꼼짝도 하지 않고, 친구들과 친척집도 방문하지 않는 동안에 그샤이트의 구두 수선공은 그녀가 교회에 갈 때나 정원에 나와 있을 때, 또는 방에서 창문을 통해 들판을 바라보고 있을 때, 멀리서나마 그녀가 그를 볼 수 있도록 계속해서 주변을 서성거렸다. 구두 수선공의 이와 같은 끊임없는 노력과 자신의 딸에 대한 변함없는 구애를 지켜보던 염색공의 아내는 마침내 완고한 남편의 마음을 돌려놓기에 이르렀다. 구두 수선공은 형편이 이전보다 훨씬 더 나아졌기 때문에 아름답고 부유한 밀스도르프의 여자를 아내로 맞아 그샤이트로 데려오는 데 성공했다. 염색공은 고집이 센 남자였다. 그는 제대로 된 가장이라면 자신의 생업을 훌륭하게 번창시켜서 계속 이끌어나가야 하며, 자신의 아내와 아이들 그리고 하인들의 생계를 이어갈 책임이 있다고 말했다. 또한 가정의 중심은 신앙으로 지켜나가야 하고, 막대한 재산도 비축해놓아야 세상 사람들로부터 존경과 명예를 얻을 수 있다고 했다. 그러한 연유로 염색공은 자신의 딸은 혼수만 제대로 준비하면 되고, 다른 모든 일들은 다 남편이 할 일이라고 말했다. 염색공은 밀스도르프의 염색 공장과 염색공의 집에 딸린 농장은 그에게 있어 명예로운 생업이고 그의 명예를 위해 존재하기에, 그가 가진 모든 것은 그의 염색업을 위한 밑천으로 쓰여야 한다고 말했다. 때문에 그는 아무것도 내주지 않았다. 언젠가 그와 그 아내가 죽게 되면 밀스도르프의 염색공장과 농장은 그의 유일한 딸, 그샤이트 구두 수선공의 아내에게 돌아갈 것이고, 그 때가 되면 구두 수선공 부부는 그들이 원하는 대로 할 수 있다고 말했다. 하지만 그 모든 것은 상속인이 유산을 받을 만한 자격이 있을 때에만 해당되는 것이었다. 그들에게 그런 자격이 없다면 유산은 그들의 아이들에게로 넘어갈 것이고, 만일 아이가 없다면 그것은 유류분(遺留分)을 제외하고 다른 친척들에게 넘어갈 것이라는 말도 덧붙였다. 구두 수선공은 더 이상 바라는 것이 없었다. 그는 다만 염색공의 아름다운 딸을 얻었고 그녀가 처녀 때 누렸던 모든 것을 그대로 자신이 해줄 수 있다는 대단한 자부심을 가졌다. 그는 자신의 아내가 그샤이트의 모든 여자들뿐만 아니라 계곡의 모든 여자들이 입는 것보다, 그리고 그녀가 결혼 전에 입었던 것보다 훨씬 더 아름다운 옷을 입을 수 있도록 해주었다. 그 밖에도 나머지 모든 것들을 그녀가 아버지의 집에서 누렸던 것보다 훨씬 더 훌륭하고 사려 깊게 마련해주었다. 또한 장인에게 도전하기 위해 그는 차츰차츰 땅을 사들여 값나가는 토지를 많이 모았다.

그샤이트와 밀스도르프는 산등성이와 서로 다른 풍습으로 인해 나뉘어 있었기 때문에, 계곡 밖으로 나갈 기회가 많지 않은 그샤이트 주민들은 밀스도르프에 한 번도 가보지 못한 경우가 대부분이었다. 따라서 아예 먼 곳으로 이주한 경우를 제외하면 그샤이트를 떠나 이웃 마을로 이주한 경우는 아주 드물었다. 게다가 사랑을 쫓아 남편을 따라 다른 마을로 가는 아주 드문 경우를 제외하고는 어떠한 여자도 계곡을 벗어나 다른 곳으로 이주하지 않았다. 그런 이유로 그샤이트 구두 수선공의 아내가 된 밀스도르프 염색공의 아름다운 딸은 그샤이트 주민들에게 외지인으로 취급받았다. 그렇다고 해서 사람들이 그녀에게 나쁘게 행동한 건 아니다. 오히려 그녀의 아름다운 자태와 품성 때문에 그녀를 좋아하는 경우도 있기는 했지만 그래도 늘 무언가 꺼리는 것이 있었다. 그샤이트 사람들은 같은 동네 사람들에게 대하는 것과 똑같이 진심으로 그녀를 대하지 못했고, 시간이 지나도 나아지기는커녕 그녀의 눈에 띄는 훌륭한 복장과 구두 수선공의 아내로서 특별히 힘든 일도 하지 않는 편안한 생활로 인해 거리감은 점점 더 커졌다.

그녀는 1년 후 아들을 낳았고, 그 몇 년 후 딸을 낳았다. 그런데 그녀는 남편이 자신이 기대했던 것만큼 아이들을 사랑하지 않는다고 느꼈다. 그의 얼굴은 늘 진지하게 굳어 있었고, 일에만 몰두했다. 아이들과 함께 놀아주거나 장난치는 일도 드물었다. 어쩌다 아이들에게 하는 말이라고는 조용히 하라는 것뿐이었고, 대개 어른들에게나 기대할 수 있는 것들을 아이들에게 요구했다. 하지만 먹을 것과 의복, 그리고 다른 외형적인 것들에 관해서라면 그는 나무랄 데 없는 아버지였다.

결혼 초 염색공의 아내는 자주 그샤이트를 찾아왔다. 그리고 신혼이었던 부부 역시 교회 축제 때나 다른 축일이 되면 때때로 밀스도르프를 방문했다. 하지만 아이들이 태어나자 상황은 달라졌다. 할머니들은 엄마들이 아이들을 사랑하고 보고 싶어 하는 것보다 훨씬 더 손주들을 예뻐하고 자꾸만 보고 싶어 하는 법이다. 할머니들은 때때로 손주들이 보고 싶어 병이 날 지경이 되기도 한다. 염색공의 아내도 손주들을 보기 위해 더 자주 그샤이트를 찾았다. 그녀는 손주들에게 줄 선물을 가지고 와서 한동안 딸의 집에서 머물다 가고는 했다. 하지만 나이가 들어 건강이 안 좋아지자 잦은 왕래는 어렵게 되었고, 염색공은 손주를 보러 가려고 하는 아내를 극구 만류했다. 대신에 그는 반대로 아이들이 할머니를 보러 오도록 했다. 염색공의 딸은 때때로 직접 마차를 몰고 아이들을 데려오기도 했고, 아이들이 아직 어리기 때문에 옷을 두껍게 껴입히고 하녀를 딸려 마차에 태워 보내기도 했다. 하지만 아이들이 점점 크자 아이들은 이제 엄마와, 혹은 하녀와 함께 걸어서 밀스도르프로 향했다. 사내아이는 강하고 똑똑하게 자랐고, 길도 익숙했기 때문에 이제는 혼자서도 할머니 댁을 찾고는 했다. 그리고 간혹 날씨가 청명하고 혼자 가기 싫을 때는 그가 청하면 어린 여동생도 데리고 갈 수 있도록 허락을 받기도 했다. 그샤이트에서는 일상적인 일이었다. 그샤이트 주민들은 걷는 데에 익숙해져 있었고, 특히 구두 수선공과 같은 부모들은 아이들이 독립적으로 커가는 것을 흡족하게 생각했다.

두 아이는 다른 마을 사람들에 비해 자주 고개를 넘어 두 마을 사이를 오갔고, 엄마가 그샤이트에서 늘 어느 정도 외지인 취급을 받았기 때문에 두 아이 역시 마을 사람들과 거리감을 느꼈다. 그래서 그들은 완전히 그샤이트 사람이라고 보기 어려웠고, 오히려 반쯤은 밀스도르프 사람이 되었다.

사내아이 콘라트는 아버지를 닮아 진지했고, 엄마의 이름을 본 딴 여동생 수잔나, 줄여서 잔나는 오빠의 지식과 현명함과 힘을 믿었다. 엄마가 남편을 믿고 따르듯이 자신의 오빠를 믿고 따랐다.

화창한 날 아침이면 사람들은 아이들이 남쪽을 향해 계곡을 올라가는 것을 볼 수 있었다. 그들은 우선 초원을 지나 고갯마루의 전나무 숲이 보이는 곳까지 갔다. 그런 다음 오르막길을 거쳐 숲을 지나고 고개를 넘어 점심때가 되기 전에 밀스도르프의 드넓은 초원에 이르렀다. 콘라트는 잔나에게 할아버지 소유의 목장을 알려주었고, 계속해서 경작지를 지나면서 각종 곡물들에 관해 설명해주었다. 조금 더 가면 지붕 처마 밑에 세워진 막대에 길게 늘어선 천들이 선선한 바람에 나부꼈다. 직물공과 무두장이를 위해 시냇가에 설치된 작업장에서는 무두질 소리가 들려왔다. 그곳을 지나 바로 모퉁이를 돌면 염색공의 정원 뒷문이 나타났다. 아이들은 할머니의 환대를 받으며 문 안으로 들어섰다. 할머니는 손주들이 찾아올 때면 항상 미리 예감을 하고, 연신 창밖을 내다보았다. 그리고 여지없이 멀리서부터 태양빛에 빛나는 잔나의 붉은색 망토를 알아보았다.

그녀는 손주들을 데리고 세탁실과 인쇄기를 지나 방으로 갔다. 그리고 아이들을 앉히고 망토와 재킷을 벗지 못하도록 했다. 아이들은 몸을 녹이기 위해 식사 시간에도 옷을 입은 채 그대로 있었다. 식사가 끝나면 겉옷을 벗고 놀아도 됐다. 집 안에 있는 방마다 여기저기 뛰어다니거나, 금지된 일만 아니면 그들이 하고 싶은 대로 하고 놀았다. 염색공은 늘 손주들과 함께 식사를 하면서 공부에 관해 이것저것 물었다. 특히 배워야 하는 것에 대해 엄하게 타일렀다. 오후가 되면 아이들은 너무 늦지 않도록 일찌감치 출발할 준비를 했다. 염색공은 딸에게 결혼지참금도 주지 않고, 그가 죽기 전에 재산을 미리 나누어주겠다는 약속도 하지 않았지만 염색공의 아내는 그러한 문제에 대해 너무 엄격하게 굴 필요가 없다고 생각했다. 그녀는 손주들에게 심심찮게 돈을 주기도 하고 때에 따라서는 상당한 값어치가 나가는 물건을 주었을 뿐만 아니라, 항상 헤어질 때에는 작은 보따리 하나씩을 손에 들려주었다. 그 속에는 손주들에게 꼭 필요하거나 또는 손주들이 기뻐할 만한 것들이 들어 있었다. 때때로 그샤이트의 구두 수선공 집에도 있을 법한 것들인 경우도 있었지만, 그럴 때에도 염색공의 아내는 손주들에게 단지 무언가를 준다는 기쁨을 만끽하기 위해 주저 없이 보따리 속에 넣어주었다. 그러면 아이들은 뭔가 특별한 것이나 되는 듯 소중하게 집으로 들고 가는 것이었다. 그것은 크리스마스이브에도 마찬가지였다. 아이들은 보따리 속에 꽁꽁 싸여서 보이지 않는 크리스마스 선물을 소중하게 들고 집을 향해 길을 나섰다.

크리스마스이브의 선물은 원래 밤늦게 받는 것이지만 손주들이 너무 늦게 가는 것을 염려한 할머니의 성화 때문에 늘 출발을 서둘러야 했기에 일찍 선물을 받게 되었다. 할머니는 일찍 출발하면 손주들이 가다가 힘들 때 잠깐씩 쉴 수도 있을 거라 생각했다. 아이들은 고갯마루에 있는 개암나무 울타리에 앉아 돌로 열매를 깨뜨리거나 이파리나 나뭇가지, 또는 이른 봄에 침엽수 가지에서 떨어진 연한 갈색의 솔방울을 가지고 노는 것을 좋아했다. 때때로 콘라트는 동생에게 이야기를 들려주거나, 도중에 조난 기둥에 이르면 잠깐씩 가던 길을 멈추고 위쪽 길로 조금 올라가보기도 했다. 그리고 잔나에게 멀리 빙산 위에 사람이 오르는 게 보인다든지, 절벽과 돌들도 많고 영양들도 뛰어다니고 큰 새들도 날아다닌다는 말을 해서 지루함을 달래주기도 했다. 아이들은 종종 숲을 지나면서 마른 잔디와 작은 히스 덤불을 관찰하기도 했다. 하지만 이렇게 중간중간 조금씩 다른 데 한눈을 팔아도 콘라트는 늘 땅거미가 지기 전에 어김없이 집에 도착했고, 늦지 않고 무사히 돌아온 것에 대해 칭찬을 받았다.

그러던 어느 해, 또다시 크리스마스이브가 돌아왔다. 그샤이트의 계곡에 서서히 동이 틀 무렵, 하늘은 얇은 베일에 싸인 듯 희미한 안개로 뒤덮여 있었고, 안 그래도 멀리 남동쪽 하늘에서나 비스듬히 보일 듯 말 듯 한 태양은 붉은빛이 도는 희뿌연 점처럼 보였다. 더욱이 이날은 부드럽고 거의 덥지도 춥지도 않은 공기가 온 계곡 안에 가득했고, 하늘에 떠 있는 구름도 전혀 미동이 없었다. 그러자 구두 수선공의 아내는 아이들에게 말했다.

"오늘은 날씨도 좋고, 한동안 비가 오지 않아서 길도 단단하고, 게다가 너희 아버지께서도 어젯밤에 오늘 날씨만 괜찮다면 가도 좋다고 허락을 하셨으니, 너희들은 오늘 밀스도르프의 할머니 댁에 가도 될 것 같구나. 하지만 그 전에 먼저 아버지께 다시 한번 여쭤보거라."

아직 잠옷 차림이었던 아이들은 신이 나서 아버지가 손님과 이야기를 나누고 있는 옆방으로 달려갔다. 그리고 아이들은 아버지에게 날씨가 더할 나위 없이 좋으니 어젯밤에 말씀하신 대로 할머니 댁에 보내달라고 졸랐다. 구두 수선공은 딱히 거절할 이유가 없어 허락했고, 아이들은 다시 엄마에게로 달려갔다.

구두 수선공의 아내는 아이들의 옷을 꼼꼼하게 챙겨주었고, 특히 딸아이에게 든든한 옷을 갖추어 입혔다. 콘라트는 이미 혼자서도 옷을 입을 나이가 되어 진작 옷을 다 입고 동생을 기다리고 있었다. 딸아이에게 옷을 다 입힌 구두 수선공의 아내는 아들에게 당부했다.

"콘라트, 엄마 말 잘 들어라. 동생하고 함께 가니까 돌아올 때 늦지 않게 출발하도록 더욱더 신경 써야 한다. 괜스레 이것저것 하면서 뜸 들이지 말고 할머니 댁에서 식사가 끝나면 곧바로 돌아올 준비를 해야 한다. 이젠 낮이 많이 짧아져서 금세 해가 진단다."

"저도 알아요, 엄마." 콘라트는 말했다.

"그리고 잔나가 넘어지거나 너무 까불지 않도록 잘 돌봐야 한다."

"네, 엄마."

"자, 하느님이 너희를 지켜주실 거다. 이제 아버지께 가서 지금 떠난다고 말씀드려라."

콘라트는 아버지에게서 받은 송아지 가죽으로 만든 가방을 어깨에 둘러메고 잔나와 함께 아버지에게 인사를 하기 위해 옆방으로 갔다. 얼른 인사를 마치고 방에서 나온 아이들은 나란히 서서 엄마로부터 성호를 받고 신이 나서 골목길로 갔다.

아이들은 재빨리 마을 중심에 있는 광장 아래쪽으로 가서 주택가를 거쳐 과수원 울타리 사이를 지나 마침내 마을을 벗어났다. 태양은 우유 빛깔 구름이 걸쳐 있는 숲 위로 이미 높이 떠 있었고, 잎이 다 떨어진 사과나무 가지 사이로 아이들에게 따사로운 햇살을 비추고 있었다.

계곡에는 눈이 내린 흔적을 찾을 수 없었지만, 몇 주 동안 계속해서 내린 눈은 큰 산 위를 아직까지 뒤덮고 있었다. 그에 비해 전나무 숲 가장자리에 있는 작은 산들은 눈이 쌓이지 않은 앙상한 나뭇가지들로 둘러싸여 조용히 자리하고 있었다. 땅바닥은 아직 얼지 않았다. 계절이 부드러운 습기를 머금도록 하지 않았다면 아마도 오랜 가뭄 때문에 완전히 메말라 있었을 것이다. 습기는 땅바닥을 미끄럽게 하지 않고 오히려 단단하게 해서 발을 디디기 좋게 만들었다. 이로써 남매는 어렵지 않게 길을 헤쳐나갈 수 있었다. 초원과 물웅덩이 주변에 얼마 남지 않은 풀들은 아직까지 가을의 모습을 하고 있었다. 시골 사람들은 흔히 풀잎에 서리가 앉으면 비가 올 징조라고 했지만 이날은 가까이 가서 보아도 풀잎에 서리는커녕 이슬 한 방울 매달려 있지 않았다.

초원이 시작되는 곳에 이르자 시냇물이 흐르고 있었고, 이 시냇물 위로는 작은 다리가 하나 놓여 있었다. 남매는 다리 위로 올라가 아래를 내려다보았다. 가뭄 때문에 하얗게 말라버린 자갈돌 사이로 시냇물이라고 하기에는 무색한 가늘고 짙푸른 물줄기가 실처럼 끊어질 듯 이어져 있었다. 시냇물의 양이나 색깔 모두 높은 곳에서는 이미 추위가 찾아왔다는 것을 암시하는 것이었다. 추위는 물을 흐리는 흙이 일어나지 못할 정도로 땅바닥을 단단하게 만들어버리고, 물의 중심부를 꽁꽁 얼려 단 몇 방울만을 땅으로 흘려보낸다.

아이들은 다리를 건너 골짜기를 지나 점점 더 드넓은 숲 지대 쪽으로 갔다. 마침내 숲이 시작되는 지점에 이른 아이들은 계속해서 숲속으로 들어갔다.

숲에서 더 높은 곳에 다다르자, 마차들이 지나다니던 길이 깊게 패여 기나긴 고랑을 이룬 것이 보였다. 고랑은 아래쪽 계곡에서와 마찬가지로 진흙처럼 무르지 않고, 건조하게 메마른 상태에서 꽁꽁 얼어 있었기 때문에 아주 단단했다. 울퉁불퉁한 진흙길은 군데군데 살얼음이 있었지만 아이들의 몸을 지탱하기에 충분했다. 아이들은 특유의 본성에 따라 갓길의 평평한 곳으로 가지 않고 일부러 마차가 다니는 길 한가운데로 걸었다. 그리고 여기저기 쌓인 진흙 더미 위를 밟으면서 그것이 자신들의 무게를 지탱하는지 시험해보았다. 그로부터 1시간 후 고갯마루에 이르자 땅바닥은 더욱더 단단해져서 걸을 때마다 소리가 울렸고, 돌처럼 견고했다.

잔나는 붉은색 조난 기둥 근처에 이르자, 그것이 오늘 서 있지 않다는 것을 깨달았다. 아이들은 좀 더 가까이 가보았다. 그림이 그려져 있던 둥그런 붉은 기둥은 마른 풀밭에 쓰러져 풀잎들로 뒤덮여 있었다. 왜 기둥이 넘어져 있는지, 누가 일부러 넘어뜨린 것인지 아니면 스스로 넘어진 것인지, 영문을 알 수 없었다. 하지만 좀 더 자세히 보니, 땅에 박혀 있던 기둥의 밑동이 썩어서 넘어진 것이었다. 이유야 어쨌든 이렇게 기둥이 넘어져 있는 것은 아이들에게는 나쁘지 않았다. 기둥에 새겨진 그림과 글씨를 자세히 볼 수 있었기 때문이다. 기둥에 그려진 그림(흰 빵이 담긴 바구니, 제빵사의 창백한 손, 꼭 감은 두 눈, 잿빛 앞치마 그리고 옆에 서 있는 전나무)을 자세히 살펴보고, 거기 써진 글들을 큰 소리로 읽고 나서 다시 가던 길을 갔다.

또 1시간이 지나자 빽빽이 들어선 나무들로 시야가 어두웠던 숲이 양 갈래로 갈라졌다. 한쪽은 떡갈나무가, 다른 한쪽은 자작나무와 여러 잡목들이 마치 양쪽에서 아이들을 맞이하는 듯 늘어서 있었다. 아이들은 그곳을 빠져나왔고, 곧 이어서 밀스도르프 계곡으로 이어진 초원 위를 내달렸다.

밀스도르프 계곡은 그샤이트에 비해 훨씬 더 깊었지만 기온은 그샤이트에 비해 따뜻해서 수확하는 시기도 2주가 더 빨랐다. 그런 밀스도르프도 지금은 땅바닥이 모두 꽁꽁 얼어붙어 있었다. 아이들이 할아버지의 작업장에서 무두질하는 곳에 이르렀을 때, 길 위에는 작업장의 기계 바퀴들에서 뿜어져 나온 물방울들이 그대로 얼어붙어 아름다운 얼음판을 이루고 있었다. 이것은 늘 즐거운 볼거리였다.

할머니는 멀리서 손주들이 오는 것을 보자 서둘러 달려 나와 차가운 잔나의 손을 잡고 아이들을 방으로 데리고 들어갔다.

할머니는 손주들에게 갈아입을 따뜻한 옷을 가져다주었고, 난로 가까이로 데려가 오는 길이 힘들지 않았는지 물었다.

손주들의 대답을 듣고 할머니는 말했다.

"그래, 잘했다. 기특하구나. 너희들을 다시 보게 되어서 정말 기쁘다. 하지만 일찍 돌아가야 한다. 낮이 짧으니까. 아침에는 길이 아직 얼지 않았는데, 날이 점점 추워지는구나."

"그샤이트에서도 아침에는 괜찮았어요." 콘라트가 말했다.

"거 봐라, 그러니까 서둘러야 하는 거야. 어젯밤에도 이렇게 춥진 않았어."

그러고 나서 할머니는 딸과 사위에 대한 안부를 묻고, 그샤이트에서 특별한 일은 없었는지 물었다.

이런저런 것에 대해 다 묻고 난 할머니는 손주들에게 먹을 것을 주려고 서둘렀다. 할머니는 맛있는 것 하나라도 더 먹이고 싶은 마음에 평소보다 일찍 식사 준비를 시작했다. 이 모든 것이 할머니에게는 더할 나위 없는 즐거움이었다. 식사 준비가 다 되자 염색공도 하던 일을 중단하고 손주들과 함께 식탁에 앉았다. 아이들은 어른들처럼 앞에 식탁보를 깔고 할머니, 할아버지와 식사를 했다. 할머니는 손주들을 위해 특별 요리를 준비했다. 식사 후에 할머니는 잔나의 붉은 뺨을 연신 쓰다듬었다.

이어서 할머니는 이리저리 분주하게 왔다 갔다 하며 콘라트의 배낭에 온갖 것을 채워 넣었다. 콘라트의 가방에 더 이상 들어갈 공간이 없자, 잔나의 배낭에도 역시 가득 채워 넣었다. 그러고 나서 할머니는 가는 길에 먹으라며 아이들에게 빵을 한 덩어리씩 쥐여주고, 배가 고파지면 더 먹을 수 있도록 배낭 안에 흰 빵 두 덩어리를 넣었다고 일러주었다.

"너희 엄마를 위해 잘 볶은 커피도 좀 넣었다. 그리고 여기 이 작은 병은 새지 않도록 아주 단단히 막았는데, 이것도 엄마에게 가져다주거라. 이건 커피 원액을 내린 것인데, 너희 집에서 엄마가 평소에 마시는 것보다 훨씬 더 좋을 거다. 그냥 어떤지 맛이나 한번 보라고 전해라. 실은 이건 약도 된단다. 이걸 한 모금만 마셔도 위가 따뜻해져서 한겨울에도 몸이 얼지 않는단다. 여기

이 통하고 봉투에 든 것들도 모두 조심해서 집으로 가져가야 한다.”

손주들과 조금 더 이야기를 나눈 후 할머니는 이제 정말 가야 한다며 재촉했다.

“조심해야 한다, 잔나. 너무 춥지 않도록 하고, 그렇다고 또 너무 몸에 땀이 날 정도로 덥게 해서도 안 된다. 그리고 되도록 벌판 위로 가지 말고 나무 밑으로 가도록 해라. 저녁 무렵이면 바람도 불 텐데, 그렇게 되면 조금 천천히 걷도록 해라. 집에 도착하면 엄마, 아빠에게 여기 안부도 좀 전하고, 즐거운 크리스마스가 되길 바란다고 전해주렴.”

할머니는 손주들의 뺨에 입을 맞추었다. 그리고 함께 문밖으로 나간 다음, 정원을 지나 뒷문까지 동행했다. 할머니는 손주들이 집 밖을 나서 멀어지는 것을 보고 난 후 다시 현관문을 닫고 집 안으로 들어갔다.

아이들은 할아버지의 작업장 옆 군데군데 얼음이 언 땅을 지나, 밀스도르프의 들판을 가로질러 초원 쪽으로 향했다.

그들이 오던 길에 지났던 양쪽 갈래로 나뉜 나무들이 있던 곳에 이르자 아주 천천히 눈송이가 떨어졌다.

“저것 좀 봐, 잔나. 내가 방금 눈이 내릴 것 같다고 생각했거든? 우리가 집에서 출발할 때만 해도 태양이 램프처럼 붉게 빛나고 있었어. 그런데 지금은 어디에도 햇빛이 비추는 곳을 찾을 수 없고, 나무 꼭대기에는 잿빛 안개만 걸려 있잖아. 이건 틀림 없이 눈이 올 징조거든." 콘라트가 말했다.

아이들은 한층 더 즐거워하며 계속 걸었다. 잔나는 검은색 소매 위로 떨어져 내린 눈송이 하나가 살며시 녹아 주위로 퍼지는 것을 보며 즐거워했다. 마침내 고갯마루의 전나무 숲 쪽으로 들어서는 밀스도르프 언덕 끝자락에 도착했을 때, 빽빽한 숲은 이미 점점 더 많이 떨어지는 눈송이로 얼룩져 있었다. 아이들은 집으로 돌아가는 길의 가장 큰 부분을 차지하는 울창한 숲으로 들어섰다.

숲의 가장자리, 붉은색 조난 기둥이 있는 곳까지는 계속해서 올라가는 길이고, 거기서부터 그샤이트의 계곡까지는 다시 내려가는 길이다. 밀스도르프 쪽의 숲은 매우 가팔라서 길은 곧게 뻗어 있지 않고, 서쪽에서 동쪽으로 그리고 또다시 동쪽에서 서쪽으로 구불구불하게 이어져 있다.

그 길이 끝나면 기둥이 나오고, 기둥을 지나 그샤이트의 초원에 이르기까지 높고 빽빽한 나무들이 울창한 숲을 이루고 있다. 평지에 이르러 그샤이트의 계곡 쪽으로 나오면 빽빽하게 늘어서 있던 나무들 사이에 조금씩 간격이 나타나 듬성듬성해진다. 그샤이트와 밀스도르프를 이어주는 역할을 하는 고개는 그 자체도 넓어서 중요한 산등성이 역할을 하고 있다.

숲속으로 들어서자 아이들의 눈에 제일 먼저 띈 것은 꽁꽁 얼어붙은 길이었다. 길은 잿빛으로 보여 마치 밀가루를 뿌려놓은 듯했다. 길 옆과 나무들 사이에 있는 마른 풀잎은 쌓인 눈을 힘겨운 듯 지탱하고 있었다. 두 손을 벌린 듯한 전나무와 소나무의 푸른 가지 위에도 흰색 솜털 같은 눈송이가 내려앉아 있었다.

"우리 집에도 눈이 내릴까?" 잔나가 물었다.

"당연하지." 콘라트가 대답했다. "아마 이제는 점점 추워져서, 내일은 연못이 모두 얼어버릴 거야."

"그렇겠다, 오빠." 잔나가 말했다.

잔나는 콘라트와 보조를 맞추기 위해 두 배로 빨리 걸어야 했다. 이제 아이들은 서쪽에서 동쪽으로, 그리고 다시 동쪽에서 서쪽으로 계속해서 구불구불한 길을 힘차게 걸었다. 할머니가 말한 바람은 불지 않았고, 작은 나뭇가지 하나 흔들리지 않았다. 오히려 숲속이 더 따뜻한 것 같았다. 하지만 곧이어 눈이 점점 더 많이 내렸고, 길은 온통 흰색으로 뒤덮였다. 숲은 사방에 밀가루를 뿌려놓은 듯했고, 아이들의 모자와 옷 위에도 눈이 쌓여갔다.

아이들은 매우 기뻤다. 일부러 눈이 많이 쌓인 곳을 골라 밟고 지나가며 발자국을 만들었고 옷 위에 내린 눈도 털지 않았다.

사방이 고요했다. 겨울 동안에도 숲 여기저기를 날아다니며 지저귀고, 심지어 조금 전 아이들이 할머니 댁으로 향할 때만 해도 시끄럽게 울던 새들은 지금 온데간데없이 조용했다. 숲속은 온통 쥐 죽은 듯 고요했다.

아이들이 지나온 자리에는 두 사람의 발자국만 남아 있었고 앞에는 아무도 지나간 흔적 없이 흰 눈이 소복이 쌓여 있어, 오늘 고개를 넘는 사람은 그 둘뿐이라는 것을 알 수 있었다.

아이들은 가던 길을 계속해서 걸었다. 나무들은 가까워지기도 하고 멀어지기도 했으며, 키 작은 나무들이 나타나면 가지 위에 눈이 쌓인 것을 위에서 내려다볼 수도 있었다.

시간이 지날수록 아이들은 점점 더 즐거워졌다. 이제는 눈을 밟으려고 일부러 수북이 쌓인 곳을 찾지 않아도 될 만큼 눈이 많이 내렸다. 눈은 아이들 신발 밑에서 부드럽게 밟혔고, 이미 신발 위까지 뒤덮기 시작했다. 주위는 여전히 조용해서 눈이 땅에 떨어지는 소리도 들릴 것 같았다.

"우리 오늘도 붉은색 기둥을 보게 될까? 그건 넘어져 있으니까 그 위에도 눈이 쌓였으면 이제 붉은색이 흰색으로 변했겠지?" 잔나가 물었다.

"그러니까 우리는 더 잘 볼 수 있지. 기둥 위에 눈이 쌓여서 흰색으로 변했어도 그 기둥은 워낙에 두껍고, 게다가 꼭대기에는 검은색 쇠로 된 십자가가 달려 있어서 분명 넘어져 있는 채로도 잘 보일 거야." 콘라트가 대답했다.

"그렇겠다, 오빠."

그로부터 조금 더 시간이 지나자 눈은 제법 펑펑 쏟아져, 아이들은 이제 더 이상 앞에 있는 나무들을 볼 수 없었다.

길에는 온통 눈이 두텁게 쌓여 있어서, 단단한 길인지 혹은 움푹 파인 길인지 더 이상 느낄 수도 없었다. 길은 어디나 똑같이 눈으로 덮여 있었고, 숲속에서 흰색의 띠처럼 뻗어 있는 것을 보고 길인지 겨우 알아볼 수 있을 뿐이었다. 모든 나뭇가지는 백색의 아름다운 외투를 입고 있었다. ·

아이들은 길 한가운데로 걸었으며, 길에는 작은 발자국이 꼬리를 이었다. 걷는 것이 갈수록 힘이 들었기 때문에 아이들의 발걸음은 점점 더 느려졌다. 콘라트는 목덜미에 눈이 들어가지 않도록 재킷을 목 위까지 잔뜩 여미고, 모자도 깊이 눌러썼다. 그런 다음 동생의 옷매무새도 다시 매만져주었다. 잔나의 머리 위에서 어깨까지 둘러싼 엄마의 숄을 좀 더 단단히 여며주고, 눈송이가 얼굴에 떨어지지 않게 하기 위해 머리 윗부분의 숄을 지붕처럼 이마 앞까지 쭉 빼내주었다.

할머니가 말한 바람은 여전히 불지 않았다. 하지만 그 대신 눈이 점점 더 많이 쏟아졌고, 이제는 바로 코앞에 있는 나무조차

볼 수 없었다. 나무들은 희뿌연 포대 자루처럼 윤곽이 희미했다.

아이들은 계속해서 걸었다. 그리고 머리를 숙여 옷 속에 최대한 파묻은 채 걷고 또 걸었다. 잔나는 콘라트의 어깨에 짊어진 가죽 가방 끈을 작은 손으로 꼭 붙잡고 오빠가 가는 대로 따라 걸었다.

아이들은 아직 조난 기둥이 있는 곳에 닿지도 못했다. 콘라트는 시간을 짐작할 수 없었다. 하늘에는 태양도 없고, 계속해서 잿빛으로 흐려 있었다.

"이제 곧 붉은색 기둥이 나타날까?" 잔나가 물었다.

"나도 잘 모르겠어." 콘라트가 대답했다.

"온통 하얀 눈뿐이라, 나무도 알아볼 수 없고 길도 모르겠어. 눈이 이렇게 많이 쏟아진 상태로는 아마 조난 기둥도 보이지 않을 거야. 아예 눈 속에 완전히 파묻혀 꼭대기에 있는 십자가도 보이지 않을 테니까 말이야. 그래도 괜찮아. 우리는 이 길만 쭉 따라가면 돼. 이 길은 기둥이 있는 곳으로 향하는 길이니까. 거기서 아래쪽으로 내려가면 나무들이 나오고, 그 나무들을 지나면 바로 그샤이트의 초원이야. 그러고 나서 작은 오솔길을 조금 더 가다 보면 어느새 집 앞에 도착해 있을 거야."

"그렇겠다, 오빠." 잔나가 말했다.

아이들은 계속해서 오르막길을 걸었고, 그들의 발자국은 금세 흔적도 없이 지워졌다. 펑펑 쏟아지는 함박눈이 순식간에 발자국을 덮어버렸다. 아직 눈으로 덮이지 않은 나뭇가지는 하나도 없었다. 이미 모두 하얀 눈으로 뒤덮였고, 그 위로 또다시 새로운 눈이 소리 없이 재빨리 내려앉았다. 아이들은 사방팔방에서 헤집고 들어오는 눈발을 막기 위해 옷을 더 단단히 틀어쥐었다. 그리고 최대한 빠른 걸음으로 걸었지만, 길은 도통 끝이 보일 것 같지 않았다.

제법 시간이 흐른 뒤에도 여전히 조난 기둥이 서 있던 언덕은 보이지 않았다. 그 언덕에 도착하기만 하면 그샤이트로 접어드는 셈이었다.

마침내 아이들은 숲을 벗어나 나무들이 보이지 않는 곳에 이르렀다.

"나무가 이제는 보이지 않아." 잔나가 말했다.

"어쩌면 길이 너무 넓어서 눈 때문에 나무가 보이지 않는 건지도 몰라." 콘라트가 대답했다.

"그럴지도 모르겠다, 오빠." 잔나가 말했다.

잠시 후 콘라트는 멈추어 서서 말했다. "나무가 계속해서 보이지 않는 걸 보니, 아무래도 숲을 벗어난 게 틀림없어. 그리고 길도 산 위쪽으로 향해 있잖아. 우리 잠깐 서서 둘러보자. 어쩌면 뭔가 보일지도 몰라."

하지만 아이들의 눈에는 아무것도 보이지 않았다. 잔뜩 찌푸린 하늘만 겨우 눈에 들어왔다. 땅 위에는 흰색 무늬만 가득할 뿐 그 이상은 아무것도 보이지 않았다.

"잔나, 우리는 지금 마른 풀밭 위에 서 있는 거야. 내가 여름에 데리고 왔었잖아. 우리 둘이서 여기 앉아 잔디도 관찰하고, 아름다운 식물들이 자라는 것도 봤잖아. 우리는 이제 곧 내려가게 될 거야."

"그래, 오빠."

"너도 알겠지만 낮이 짧아졌어. 할머니도 말씀하셨잖아. 그러니까 얼른 서둘러야 해."

"알았어, 오빠."

잔나는 말했다.

"잠깐 기다려봐, 옷 좀 더 챙겨줄게."

콘라트는 쓰고 있던 모자를 벗어 잔나의 머리 위에 씌웠다. 그리고 양쪽에 달린 작은 끈을 잔나의 턱 밑에 단단히 묶어주었다. 잔나가 머리에 쓰고 있던 숄은 숱 많은 곱슬머리를 다 감쌀 만큼 넉넉지 못했고, 계속해서 내린 눈 때문에 축축하게 젖어 오히려 더 추웠다. 그리고 나서 콘라트는 입고 있던 털 재킷을 벗어 동생에게 입혀주었고 셔츠 하나만 달랑 입은채 잔나가 가슴께에 두르고 있던 작은 숄을 어깨와 팔 위에 간신히 걸쳤다.

좀 더 힘차게 걸으면 몸이 얼지 않을 거라고 생각했다.

콘라트는 잔나의 손을 잡고 계속해서 걸었다. 잔나는 순진한 눈으로 잿빛으로 가득한 주위를 둘러보며, 오빠의 걸음을 놓칠세라 부지런히 걸었다.

아이들은 자신들이 얼마나 더 걸어야 하는지, 또 앞으로 얼마나 더 걸을 수 있는지 전혀 알 수 없었기 때문에 무조건 온 힘을 다해 끊임없이 걸었다.

그렇게 계속해서 걸었지만 산을 내려가고 있는 것인지조차 알 수 없었다. 길은 바로 오른쪽 아래로 꺾어졌지만, 어느새 아이들은 다시 산 위쪽으로 걷고 있었다. 중간중간 계속해서 경사진 곳이 나타나면 그때마다 옆으로 피해 가야 했고, 깊이 파인 도랑이 나타나면 주위를 빙 돌아서 가야 했다. 아이들은 눈앞에 나타난 언덕을 애써 기어올랐다. 언덕은 생각보다 더 가팔랐다. 이어서 아래쪽을 향할 것이라 생각하고 걸은 길은 어느새 평지였다.

"오빠, 여기가 어디지?" 잔나가 물었다.

"나도 잘 모르겠어." 콘라트가 대답했다. "앞을 더 잘 볼 수 있으면 방향을 알 수 있을 텐데……."

하지만 이리저리 주위를 아무리 둘러보아도 백색의 눈 외에는 아무것도 볼 수 없었다. 주위를 온통 둘러싸고 있는 안개가 한 치 앞도 분간하기 어렵게 만들었다. 게다가 여전히 눈은 내리고 있었다.

"잠깐만, 잔나." 잠시 후 콘라트가 말했다. "우리 이대로 조용히 서서 혹시 무슨 소리가 들리지 않나 잘 들어보자. 근처에 마을이 있다면 개 짖는 소리나 종소리, 아니면 물레방아가 돌아가는 소리 같은 게 들릴지 모르잖아. 무슨 소리라도 들리는 방향으로 가다 보면 틀림없이 길을 찾을 수 있을 거야."

아이들은 가만히 제자리에 서서 귀를 기울였다. 하지만 아무 소리도 들리지 않았다. 아이들은 조금 더 기다려보았다. 하지만 역시 아무런 소리도 들리지 않았다. 들리는 소리라고는 그들의 숨소리가 전부였다. 아이들의 속눈썹에 눈송이가 내려앉는 소리라도 들릴 듯이 사방은 고요한 정적만이 흐르고 있었다. 할머니가 말씀하신 바람은 여전히 불고 있지 않았다. 다만 이따금 미풍이 스치고 지나갈 뿐이었다.

아이들은 그렇게 한참을 서 있다가 다시 또 걷기 시작했다.

"걱정하지 마, 잔나. 아무 일도 없을 거야. 오빠가 어떻게든 길을 찾을 테니까, 겁먹지 말고 넌 그냥 오빠만 따라오면 돼. 제발 눈이 좀 그쳤으면 좋겠는데!" 콘라트가 말했다.

잔나는 오빠 말대로 겁내지 않았고, 오빠를 잘 따라갈 수 있도록 힘을 내서 걸었다. 콘라트는 잔나의 손을 이끌고 뿌옇게 흰색으로 펼쳐진 앞을 향해 계속해서 걸었다.

얼마 후 암벽이 하나 나타났다. 희뿌연 시야 속에 암벽은 위로 높이 치솟아 있었다. 아이들은 거의 부딪칠 만큼 가까이 다가갔다. 눈도 거의 내려앉지 못할 정도로 수직인 암벽은 마치 담벼락이 서 있는 듯했다.

"잔나, 잔나. 여기에 암벽이 있어. 조금만 더 앞으로 가보자." 콘라트가 말했다.

아이들은 조금 더 앞으로 걸었다. 암벽들 사이로 들어가서 그 밑을 통과해 지나야 했다. 암벽 사이의 길은 오른쪽으로도 왼쪽으로도 꺾이지 않고 곧게 뻗은 좁다란 길이었다. 잠시 후 이 길을 통과하고 나자 다시 또 앞을 분간하기 힘들었다. 별안간에 나타난 암벽은 또 그렇게 순식간에 눈앞에서 없어졌고, 또다시 주위는 눈으로 뒤덮여 있을 뿐, 달라진 것은 하나도 없었다. 그들은 마치 커다란 빛의 한가운데에 서 있는 것처럼 눈으로 뒤덮인 하얀 세상에 덩그러니 서 있었다. 하지만 그건 한 치 앞도 보이지 않는 빛이었다. 모든 것이 하얀 어둠에 휩싸여 있었다. 이 어둠은 그림자도 없어서 주변 사물의 크기조차 가늠할 수 없었다. 갑자기 급경사가 나타나 기어 올라가기 전까지는 자신들이 위로 가고 있는 건지, 아래로 가고 있는 건지도 알 수 없었다.

"눈이 아파, 오빠." 잔나가 말했다.

"눈을 쳐다보지 마, 잔나." 콘라트가 대답했다.

"대신에 구름을 쳐다봐. 나도 아까부터 눈이 아프긴 했지만, 괜찮아. 어차피 나는 길을 찾아야 하니까 눈을 볼 수밖에 없어. 잔나, 너는 오빠만 따라오면 되니까 눈을 쳐다보지 않아도 돼. 두려워할 것 없어. 오빠가 그 사이트로 꼭 데려갈 테니까."

"알았어, 오빠."

아이들은 계속해서 걸었다. 가도 가도 내려가는 길은 나타나지 않았다. 길 양쪽으로 가파른 비탈길이 나타나서 그 한가운데로 걸었다. 하지만 계속해서 오르막길이었다. 가까스로 비탈길을 다 오르고 다시 아래쪽으로 내려가자 또다시 비탈길이 나타났다. 아이들은 다시 그 일을 반복해야 했다. 그들은 울퉁불퉁 튀어나온 길에 발을 부딪혔다. 심심치 않게 나타나는 바위도 피해 다녀야 했다. 게다가 내린 지 오래되어서 얼어버린 눈 위를 걸을 때와는 달리 이제 갓 내려 소복이 쌓여 있는 눈 위로는 발이 푹푹 빠졌다. 그래도 아이들은 인내심을 가지고 계속해서 걸음을 재촉했다. 아이들이 멈추어 서면 모든 소리도 따라 멈추었다. 그리고 다시 아이들이 걸으면 뽀드득거리는 발소리가 따라 걸었다. 하늘에서 소리 없이 내려앉은 눈은 계속해서 키가 자라고 있는 것 같았다. 눈 속을 걸어가는 아이들 역시 하얀 눈으로 뒤덮여 눈 속에서 전혀 두드러지지 않았고, 몇 발자국이라도 떨어져 있었다면 서로 알아볼 수조차 없었을 것이다.

그래도 눈이 모래처럼 신발에서 쉽게 흘러내려서 양말이 젖지 않는 게 그나마 다행이었다.

마침내 아이들 앞에 무언가가 나타났다.

앞을 분명하게 구분하기 어려운 아이들은 또 한 번 부딪힐 뻔했다. 이번에는 엄청나게 덩치가 큰 것이었다. 그것 역시 눈으로 덮여 있었고, 여기저기 갈라진 틈새로 눈이 흘러내리고 있었다. 좀 더 자세히 보기 위해 아이들은 가까이 갔다.

얼음이었다. 그것도 엄청난 크기의 얼음.

눈으로 뒤덮여 있었지만 옆쪽에 드러난 매끈매끈한 푸른빛은 분명 얼음이었다. 그리고 그 속에는 끓어오르다 얼어버린 거품이 보였다. 옆면은 흐릿했지만 얼음 안쪽은 광채가 나면서 반짝거렸다. 마치 보석들이 뒤죽박죽 얽혀 있는 듯했고, 달리 보면 눈으로 뒤덮인 둥근 구슬처럼 보이기도 했다. 얼음은 평평한 면도 있었고 비스듬히 기울어져 있거나 그샤이트의 교회 탑처럼 위로 삐죽하게 솟아 있는 쪽도 있었다. 또 군데군데 구멍이 나 있기도 했는데, 사람 팔이 왔다 갔다 할 만한 크기부터 머리, 몸통, 그리고 아예 건초 더미를 가득 실은 마차가 한 대 족히 왔다 갔다 할 만한 크기까지 있었다. 이 모든 것이 한데 뭉쳐서 하늘을 향해 우뚝 솟아 있었다.

"이렇게 큰 얼음인 걸 보니, 엄청나게 많은 물이 언 건가 봐."
잔나가 말했다.

"아니야, 이건 물이 언 게 아니라 산 위를 덮은 얼음이야. 산 위는 늘 그렇거든." 콘라트가 대답했다.

"그렇구나, 오빠." 잔나가 말했다.

"우리는 이제 얼음까지 온 거야. 그러니까 산 위에 있는 거라구, 잔나. 우리 집 정원에서 보던 산 알고 있지? 햇빛이 비치는 날에도 꼭대기가 하얗게 덮여 있던 산 말이야. 내가 하는 말을 잘 들어봐. 너, 오후가 되면 우리가 늘 정원에 앉아 있던 것 기억하지? 주위에는 보리수 내음이 가득하고, 여기저기 꿀벌들도 날아다니고, 하늘에서는 따뜻한 햇볕이 내리쬐던 때 말이야." 콘라트가 말했다.

"응, 오빠. 기억나."

"그때 우리 같이 산도 봤잖아. 너무 푸르러서 하늘빛처럼 아름다웠던 산 말이야. 그 산 위에는 무더운 여름인데도 항상 눈이 있었잖아."

"응, 오빠. 그랬어."

"눈이 없는 아래쪽은 여러 가지 빛깔이었지. 푸른색, 초록색, 흰색. 이게 바로 그 산 위의 얼음이야. 아래에서 봤을 때에는 아주 작아 보였는데, 그건 멀리서 보았기 때문일 거야. 아빠가 말씀하셨어. 이 산 위의 얼음은 세상이 끝날 때까지 없어지지 않을 거라고. 난 그때 얼음 아래쪽에서 푸른빛이 도는 것도 봤는데, 아마 돌이 아닐까 생각했어. 아니면 그냥 흙이거나 초원일지도 모르고. 그리고 그 밑에서부터 숲이 시작되는 거야. 사이사이에 바위들이 튀어나와 있는 숲이 아래쪽으로 계속 이어지다가 어느 순간 푸르른 초원으로 바뀌는 거야. 그 아름다운 숲과 들은 그샤이트의 계곡에 잇닿아 있는 것들이지. 그러니까, 잔나. 우리는 지금 얼음 옆에 있으니까 푸른빛을 따라 아래쪽으로 내려가면 숲이 나올 거고, 여기저기 바위가 튀어나온 숲을 지나면 초원이 나타날 거야. 그 푸른 들판을 지나면 바로 그샤이트의 계곡이고. 그럼 드디어 우리 동네를 찾게 되는 거지." 콘라트가 말했다.

"그래, 오빠." 잔나가 말했다.

아이들은 거대한 얼음 속으로 걸음을 내딛었다. 이 얼음에 비하면 그들의 모습은 아주 작은 점에 불과했다. 아이들은 지붕을 찾아 들어가는 본능에 이끌린 듯, 얼음 굴 속으로 들어갔다. 넓고 깊게 패인 굴은 얼음 속에서 자연스레 만들어진 것이었다. 동굴 바닥은 마치 큰 강물이 말라 바닥을 드러낸 채 눈으로 덮여 있는 것처럼 보였다. 동굴 위를 올려다보면 아름다운 얼음으로 만들어진 아치형의 지하실 천장 같았다. 아이들은 얼음 굴 속으로 계속 걸어 들어갔고, 안쪽으로 들어갈수록 동굴은 점점 더 깊어졌다. 공기는 아주 건조했고, 발밑은 매끈매끈한 얼음이었다. 굴 속은 온통 푸른빛으로 마치 이 세상이 아닌 것 같았다. 푸른빛은 청명한 날의 하늘빛보다 훨씬 더 깊고 훨씬 더 아름다웠다. 마치 파란 하늘빛으로 색칠한 유리 같았다. 제법 걸어 들어온 것 같았지만 얼마나 깊이 들어왔는지, 또 얼마나 더 가야 하는지 알 수 없었다. 동굴 안은 눈도 내리지 않고 그냥 지내도 좋을 만큼 따뜻했다. 하지만 사방이 푸른빛으로 둘러싸인 곳에 있자 두려운 생각에 계속 앞으로 걸었다. 한동안 더 굴 속을 걸어 마침내 밖으로 빠져나온 그들은 무작정 얼음을 따라 걸었다.

"여기만 지나면 얼음 아래쪽으로 내려가게 될 거야." 콘라트가 말했다.

"응." 잔나는 오빠에게 한층 더 바싹 붙으며 대답했다.

아이들은 눈을 헤치고 얼음 아래쪽 방향으로 접어들었다. 그곳은 그샤이트의 계곡과 이어지는 길이었다. 하지만 그리 멀리 가지는 못했다. 또다시 불어닥친 눈과 눈앞에 우뚝 솟아오른 아치 모양의 얼음 절벽이 그들의 앞을 가로막았기 때문이다. 그 절벽은 좌우로 팔을 벌리고 있는 듯했고, 흰색 덮개로 가려진 벽면은 초록빛과 푸른빛, 그리고 어두운 검은빛, 심지어는 노란빛과 붉은빛까지 감돌고 있었다.

아이들은 그래도 앞을 조금 내다볼 수 있었다. 엄청나게 퍼부었던 눈발이 조금은 누그러져서 평소 눈 오는 날에 내리는 정도로 변해 있었다. 아이들은 무지에서 비롯된 용기로 얼음 절벽을 넘어 아래로 내려가기 위해 얼음 속으로 걸어 들어갔다. 남매는 천천히 얼음들 사이를 걸었고, 바위든 얼음이든 튀어나온 곳에 발을 디디며 위쪽으로 올라갔다. 아이들은 걸을 수 없는 곳에서는 기었고, 서로 손을 잡고 도왔다. 그리고 절벽을 넘을 때까지 힘겹게 올라갔다. 드디어 아이들은 얼음산 위에 올라섰다.

아이들은 다시 건너편으로 내려가려고 했다.

하지만 건너편은 없었다.

아이들의 눈길이 닿는 곳에는 온통 얼음뿐이었다. 눈으로 뒤덮인 뾰족하고 울퉁불퉁한 덩어리들이 위로 솟아 있었다. 밑에서 보았을 때와는 다르게 또 다른 얼음 절벽들이 끝없이 나타났다. 그 절벽들은 갈라지고 틈틈이 균열이 생겨 셀 수 없이 많은 푸른 선들이 꿈틀대는 것처럼 보였다. 그 너머에는 또 그런 절벽들이 있고, 또 그 너머에도 마찬가지의 절벽들이 있었다.

"잔나, 우리는 더 이상 갈 수 없다." 콘라트가 말했다.

"그래." 잔나가 말했다.

"다시 되돌아가서 다른 쪽으로 내려가는 길을 찾아봐야 할 것 같아."

"그래, 오빠."

남매는 애써 올라왔던 얼음 절벽을 다시 내려가려고 했다. 하지만 그렇게 간단하지 않았다. 워낙에 커다란 절벽이었기 때문에 어느 방향으로 올라왔는지 정확히 알 수 없었다. 이쪽저쪽으로 방향을 바꾸어보았지만 쉽게 빠져나갈 수가 없었다. 콘라트는 자신의 짐작대로 길을 더듬어갔고, 마침내 여기저기 흩어진 덩치 큰 얼음덩어리들이 있는 곳에 이르렀다. 가장자리에 있는 얼음들보다 훨씬 더 크고 무시무시했다. 아이들은 거의 기듯이 그쪽으로 향했다. 그 언저리에는 아이들이 지금껏 한 번도 보지 못했던 어마어마한 바위들이 쌓여 있었다. 그 바위들 중에 어떤 것들은 아주 매끈하게 연마되어서 아래로 급경사를 이루는 벽처럼 보였고, 또 어떤 것들은 오두막과 지붕처럼 서로 맞대고 서 있었다. 이런 것들 말고도 그냥 모양 사납게 덩어리진 바위들도 있었다.

아이들이 있는 곳에서 그리 멀지 않은 곳에 몇 개의 바위들이 머리를 맞대고 서 있었다. 그 위에는 지붕처럼 넓게 가로누운 바윗덩어리가 있었다. 그것은 앞은 트여 있고 뒤와 옆은 막혀 있는 형태의 집과 같았다. 그 안에는 눈이 쌓여 있지 않아 공기는 눅눅하지 않았다. 아이들은 얼음이 아닌 땅을 밟고 있는 것에 매우 기뻐했다.

하지만 마침내 어둠이 내려앉았다.

"잔나, 이제 밤이 되어 도저히 내려갈 수 없을 것 같아. 이대로 가다가는 넘어지거나 구덩이에 빠질 수도 있거든. 우리 여기서 날이 밝을 때까지 기다리자. 여기는 건조하고 비교적 따뜻하니까 그때까지 견딜 수 있을 거야. 해가 뜨면 곧바로 다시 내려가자. 울지 마, 제발. 내가 할머니께서 싸주신 음식을 모두 줄 테니 울지 마, 잔나." 콘라트가 말했다.

잔나는 울지 않았다. 아이들은 바윗덩어리를 지붕 삼아 자리를 잡았다. 서서 왔다 갔다 하기도 어렵고, 두 사람이 편안히 앉을 만큼의 공간도 아니었지만 잔나는 오빠 옆에 말없이 꼭 붙어 앉았다.

"엄마는 화내지 않으실 거야. 눈이 너무 많이 와서 도저히 집으로 갈 수 없었다고 말하면 분명 나무라지 않으실 거야. 아빠도 마찬가지야. 그리고 조금 있다 점점 추워지면 양 손바닥으로 몸을 두들겨봐. 나무꾼들이 그렇게 한다는데, 그러면 몸이 따뜻해진대." 콘라트가 말했다.

"알았어, 오빠." 잔나가 말했다.

잔나는 산을 내려가 집에까지 가지 못한 것에 대해 콘라트가 생각하는 것처럼 그렇게 낙담하거나 슬퍼하지 않았다. 지금까지 한 번도 경험해본 적 없는 힘든 일을 한 후에 앉을 곳을 찾아 쉬게 된 지금이 잔나에게는 너무나 달콤하고 이루 형언할 수 없을 정도로 편안하게 느껴졌다.

그제야 비로소 허기가 느껴졌다. 남매는 거의 동시에 각자의 가방에서 빵을 꺼내 먹었다. 그리고 할머니가 가방에 넣어준 과자와 아몬드, 호두 그리고 또 다른 먹거리도 모두 꺼내 먹었다.

"잔나, 이제 나가서 눈을 모두 털어내야 해. 그러지 않으면 눈이 녹으면서 옷이 젖게 될 거야." 콘라트가 말했다.

"알았어, 오빠." 잔나가 대답했다.

아이들은 굴 밖으로 나갔다. 콘라트는 먼저 동생의 옷에서 눈을 털어주었다. 그리고 잔나에게 씌워주었던 모자도 벗겨서 눈을 털어낸 다음, 다시 원래대로 씌워주었다. 그리고 자신의 옷에 묻은 눈도 말끔히 털어냈다.

어느새 눈은 그쳐 있었다. 아이들의 머리 위로 눈송이 하나도 떨어지지 않았다.

그들은 다시 굴 속으로 들어가 자리에 앉았다. 피로가 몰려왔다. 이렇게 앉아 있을 수 있다는 것만으로도 너무 감사했다. 콘라트는 메고 있던 가방을 풀어놓고 가방 속에서 할머니가 상자 하나와 여러 개의 봉지를 한데 싸기 위해 둘둘 말았던 천을 꺼냈다. 그 천을 어깨 위에 두르자 콘라트는 한결 몸이 따뜻해지는 것을 느꼈다. 그리고 작은 꾸러미에 들어 있던 흰 빵 두 개를 꺼내 잔나에게 주었다. 빵을 받아 든 잔나는 허겁지겁 먹기 시작했다. 순식간에 빵 하나를 먹어치우고 나머지 하나를 한입 베어물던 잔나는 아무것도 먹지 않고 있던 오빠를 보고 먹던 빵을 오빠에게 주었다. 빵을 받은 콘라트 역시 단숨에 맛있게 먹었다.

아이들은 앉아서 앞만 바라보았다.

땅거미가 지고 난 후에도 볼 수 있을 정도로 바깥의 눈이 반짝거리며 빛나고 있었다. 여기저기에서 몇 개의 작은 알갱이들이 어둠 속에서 신비한 빛을 발하고 있었다. 마치 낮에 비추던 햇빛을 머금고 있다가 이제야 뿜어내는 듯했다. 이렇게 빛나는 것은 눈뿐이었고, 높은 곳에서 항상 그렇듯이 주위는 순식간에 칠흑같이 캄캄한 밤이 되었다. 눈만 그친 것이 아니라 하늘을 베일처럼 감싸고 있던 안개도 걷히기 시작했다. 이렇게 되자 아이들은 하늘에 떠 있는 작은 별들을 볼 수 있었다. 자욱한 안개도 걷히고 하얀 눈이 환하게 주위를 비추고 있는 덕에, 아이들은 굴 속에 가만히 앉아서도 멀리 눈으로 뒤덮인 언덕을 볼 수 있었다. 하얀빛의 언덕은 어두운 하늘 위에 선을 그어놓은 듯한 모양이었다. 낮부터 추운 곳을 헤매고 다니던 아이들에게 굴 속은 더없이 따뜻했고, 이렇게 나란히 앉아서 쉬고 있으니 어둠에 대한 무서움마저 잊을 수 있었다. 별들도 하나둘씩 늘어 금세 하늘을 온통 뒤덮을 정도가 되었다.

하루 중 이맘때가 되면 마을에서는 집집마다 하나둘씩 불을 켜기 시작한다. 우선 방 안을 밝히기 위해 촛불을 켜서 탁자 위에 놓고, 좀 더 지나면 등불을 켠다. 그러면 창문들마다 환한 빛이 새어 나와 눈 내린 밤길을 비춘다. 하지만 오늘 같은 크리스마스이브에는 탁자 위에 놓여 있거나 나무에 매달려 있는 선물들을 비추기 위해 평소보다 훨씬 더 많은 불을 밝힌다. 거의 모든 집에 한 명 혹은 그 이상의 아이들이 있기 때문에 이들에게 줄 크리스마스 선물을 밝히다 보면 그렇게 되는 것이다. 콘라트는 그 불빛만 찾으면 금세 산을 내려갈 수 있을 거라 믿었다. 하지만 오늘 마을을 환히 밝히고 있을 불빛은 어디에서도 찾아볼 수 없었다. 보이는 것이라고는 희미하게 빛나는 눈과 어두운 하늘뿐이었다. 이 시간이면 마을에서는 아이들이 크리스마스 선물을 받을 때였다. 그런데 여기 이 산꼭대기에는 오로지 남매 단둘이서만 앉아 있었다. 게다가 오늘 받았어야 할 선물은 단단히 포장되어 가방 속에 들어 있는 채 굴 뒤쪽에 던져져 있었다.

눈을 몰고 왔던 구름은 산 뒤로 벌써 다 사라져버렸고, 짙푸르다 못해 거의 검은색에 가까운 둥근 아치형의 하늘은 촘촘히 빛나는 별들로 가득 차서 아이들 주위를 감싸고 있었다. 별들은 부드러운 우윳빛의 넓은 띠 모양으로 움직였다. 마을에서는 이렇듯 선명하게 보이지 않았기에 아이들은 별들이 서쪽을 향해 천천히 움직인다는 것을 알지 못했다. 아이들이 이것을 알았더라면 밤이 얼마만큼 깊어 가는지 알 수 있었을 것이다. 새로운 별들이 나타나면 다른 별들은 자리를 이동한다는 것을 아이들은 전혀 몰랐다. 그저 모두가 다 똑같은 별들이라고만 생각했다. 별들 덕분에 아이들 주위는 비교적 밝았지만 그래도 여전히 마을은 보이지 않았고, 어디를 둘러보아도 하얀 눈만 보일 뿐이었다. 검은색 산꼭대기, 검은색 산봉우리 그리고 검은색 산맥만이 희미한 별빛 속에 더욱 뚜렷하게 두드러져 보일 뿐이었다. 하늘에는 달이 떠 있지 않았다. 어쩌면 일찌감치 태양과 함께 져버렸거나, 아니면 아직 뜨지 않았는지도 모를 일이었다.

한참 시간이 지난 후 콘라트가 말했다. "잔나, 잠들면 안 돼. 아빠가 그러셨는데, 산속에서 잠들면 얼어 죽는대. 옛날에 어떤 나무꾼이 산속에서 자다가 넉 달이나 지난 뒤에 돌 위에서 죽은 채로 발견이 되었대. 그동안 사람들은 그가 어디에 있었는지 전혀 알 수 없었다는 거야."

"알았어, 오빠. 잠들지 않을게." 잔나는 힘없이 말했다.

아이들은 다시 조용해졌다.

얼마 후 잔나는 콘라트의 어깨에 살짝 머리를 기댔다. 콘라트는 잔나의 머리가 점점 무거워지는 것을 느꼈다. 잔나는 잠이 들어 콘라트 쪽으로 거의 쓰러져 있었다.

"잔나, 자면 안 돼. 제발, 자지 마." 콘라트는 말했다.

"알았어. 안 잘게." 잔나는 잠에 취한 목소리로 말했다.

콘라트는 잔나를 일어나게 하려고 앉아 있던 자리에서 옆으로 비켰다. 하지만 잔나는 그대로 쓰러져 바닥에 누운 채 계속해서 잠을 잤다. 콘라트는 잔나의 어깨를 붙잡아 일으키고는 흔들었다. 그러다 순간 팔이 점점 더 무거워지고 자신의 몸도 어는 것을 느꼈다. 그는 깜짝 놀라면서 일어났다. 그는 여동생을 붙잡고 더 세게 흔들며 말했다.

"잔나, 좀 일어나봐. 우리 일어서 있자. 그게 더 좋겠어."

"나는 춥지 않아, 오빠." 잔나가 말했다.

"그래, 그래, 춥지 않아도 일어나 있자, 응? 잔나!" 콘라트는 소리를 질렀다.

"털 재킷을 입어서 따뜻해." 잔나가 말했다.

"내가 일어서도록 도와줄게, 일어나봐." 콘라트가 말했다.

"싫어." 잔나는 대꾸하고 다시 잠잠해졌다.

그때 콘라트의 머릿속에 할머니가 하신 말씀이 떠올랐다.

'이걸 먹으면 단박에 위장이 뜨끈해질 거다. 아무리 추운 겨울이라도 이거 한 모금이면 몸이 얼지 않는단다.'

콘라트는 얼른 가방 속을 뒤졌다. 한참을 뒤진 끝에 마침내 할머니가 엄마에게 전해주라며 주신 커피 원액을 넣은 작은 병을 찾아냈다. 꽁꽁 동여맨 끈을 풀고, 힘겹게 코르크 마개를 열었다. 콘라트는 잔나에게 몸을 숙이고 말했다.

"잔나, 이것 좀 마셔봐. 커피야. 할머니께서 엄마한테 전해주라고 하신 건데, 이걸 마시면 몸이 따뜻해질 거야. 엄마가 여기계셨어도 우리한테 이걸 마시라고 주셨을 거야."

"나는 춥지 않아." 잠에 취해 모든 이성이 마비된 채 잔나는 대답했다.

"그러지 말고 조금 마셔봐. 그럼 자게 해줄게." 콘라트가 잔나를 달래며 말했다.

자게 해준다는 말은 잔나에게 확실한 효과를 나타냈다. 잔나는 콘라트가 입 속에다 아예 들이부어준 커피를 꿀꺽 삼켰다. 뒤이어서 콘라트도 역시 한 모금 마셨다.

진하디진한 커피 원액은 당장에 효력을 보였다. 아직까지 커피를 마셔보지 않은 아이들에게는 더욱 강하게 느껴졌다. 잔나는 잠이 들기는커녕 생생하게 잠에서 깼다. 춥기는 하지만 속은 따뜻하고, 손과 발에까지 따뜻한 기운이 퍼진다고 말했다. 그렇게 둘은 한동안 이런저런 이야기를 나누었다.

아이들은 효력이 약해지는 듯하면 쓴맛에도 불구하고 계속해서 커피를 마셨다. 커피는 아이들의 신경을 자극해서 약간의 흥분 상태로 만들었고, 이로써 아이들은 잠을 쫓을 수가 있었다.

자정이 되었다. 아이들은 아직 어렸고, 크리스마스이브에는 늘 들떠서 놀다가 몸이 녹초가 되어서 잠이 들었기 때문에 교회 가까이 살았는데도 지금까지 자정에 울리는 종소리도, 교회 파이프오르간 소리도 들어본 적이 없었다. 오늘 같은 크리스마스 이브에는 자정이 되면 사방에서 일제히 종소리가 들려왔다. 밀스도르프의 종소리도, 그샤이트의 종소리도, 산 너머에 있는 작은 교회에서 울리는 맑은 종소리도 들려왔다. 더 먼 곳에서 울리는 셀 수 없이 많은 교회 종소리들도 들렸다. 마을마다 종소리가 울려 퍼졌고, 그 소리는 잎이 떨어진 빈 가지들 사이로 이 마을 저 마을 옮겨 다녔다. 하지만 지금 이 순간 아이들이 있는 이 산꼭대기에는 아무런 소리도 들리지 않았다. 계곡의 굽이굽이마다 산비탈에 램프의 불빛이 흐르고 마을 앞마당에서는 사람들을 재촉하기 위한 종소리가 들려왔다. 이 위에서는 이 모든 것을 볼 수도, 들을 수도 없었다. 단지 별들만 반짝거리며 조용히 빛나고 있을 뿐이었다. 아무리 콘라트가 나무꾼의 죽음에 대해 환기를 시키고, 둘이서 커피 원액이 든 병을 거의 다 비웠다 하더라도 남매는 잠을 이길 수 없었다. 자연의 위대한 힘이 남매를 도와 잠을 쫓을 수 있는 힘을 주지 않았더라면, 아이들은 쏟아지는 잠의 달콤한 유혹을 결코 뿌리치지 못했을 것이다.

이때, 숨 막힐 듯 고요한 정적을 깨고 별안간 얼음이 '쩍' 하고 갈라지는 소리가 났다. 그 소리는 연이어 세 번 들렸다. 마치 땅이 두 조각으로 갈라지는 듯한 무시무시한 소리는 얼음 속에서 사방으로 퍼져나가 계속해서 메아리쳤다. 아이들은 눈을 크게 뜨고 앉아, 하늘을 올려다보며 별만 바라보았다.

아이들 눈에도 무언가 움직이는 것이 보이기 시작했다. 동굴 속에 앉아 있는 아이들처럼 그들 앞에 펼쳐진 하늘 한 가운데 별무리 속에서 희미한 빛이 가만히 떠올랐다. 그 푸르스름한 빛은 아래쪽으로 부드러운 곡선을 그리며 둥근 아치형을 이루었다. 희미한 빛은 점점 더 밝아졌고, 그 주위에 있던 별들은 서서히 빛을 잃어갔다. 희미했던 빛은 이제 다른 쪽으로 서서히 퍼져 푸르스름하고 부드럽게, 그러면서도 생동감 넘치는 힘으로 별들을 삼켰다. 잠시 후 이 둥근 빛에서 다시 여러 개의 빛이 갈라져나왔다. 그것은 마치 왕관에서 뻗어 나온 뾰족한 장식들과 같았다. 이제 하늘은 서서히 부드러운 빛으로 채워져갔다.

엄청나게 쏟아져 내린 폭설로 하늘에 뇌우가 시작될 징조가 나타나 이렇듯 말 없는 빛의 장관을 이룬 것일까, 아니면 설명할 수 없는 자연의 신비한 힘일까? 그 빛의 갈래는 점차 희미해지더니 마침내 사라졌다. 그리고 뒤를 이어 둥그런 아치형의 빛도 아주 천천히 눈에 띄지 않을 만큼 미세한 움직임으로 희미해져 갔다. 이제 다시 하늘에는 수많은 별들이 빛나고 있었다.

아이들은 둘 다 한마디도 하지 않고 그냥 그렇게 계속 앉아서 눈을 크게 뜨고 하늘만 쳐다보았다. 더 이상 아무런 특별한 일도 일어나지 않았다. 별들은 계속해서 반짝반짝 빛나며 아른거렸고, 가끔씩 유성이 떨어지는 것이 보였다.

그렇게 하늘에 달빛은 한 조각도 보이지 않고 한참을 별들만 외로이 빛나고 있을 때, 마침내 또 무언가 일어날 조심이 보였다. 하늘이 밝아지기 시작한 것이다. 아주 천천히, 느린 속도였지만 분명히 알아볼 수 있었다. 끝까지 남아 있던 별들도 희미하게 사라지고 나자 하늘은 그 빛을 드러내기 시작했다. 그 빛은 점점 더 선명해져서 동굴 밖에 있는 눈도 뚜렷하게 보였다. 황금빛으로 물들었던 하늘 언저리의 한 가닥 희미한 실타래도 불을 붙인 듯 환하게 밝아졌다. 주위의 모든 것들이 선명하게 보였고, 멀리 떨어져 있는 눈으로 뒤덮인 언덕도 뚜렷하게 윤곽을 드러냈다.

"잔나, 날이 밝아오고 있어." 콘라트가 말했다.

"그래, 오빠." 잔나가 대답했다.

"이제 조금만 더 밝아지면 이곳에서 나가 산 밑으로 내려가자." 콘라트가 말했다.

이제 별들도 완전히 자취를 감추고 환하게 새벽이 밝아왔다.

"자, 이제 가자." 콘라트가 말했다.

"그래, 오빠." 잔나가 대답했다.

아이들은 일어서서 피곤한 몸을 추슬렀다. 한숨도 자지 못했지만 그래도 아침은 아이들에게 새로운 힘을 주었다. 콘라트는 가방을 둘러메고 잔나의 털 재킷을 단단히 여며주었다. 그러고 나서 동굴 밖을 나섰다. 아이들은 오로지 산을 내려가야겠다는 일념으로 가득했기 때문에 뭔가 먹을 생각은 하지도 못했고, 가방 속에 흰 빵이나 다른 먹을 만한 것들이 있는지 뒤져볼 생각도 하지 않았다. 하늘이 맑았기 때문에 콘라트는 혹시나 그샤이트가 보이지 않을까 하는 생각에 서둘러 산 밑을 내려다보려고 했다.

하지만 그샤이트는 보이지 않았다. 그들은 마치 예전부터 보아왔던 산 위에 있는 것이 아니라 아주 생판 모르는 낯선 곳에 서 있는 듯한 느낌이 들었다. 눈앞에는 어제 보았던 것보다 더 큰 암벽이 눈 속에 우뚝 솟아 있었고, 어제와 마찬가지로 얼음과 언덕, 그리고 눈 덮인 비탈길들만이 나타났다. 그 뒤로는 멀리 떨어진 눈 덮인 산이나 하늘이 보일 뿐이었다. 이때 서서히 태양이 떠올랐다. 붉은빛의 거대한 원반은 수백만 송이의 장미를 흩뿌려놓은 듯 아이들 주변의 하얀 눈을 붉게 물들였다. 산봉우리들도 눈 위에 길고 푸른 그림자를 드리웠다.

"잔나, 산이 끝나는 지점까지 가면 아래로 내려가는 길이 있을 거야. 그때까지 계속 앞만 보고 가자." 콘라트는 말했다.

아이들은 눈 속을 걸었다. 눈은 밤사이 좀 더 단단해져서 걷기가 한결 수월했다. 그들은 힘차게 걸음을 옮겼다. 그렇게 걸으니 팔과 다리가 오히려 날렵해지고 더 강해진 것 같았다. 하지만 산이 끝나는 지점은 나타나지 않았고, 아이들은 아래를 내려다볼 수 없었다. 눈으로 뒤덮인 벌판은 끝도 없었다. 그런데도 계속해서 걸었다. 그러자 또다시 얼음이 나타났다. 아이들은 얼음인 줄도 모르다가 바닥이 매끈매끈한 것을 느끼고서야 비로소 알게 되었다. 하지만 이것은 간밤의 그 무시무시한 덩치 큰 얼음 절벽과는 달랐다. 아이들은 매끈매끈한 얼음 위를 계속 걸었다. 여기저기 튀어나온 곳이 나오면 가까스로 기어오르기도 했다.

하지만 아이들은 이번에는 방향을 바꾸지 않고 계속해서 가던 방향으로 걸었다.

새로 암벽이 나타나면 위로 기어올라갔다. 그러자 다시 얼음 벌판이 나타났다. 그래도 날씨가 맑아서 그것이 무엇인지 알아볼 수 있었다. 그것은 엄청나게 넓은 얼음 벌판이었고, 그 건너편에는 다시 검은색 암벽이 우뚝 솟아 있었다. 그 뒤로도 암벽은 계속해서 밀려드는 파도처럼 이어져 있었다. 마찬가지로 겹겹이 쌓여 눈으로 뒤덮인 얼음도 아이들의 가슴 쪽을 향해 밀려드는 듯했다. 아이들은 눈 속에서 굽이굽이 뻗어 있는 여러 갈래의 푸른 선을 보았다. 얼음덩어리들이 마구 엉켜서 굳어 있는 사이로 푸른 선은 마치 길처럼 나 있었다. 그 선은 단단히 얼어붙은 땅으로 그리 울퉁불퉁하지 않았으며, 끝없이 좁은 선 같은 길을 이루고 있었다. 아이들은 산이 끝나는 지점에 이르기 위해 앞으로 계속 가려 했기 때문에 이 좁은 길을 따라 걸었다. 그들은 서로 아무 말도 하지 않았다. 잔나는 콘라트의 뒤를 묵묵히 따라 걸었다. 하지만 오늘도 역시 끝없이 이어진 얼음뿐이었다. 걸으면 걸을수록 길은 점점 더 넓어졌다. 아이들은 결국 방향을 바꾸어 되돌아가기로 했다. 그들은 걸을 수 없는 곳이 나타나면 눈 속을 뚫고 헤쳐나가야 했고 그것에 개의치 않고 계속해서 힘겹게 나아갔다. 그리고 마침내 어딘지는 모르지만 어쨌든 얼음 속을 빠져나왔다.

"잔나, 앞으로 얼음 쪽으로는 들어가면 안 되겠어. 그건 제자리에서 빙빙 도는 것과 같아. 우리 마을을 내려다보기는 틀린 것 같으니까 그냥 어떤 방향으로든 산 밑으로 내려가자. 그럼 틀림없이 어디든 마을이 나타날 테고, 마을 사람들한테 그샤이트에서 왔다고 말하면 집에까지 길을 안내해줄 사람을 붙여줄 거야."

"그래, 오빠." 잔나가 말했다.

아이들은 무작정 아래쪽으로 걷기 시작했다. 콘라트는 잔나의 손을 잡고 이끌었다. 그렇게 한동안 계속해서 아래쪽으로 걸었다. 그러나 갑자기 비탈길이 끊기고, 앞에 다시 우뚝 솟은 얼음 절벽이 나타났다. 아이들은 다시 방향을 바꾸고 이번에는 움푹 파인 분지를 따라 걸어 내려갔다. 하지만 다시 또 얼음이 나타났다. 아이들은 다른 쪽으로 내려갈 수 있는 길을 찾기 위해 분지 옆쪽으로 기어 올라갔다. 그 표면은 갈수록 점차 경사가 져서 아이들은 거의 발을 디디기 힘들 정도였고, 아래로 미끄러질까 두려울 지경이었다. 한참을 눈으로 뒤덮인 오르막길을 걷자 다시 평지가 나타났고, 아이들은 계속해서 앞을 향해 걸었다.

아이들은 자신들이 왔던 길을 찾기 위해 붉은 조난 기둥 쪽으로 내려가는 방향을 찾으려고 했다. 눈이 오지 않고 날씨가 맑아서 기둥이 있던 자리가 금세 눈에 띌 거라고 콘라트는 생각했다. 그 기둥만 찾으면 거기서부터 그샤이트로 내려가기만 하면 되었다. 콘라트는 이런 생각을 잔나에게 말하고 길을 걸었다.

하지만 고갯마루로 향하는 길은 찾을 수 없었다.

태양은 밝게 빛나고 눈 덮인 언덕과 들판은 아름답게 펼쳐져 있었기 때문에 아이들은 어제 올라왔던 길을 알아보기 어려웠다. 어제는 무시무시하게 쏟아진 폭설로 모든 것이 뒤덮여 있어서 몇 발자국 앞도 구분하기 어려웠고, 사방 천지가 온통 희뿌연 잿빛이었다. 아이들의 눈에는 온통 암벽들만 보였고, 그것들은 모두 어제 보았던 것들과 똑같은 모습이었다.

어제는 모든 발자국이 금세 눈으로 뒤덮였지만, 오늘은 아이들이 걸은 길에 뚜렷하게 발자국이 남았다. 어떤 방향으로 가보아도 다 비슷비슷해 보였기 때문에 고갯마루로 향하는 쪽이 어디인지 아무리 둘러보아도 전혀 알 수 없었다. 하지만 멈추지 않고 계속해서 걸었다. 분명히 길을 찾을 수 있을 거라고 믿었다. 아이들은 낭떠러지가 나오면 피해서 걸었고, 경사를 이루는 언덕 위로는 올라가지 않았다.

오늘도 무슨 소리가 들리지 않는지 자주 멈추어 서서 귀를 기울였다. 하지만 역시 아무 소리도 들리지 않았다. 그저 순백색의 눈과 군데군데 드러난 검은색 산봉우리만이 보일 뿐이었다.

그러다 마침내 콘라트는 멀리 비스듬히 경사진 들판 위로 너울대는 불빛을 본 듯한 느낌이 들었다. 그 불빛은 위로 떠올랐다가 다시 사라지고는 했다. 아이들은 꼼짝하지 않고 서서 불빛이 보이는 쪽을 지켜보았다. 불빛은 계속해서 너울거렸다. 그러다 점점 더 켜졌고, 또 점점 더 또렷해졌기 때문에 점점 가까이 다가오는 듯했다. 얼마 후 정적을 뚫고 희미한 소리가 들려왔다. 목동의 피리 소리처럼 길고 가늘게 이어지는 소리였다. 아이들은 본능적으로 큰 소리로 외쳤다. 얼마 후 그 소리는 다시 들려왔다. 아이들은 다시 소리를 질렀고, 그 자리에서 꼼짝도 하지 않고 서 있었다. 불빛은 점점 더 가까워졌다. 세 번째로 같은 소리가 들려왔고, 이번에는 좀 더 또렷했다. 아이들은 다시 큰 소리로 외쳤다. 얼마간의 시간이 지나자 불빛이 다시 보였다. 하지만 그것은 불빛이 아니었다. 그건 펄럭이는 붉은색 깃발이었다. 동시에 목동의 피리 소리도 더 가까이 들려왔다. 아이들은 그 소리에 화답했다.

"잔나, 저기 그샤이트 사람들이 오고 있어." 콘라트는 잔나를 보며 외쳤다.

"나는 저 깃발을 알아. 저건 젊은 사냥꾼과 함께 가르스를 올랐던 어떤 신사가 산 정상에 꽂아놓았던 붉은색 깃발이야. 당시에 목사님이 망원경으로 그 깃발을 보고 그 신사가 정상까지 올랐다는 것을 인정해주었대. 그래서 산 밑으로 내려온 신사는 목사님에게 그 깃발을 선사했대. 네가 아직 어린 아기였을 때 일이야."

"그랬구나, 오빠."

얼마 후 깃발 근처에 있는 사람들의 모습이 눈에 들어왔다. 피리 소리도 때때로 반복해서 들려왔고, 점점 더 가까워졌다. 그때마다 아이들은 매번 화답했다.

마침내 눈 덮인 언덕을 넘어 지팡이를 들고 내려오는 여러 명의 남자들이 보였다. 깃발은 그 일행 한가운데에서 펄럭이고 있었다. 그들은 점점 더 가까이 다가왔기 때문에 이제 분명히 알아볼 수 있었다. 피리를 든 목동 필립과 그의 두 아들, 그리고 젊은 사냥꾼과 몇 명의 그샤이트 주민들이었다.

"하느님 감사합니다. 세상에, 너희들 여기 있었구나!"

필립은 큰 소리로 외쳤다.

"산이 금세 사람들로 꽉 찼구나. 얼른 누구 한 사람이 목장으로 내려가 종을 울려라. 우리가 아이들을 찾았다는 것을 온 마을 사람들이 다 알 수 있도록 말이야. 그리고 또 한 사람은 높은 곳으로 올라가 마을에서 잘 보이는 곳에 깃발을 꽂고, 불꽃을 쏘아 올려라. 그러면 숲속에서 찾고 있는 밀스도르프 사람들도 볼 수 있을 거고, 그샤이트 사람들도 그걸 보고 나서 연기를 피워 아직 산 위에서 아이들을 찾고 있는 사람들에게도 이 소식을 알릴 테니 말이다. 이제 진짜 크리스마스다!"

"제가 가서 종을 울릴게요." 한 사람이 말했다.

"저는 깃발을 가져가서 꽂을게요." 다른 한 사람이 말했다.

"그럼 우리는 아이들을 목장으로 데리고 내려가자. 하느님이 우리의 앞길을 인도하실 거다." 필립이 말했다.

필립의 한 아들은 아래쪽으로 향하는 길을 안내했고, 또 한 아들은 깃발을 들고 눈을 헤치며 앞서 걸었다.

사냥꾼은 잔나의 손을 잡았고, 필립은 콘라트의 손을 잡고 걸었다. 다른 사람들은 각자 할 수 있는 일들을 찾아 도왔다. 그렇게 사람들은 길을 나섰다. 길은 굽이굽이 비탈져 있었다. 사람들은 한 번은 이쪽 방향으로, 또 한 번은 다른 방향으로 걸었다. 어떤 때는 위쪽을 향해 올라갔다가 다시 또 아래쪽을 향해 걸었다. 일행은 계속해서 눈을 헤치고 걸었다. 가는 길 내내 곳곳이 모두 비슷비슷했다. 그들은 가파른 길이 나타나면 아이들을 안고 아이젠을 장착한 등산화를 신고 걸었다. 한참이 지난 후 마침내 그들은 멀리서 부드럽고 미세하게 울리는 종소리를 들을 수 있었다. 그것은 지대가 낮은 곳으로 내려왔음을 알리는 첫 신호였다. 종소리는 고산지대에 있는 목장에서 들려왔다. 그곳에서 모이기로 약속했기 때문이다. 일행이 좀 더 걸어가자 고요한 허공을 가르며 희미한 폭음 소리가 들려왔고, 이어서 가느다란 연기가 피어올랐다. 이것은 깃발을 꽂았다는 신호였다.

얼마 지나지 않아 완만한 경사를 이루는 곳으로 내려온 일행의 눈에 목장의 오두막이 눈에 띄었다. 그들은 그쪽으로 향했다. 오두막 안에는 장작불이 환하게 타오르고 있었고, 구두 수선공의 아내가 애타게 아이들을 기다리고 있었다. 멀리서 사냥꾼과 아이들이 오는 것을 보자 그녀는 탄성을 지르며 눈밭에 주저앉았다.

그러고 나서 아이들에게 달려와 이곳저곳을 살펴보았다. 그리고 먹을 것을 가져다주려고 했고, 아이들의 몸을 녹이기 위해 건초 더미를 잔뜩 가져오려고 했다. 그런데 이내 그녀는 아이들이 자신이 생각했던 것보다 강해졌다는 것을 느꼈다. 아이들은 약간의 따뜻한 음식과 얼마간의 휴식을 필요로 했을 뿐이었다.

계속해서 오두막의 종소리가 울리는 가운데 잠시 동안 아이들이 쉬고 난 후 산에서 또 한 무리의 남자들이 내려왔다. 아이들은 누가 왔는지 보려고 다른 사람들과 함께 밖으로 나가보았다. 그것은 구두 수선공 일행이었다. 예전에 알프스 등반가였던 구두 수선공은 등반용 신발을 신고, 지팡이를 들고, 친구들과 동료들을 동반해서 나타났다.

"제바스티안, 아이들을 찾았어요."

구두 수선공의 아내가 말했다.

그는 아무런 말 없이 몸을 떨면서 아이들 쪽으로 다가왔다. 그는 무언가 말을 하려는 듯 입술을 달싹거렸다. 하지만 아무런 말도 하지 않고 그냥 아이들을 와락 끌어안았다. 그는 그렇게 한참을 있었다. 그런 다음 구두 수선공은 자신의 아내를 꼭 끌어안으며 외쳤다.

"잔나, 잔나!"

얼마 후 그는 눈 속에 떨어뜨린 모자를 주워들고 남자들 쪽으로 한 발짝 나아가 무언가 말을 하려고 했다. 하지만 겨우 한마디밖에 하지 못했다.

"친구들이여, 그리고 이웃 여러분! 정말 감사합니다."

사람들은 아이들이 좀 더 안정을 취할 때까지 오두막에서 기다렸다. 시간이 조금 지나자 구두 수선공은 일행을 향해 말했다.

"이제 다 모였으면, 그만 출발해도 될 것 같습니다."

"아직 다 모이지 않은 것 같아요. 하지만 아직 오지 않은 사람들은 연기를 보고 우리가 아이들은 찾았다는 것을 알았을 거고, 이곳에 들러 아무도 없으면 각자 집으로 돌아갈 거예요." 목동 필립이 말했다.

사람들은 모두 출발할 준비를 했다.

목장의 오두막에서 그샤이트는 그리 멀리 떨어져 있지 않았다. 화창한 여름날이면 오두막 창문 너머로 멀리 그샤이트의 푸른 목장이 보일 정도였다. 그뿐 아니라 목장 위에 서 있는 작은 종탑이 딸린 회색빛 오두막도 보였다. 그곳은 수직으로 떨어진 높은 절벽 아래쪽에 있었다. 그 절벽 위에서 사람들은 여름이면 등반용 신발만 신고도 마을로 내려올 수 있었지만, 겨울에는 도저히 내려올 수 없었다. 그 때문에 사람들은 조금 돌아서라도 고개를 넘어 그샤이트로 내려가야 했다. 일행은 도중에 초원을 지나게 되었는데, 이곳은 그샤이트의 계곡보다 마을에 가까이 있어서 마을 창문들까지 보일 정도였다.

남매를 포함한 일행들이 이 초원을 지나자, 성스러운 예배의 시작을 알리는 그샤이트 교회의 종소리가 맑고 선명하게 들려왔다.

목사님은 아침에 그샤이트에서 일어난 소동 때문에 예배 시간을 늦추었다. 그는 아이들이 분명 돌아올 거라고 생각했다. 하지만 끝내 아무런 소식도 없자, 별수 없이 예배를 시작해야 했던 것이다.

예배의 시작을 알리는 종소리가 울리자 초원을 지나던 사람들은 모두 눈 속에 무릎을 꿇고 기도했다. 종소리가 그치자 사람들은 일어나서 다시 걸었다.

구두 수선공은 길을 걸으면서 내내 잔나를 업고 그간 있었던 일들에 대한 이야기를 들었다.

일행이 고갯마루의 전나무 숲에 이르렀을 때, 그들은 여러 개의 신발 자국을 보았다. 그걸 본 구두 수선공은 말했다.

"이건 내가 만든 신발들이 아닌데?"

발자국의 주인들은 곧 밝혀졌다. 구두 수선공의 일행은 떠들썩한 목소리와 함께 산을 내려오는 또 다른 무리와 만나게 되었다. 염색공의 무리였다. 걱정과 근심으로 얼굴빛이 창백해진 염색공은 하인들과 친구들, 그리고 여러 명의 밀스도르프 사람들을 이끌고 나타났다.

"아버님, 아이들을 찾았습니다. 아이들이 아무것도 모르고 그만 얼음 절벽을 넘었답니다." 구두수선공이 장인에게 말했다.

"그래, 아이들을 찾았다고! 정말 다행이네, 다행이야!" 염색공은 감격해 말했다.

"간밤에 자네가 보낸 심부름꾼의 말을 듣고, 우리는 등불을 들고 숲을 샅샅이 뒤졌네. 하지만 아무것도 찾을 수 없었지. 그러다 동이 트니까 붉은 조난 기둥에서부터 눈 덮인 산 왼쪽으로 향하는 오르막길이 눈에 들어왔고, 또 여기저기 잔가지들과 나뭇가지들이 꺾여 있는 것도 보게 되었어. 그건 보통 아이들이 즐겨 하는 짓이지. 아이들은 한길을 따라 쭉 걸었겠지만 그게 움푹 파인 길이라 방향을 제대로 가늠할 수가 없었겠지. 게다가 암벽들 사이를 지나 산등성이로 올라섰겠지만 그곳은 오른쪽이나 왼쪽이나 모두 너무 가팔라서 아래로 내려올 수 없었을 거야. 결국 아이들은 분명 위로 올라가야 했겠지. 나는 이런 생각을 그샤이트에 알리려고 벌목꾼 미하엘을 보냈네. 그런데 미하엘이 되돌아와서 자네들이 아이들을 이미 찾았다는 소식을 전해주었지. 그래서 그 길로 우리는 이리로 내려왔다네." 염색공은 사위에게 말했다.

"네, 맞아요. 붉은 깃발이 바위틈에 꽂혀 있는 걸 보고, 제가 그렇게 말했어요. 저는 그게 그샤이트 사람들 사이에서 어떤 것을 의미하는 신호인지 알고 있었거든요." 미하엘이 말했다.

"자, 이제 무릎을 꿇고 하느님께 감사기도를 드리세. 100년에 한 번 올까 말까 한 이런 폭설 속에 만일 바람이라도 불었다면 아이들을 영영 잃고 말았을 거야." 염색공은 사위에게 말했다.

"예. 하느님께 감사드려야죠, 그럼요." 구두 수선공이 말했다.

딸이 결혼한 이후 한 번도 그샤이트에 온 적 없었던 염색공은 일행과 함께 그샤이트로 가기로 했다.

일행이 숲이 시작되는 붉은 조난 기둥에 이르자, 썰매 하나가 서 있었다. 그것은 구두 수선공이 만일을 대비해서 준비해놓은 것이었다. 일행은 아이들과 엄마를 태우고, 썰매 안에 마련되어 있던 담요와 털 코트를 덮어주었다. 그러고 나서 그샤이트로 향했다.

오후가 되어서야 일행은 그샤이트에 도착했다.

산 위에 있던 사람들도 귀향을 알리는 연기를 보고 하나둘씩 도착했다. 저녁이 되어서 가장 늦게 도착한 사람은 붉은색 깃발을 꽂았던 목동 필립의 아들이었다.

그사이 구두 수선공의 집에는 밀스도르프에서 할머니가 와서 기다리고 있었다. 그녀는 아이들을 보자 울부짖으며 말했다.

"이제 다시는 너희들이 겨울에 고개를 넘지 못하도록 할 거다."

아이들은 완전히 녹초가 되어 있었다. 그들은 따뜻한 음식을 좀 더 먹은 후 침대에 누웠다. 저녁 늦게 어느 정도 피곤에서 회복되고 이웃들과 친구들이 놀러와서 아이들을 찾은 이야기를 나누고 있을 때, 엄마는 잔나의 침대 맡에 앉아서 잔나의 머리를 쓰다듬고 있었다. 잔나는 엄마에게 말했다.

"엄마, 어젯밤 산 위에서 앉아 있을 때, 예수님을 봤어요."

"오, 그래 우리 아가, 내 사랑스러운 아가. 예수님께선 너에게 주라며 선물도 보내주셨단다." 엄마가 말했다.

선물 상자가 개봉되고, 거실에 등불이 켜지자 방문이 열렸다. 아이들은 조금 늦었지만 환하게 밝혀진 크리스마스트리를 바라보았다. 아직 피로가 다 풀리지 않았지만 옷을 입고 거실로 나갔다. 그리고 거실에서 선물을 받고 감격해하며 다시 잠자리에 들었다.

이날 저녁 그샤이트의 선술집은 그 어느 때보다 더 활기찬 분위기였다. 교회에 가지 않은 동네 사람들이 모두 모였다. 사람들은 저마다 무엇을 보고 들었는지, 또 무슨 일을 했고, 어떤 위험에 빠졌었는지, 오늘 일어난 일에 대해 한창 이야기꽃을 피웠다.

그 사건은 그샤이트 역사의 한 장이 되었고, 오랫동안 이야깃거리가 되어 사람들 입에 오르내렸다. 사람들은 특히 맑은 날 멀리 산이 보이거나, 마을을 찾은 낯선 손님에게 뭔가 특별한 이야기를 하고 싶을 때에는 항상 이 아이들에 관한 이야기를 했다.

그날 이후로 아이들은 이 마을에서 소중한 존재가 되었고, 더이상 외지인이 아닌 이 마을의 주민으로 간주되었다. 아이들의 엄마 역시 그샤이트의 주민으로 대접받았다.

아이들은 그 산을 잊지 못할 것이다. 그리고 예전처럼 태양이 아름답게 비추는 날, 꿀벌이 윙윙거리고 보리수 내음 가득한 정원에서 산을 바라볼 때면 아름답고 평화로운 모습으로 자신들을 내려다보고 있는 산을 이전보다 훨씬 더 진지한 눈으로 바라보게 될 것이다.

별이

오스카 와일드

Oscar Fingal O'Flahertie Wills Wilde
1854-1900

아일랜드 더블린 출생. 옥스퍼드 대학교 재학 중 이탈리아 라벤나를 여행하며 지은 시 「라벤나Ravenna」로 뉴디게이트상을 받았고, '예술을 위한 예술'을 표어로 하는 탐미주의를 주장했다. 1888년에 동화집 『행복한 왕자The Happy Prince and Other Tales』를 출판하여 동화 형식의 낭만적 알레고리를 다루는 재능을 보여주었다. 1891년에 장편소설 『도리언 그레이의 초상The Picture of Dorian Gray』을 발표했는데, 미모의 청년 도리언이 쾌락의 나날을 보내다 악덕의 한계점에 이르러 파멸한다는 이야기였다. 비평가들은 그 부도덕성을 비난했지만 와일드는 예술의 초도덕적 성격을 강조했다. 와일드가 가장 큰 성공을 거둔 장르는 풍속 희극으로, 대표작 『진지함의 중요성The Importance of Being Earnest』(1895)에서는 빅토리아 시대의 위선을 가차 없이 폭로했다.

1895년 미성년자와의 동성애 혐의로 유죄 판결을 받고 교도소에 수감되었다가 2년 뒤 석방되어 빈궁하게 살다 생을 마감했다.

「별아이The Star-Child」는 1891년 출간한 동화집 『석류나무 집A House of Pomegranates』에 실린 단편이다.

옛날 옛적에 가난한 벌목꾼 두 명이 울창한 소나무 숲을 지나 집으로 향하고 있었다. 살을 에는 듯이 추운 겨울밤이었다. 땅에도 나뭇가지들에도 눈이 많이 쌓여 있었다. 가는 곳 여기저기서 혹한에 작은 나뭇가지들이 꺾였고, 산속 샘물가에 도착했을 때 얼음 대왕이 키스를 하는 바람에, 그들은 그만 꼼짝도 못 하고 있었다.

너무 추워서 동물들도 어떻게 해야 할지 몰랐다.

"후우!" 의기소침하여 꼬리를 쭉 내리고 우거진 숲을 이리저리 비틀거리며 다니던 늑대가 투덜거렸다. "정말 고약한 날씨야. 왜 나라님은 이런 날씨에 신경을 쓰지 않는 거지?"

"퓌퓌, 퓌퓌!" 그때 연둣빛의 홍방울새가 재잘거렸다. "늙은 땅은 죽어버렸어. 사람들이 땅을 새하얀 시트로 덮어 시신을 안치시켰어."

"땅은 결혼식을 올릴 거야. 이건 새하얀 웨딩드레스라고." 잉꼬 비둘기들이 서로 속닥거렸다. 비둘기들의 작은 담홍색 발들은 완전히 얼어붙었다. 하지만 비둘기들은 낭만적인 시각을 가지는 것이 자신들의 의무라고 생각했다.

"말도 안 돼!" 늑대가 으르렁거렸다. "내가 말했지. 모든 건 나라님 책임이라고. 너희들이 내 말을 믿지 않으면 잡아먹어버릴 거야!"

늑대는 철저히 현실적이었고, 언쟁에서는 져본 적이 없었다.

"에에, 나로 말하자면……." 타고난 철학자인 딱따구리가 말했다. "뭐, 난 결코 분석적인 설명은 할 수 없어. 만일 무언가가 이러저러하다면, 그건 그냥 그렇게 이러저러한 거야. 그리고 지금은 너어어어무 끔찍하게 추워."

정말 의심할 나위 없이 지독히도 추웠다. 커다란 소나무 속에 살고 있는 작은 다람쥐들은 온기를 유지하기 위해 연신 서로의 코를 비볐고, 집토끼들은 구멍 속에 몸을 돌돌 말아 웅크리고는 감히 구멍 밖으로 얼굴 한번 내밀 수조차 없었다. 이 추위를 즐기는 것같이 보이는 유일한 동물은 바로 수리부엉이였다. 수리부엉이의 깃털은 서리에 강하기 때문에 추위가 어찌하지 못했다. 수리부엉이들은 커다랗고 노란 눈동자를 굴리며 숲을 관통할 정도의 큰 소리로 서로에게 외쳤다.

"부―우, 부우엉! 이 얼마나 멋진 날씨란 말인가!"

두 벌목꾼은 손에다 힘껏 입김을 후후 불며 강력한 쇠가 박힌 장화로 얼어붙은 빙판을 찍으며 걷고 또 걸었다. 한번은 깊이 쌓인 눈 더미 속에 빠져 곡식을 빻는 방앗간 주인처럼 새하얗게 되어서 빠져나왔고, 또 한번은 꽁꽁 얼어붙은 반질반질한 연못에서 미끄러져 넘어지기도 했다. 게다가 등에 짊어진 나뭇단에서는 잔가지들이 자꾸 떨어져 그것들을 주워 모아 나뭇단을 다시 엮어야만 했고, 온통 하얀 세상에서 길을 잃은 것 같아 거대한 공포가 그들을 엄습했다. 눈의 여왕은 자신의 팔에 안겨 잠든 것들에게 무자비하고 적대적이라는 것을 알고 있었기 때문이다. 하지만 두 벌목꾼은 모든 여행자를 지켜주는 선하신 성(聖) 마틴을 믿고 있었다. 그들은 자신들의 발자국을 따라 되돌아왔다. 한 발 한 발 조심스럽게 움직여 마침내 숲 가장자리로 빠져나왔고, 계곡 저 아래 그들의 집이 있는 마을에서 새어 나오는 불빛을 발견했다. 그들은 살았다는 것이 너무나 기쁜 나머지 목청껏 소리를 지르며 웃었다. 대지는 은으로 만든 꽃처럼 보였고, 달은 황금으로 만든 꽃같이 보였다.

하지만 실컷 웃고 난 그들은 매우 우울해졌다. 그들의 빈궁한 처지가 생각났기 때문이다. 한 사람이 다른 사람에게 물었다. "우리가 왜 그렇게 기뻐했지? 저곳에는 아주 부자인 사람들도 있지만, 우리처럼 가난한 사람들도 있지 않은가? 차라리 이 숲 속에서 추위에 얼어 죽거나 사나운 짐승들한테 잡아먹혔으면 좋았을 것을."

"맞아, 어떤 사람들은 가진 게 많지만 또 어떤 사람들은 가진 게 거의 없지. 이 세상은 불합리해. 우리에게는 가진 자들의 부 만큼의 근심거리만이 분배되었잖아." 다른 동행인이 말했다.

서로 자신들의 비참한 처지에 대해 불평을 늘어놓고 있을 때, 그들은 뭔가 기이한 것을 봤다. 하늘에서 아주 밝고 아름다운 별 이 떨어진 것이다. 그 별은 다른 별들을 지나 한쪽 옆으로 떨어 졌다. 목초지 뒤편, 엎어지면 코 닿을 정도로 가까운 곳에 있는 작은 양 우리 옆으로 떨어진 것 같았다.

"어이! 저곳에 황금이 가득 담긴 단지가 있을 거야! 단지를 발 견하는 사람이 황금을 갖는 거라고."

그들은 흥분해서 큰 소리로 말하고는 달리기 시작했다. 그들 은 황금에 굶주려 있었다. 둘 중 한 사람이 더 빨랐다. 그 사람은 다른 동행인을 앞질러 목초지를 헤치고 달려나가 그곳에 도착 해 서둘러 물건 쪽으로 손을 뻗었다. 그것은 고귀한 별들이 수놓 인 황금 천으로 만든 주름진 외투였다. 그는 큰 소리로 동행인에게 하늘에서 떨어진 보물을 찾았다고 외쳤다. 동행인이 뒤늦게 도착해서는 눈 위에 주저앉아 황금을 나누기 위해 외투를 펼쳤다. 아, 그런데 외투 안에는 황금은커녕 은이나 보석이라고 할 만한 것도 없었다. 외투 안에는 갓난아이가 잠들어 있었다.

그들 중 한 명이 다른 사람에게 말했다. "우리의 희망이 비참하게 깨져버렸군. 우리에게 황금이 주어질 리 없겠지. 도대체 갓난아이를 뭐에 쓰겠는가? 이 아이는 여기에 두고 우리 갈 길이나 가세. 우리는 가난해. 우리 애들에게 줄 빵을 이 아이한테까지 나누어줄 수는 없어."

그러나 다른 동행인이 말했다. "아닐세. 이 아이를 눈 속에 얼어죽게 내버려두는 건 죄악일세. 물론 나도 자네와 마찬가지로 가난한 처지라 먹일 입은 많고 가진 것은 없으나, 그래도 나는 이 아이를 우리 집으로 데려가 아내에게 보살피게 하겠네."

그 사나이는 아주 조심스럽게 아이를 안아 올린 후 혹독한 추위를 막아주기 위해 외투를 다시 덮어주었다. 그리고 언덕을 내려가 마을로 향했다. 집으로 가는 동안 사나이의 동행인은 그의 어리석은 행동과 다정함에 마음이 상했다.

마침내 마을에 도착하자 사나이의 동행인이 말했다. "자네는 아이를 가졌으니 그 외투는 내게 주게나. 그렇게 나누어 갖는 것이 공평하지 않겠나."

하지만 사나이가 대답했다. "아니, 이 외투는 자네 것도 내 것도 아닐세. 이 외투는 바로 이 아이의 것일세."

사나이는 동행인에게 작별 인사를 하고 집으로 가 문을 두드렸다. 문을 열고 나온 부인은 다친 데 없이 무사히 돌아온 남편을 보고는 목을 얼싸안고 키스를 했다. 아내는 남편의 등에서 나뭇단을 받고, 남편의 장화에 붙은 눈을 털어내고는 안으로 들어오라고 했다.

하지만 남편은 부인에게 한마디 말하고는 문 앞에서 꼼짝도 하지 않았다. "내가 숲에서 발견한 게 있소. 그래서 집으로 데려왔는데, 당신이 좀 보살펴주었으면 하오."

"그게 뭔데요? 보여주세요. 집이 텅 비었으니 우리는 뭐든 많이 있어야 해요."

사나이는 외투를 젖혀 잠자고 있는 아이를 보여주었다.

그러자 부인은 탄식하며 남편에게 화를 냈다.

"세상에, 맙소사! 여보, 우리에게 애가 없어서 저런 아이를 데려다 먹여 키워야만 하는 처지인가요? 누가 알겠어요, 저 애가 우리에게 불행을 가져다줄지? 게다가 도대체 어떻게 저 아이를 보살핀단 말이에요?"

"아니오, 여보. 이 아이는 별에서 온 아이란 말이오."

남편은 아내에게 어떻게 신기하게 이 아이를 발견하게 되었는지 이야기해주었다.

하지만 화가 난 아내는 진정하기는커녕 남편을 비웃었다.

"우리 애들도 굶어 죽을 판에, 다른 아이까지 먹여 살려야 한단 말이에요? 그럼 누가 우리 식구를 돌봐주죠? 누가 우리에게 먹을 걸 가져다주난 말이에요?"

"그렇지 않아요, 여보. 하느님께서는 직접 참새들도 돌보시고 먹을 걸 주시잖소." 남편이 말했다.

"참새들도 겨울에는 굶어 죽지 않던가요? 그리고 지금은 겨울이 아니던가요?" 아내가 물었다. 남편은 아무 대답도 못 한 채 문 앞에 꼼짝도 하지 않고 서 있었다.

숲에서 불어오는 차가운 바람이 열린 문을 통해 집 안으로 들어왔고, 아내는 추위에 몸서리치며 덜덜 떨었다. 그러고는 남편에게 말했다. "문 안 닫아요? 매서운 바람이 들어오잖아요. 얼어 죽겠어요."

"냉심장을 가진 사람이 있는 집에서는 늘 찬바람이 불잖소!"

남편의 말에 아내는 아무 말도 하지 못한 채 불이 피워진 곳으로 슬금슬금 다가갔다.

그리고 잠시 후 아내는 등을 돌려 남편을 바라보았다. 아내의 두 눈에는 눈물이 가득 고여 있었다. 남편은 얼른 집 안으로 들어와 아이를 아내의 팔에 안겨주었다. 아내는 아이에게 입을 맞추고는 막내가 자고 있는 작은 침대에 내려놓았다.

다음 날 아침 사나이는 참으로 귀한 황금 외투를 가져와 커다란 궤짝에 넣었고, 아내는 아이의 목에 걸려 있던 호박 목걸이를 가져와 궤짝 안에 넣었다.

그렇게 해서 별에서 온 아이는 벌목꾼의 아이들과 함께 자랐다. 같은 식탁에 앉아 밥을 먹었고 함께 놀았다. 해가 갈수록 별에서 온 아이는 점점 더 아름답게 자랐고, 마을에 사는 사람들은 모두 신기하게 여겼다. 그들 모두는 구릿빛 피부에 검은 머리인데, 그 아이는 상아같이 새하얀 피부에, 수선화 화관 같은 곱슬머리였기 때문이었다. 게다가 입술은 붉은 꽃잎 같았고, 눈동자는 졸졸졸 흐르는 맑은 냇가의 제비꽃 같았으며, 몸은 인적 드문 들판의 수선화 같았다.

그러나 그의 아름다운 외모는 그를 타락시켰다. 소년은 교만하고 잔인했으며 이기적이었다. 자기를 키워준 벌목꾼의 아이들과 마을 아이들을 업신여겼다. 비천한 출신인 그들과 달리 별에서 온 자신은 아주 고귀한 출신이라고 말했다.

소년은 다른 아이들을 지배하며 그들을 자신의 신하라고 불렀고 불쌍한 사람들이나 불구자들 혹은 다른 여러 가지 상황으로 고통받고 있는 자들에게 일말의 동정심도 느끼지 않았다. 오히려 돌을 던지며 다른 마을에 가서 동냥하라고 억지로 내몰았다. 한번 그렇게 쫓겨난 사람들은 두 번 다시 그 마을에 동냥하러 오지 않았다. 오, 주여! 소년은 아름다운 것에만 열중하고 약하거나 불구인 사람들을 조롱했다. 부드러운 바람이 불어오는 여름이면 신부님의 과수원에 있는 샘물가에 누워 기적에 가까운 자신의 아름다운 외모에 기뻐하며 웃었다.

종종 벌목꾼과 그의 아내는 소년을 꾸짖으며 말했다.

"우리는 너에게 그렇게 대하지 않았는데, 너는 어째서 도움받을 데가 없는 절망적인 사람들을 그런 식으로 대하는 거냐? 동정이 필요한 사람들에게 어쩌면 그렇게 잔인하게 구느냔 말이다!"

종종 신부님은 사람을 보내 소년을 데려와 살아 있는 모든 생명체들에 대해 사랑하는 마음을 갖도록 가르치려 애썼다.

"파리들도 네 형제란다. 그들에게 해를 끼쳐서는 안 돼. 숲속에 사는 새들도 그들만의 자유가 있단다. 단지 즐기기 위해 덫을 놓고 잡아서는 안 되지. 하느님께서는 발 없는 도마뱀도 창조하셨고, 두더지도 창조하셨어. 그리고 그들 모두는 각자의 역할이 있단다. 하물며 들판의 짐승들도 신을 찬양하는데, 너는 어째서 하느님께서 창조하신 이 세상에 고통을 주려 하느냐?"

하지만 소년은 신부님의 말씀을 귀담아듣지 않았다. 오히려 사악한 눈초리로 비웃으며 자신의 패거리를 이끌고 가버렸다.

별에서 온 소년은 아름답고 민첩했으며 춤과 휘파람을 잘 불고 음악도 연주할 수 있었기 때문에 아이들은 소년을 쫓아다녔다. 소년이 날카로운 갈대 줄기로 두더지의 혼탁한 눈을 찔러 뚫으면 아이들은 웃었고, 나병 환자에게 돌을 던질 때도 깔깔대며 웃었다. 모든 면에서 소년은 아이들을 지배했고, 아이들은 점점 소년처럼 냉혹한 인간으로 변해갔다.

그러던 어느 날, 마을에 거지 여인이 나타났다. 그녀의 옷은 너덜너덜 찢어져 누더기같이 되었고, 울퉁불퉁한 길을 헤매고 다녀 발은 온통 피투성이였다. 완전히 최악의 상태였다. 불쌍한 거지 여인은 잠시 쉬기 위해 밤나무 밑에 앉았다.

그때 소년이 거지 여인을 발견하고는 패거리를 이끌고 갔다.

"이게 웬일이야! 얘들아, 더러운 거지가 저렇게 아름답게 눈 덮인 나무 아래 앉아 있다. 우리가 가서 추악하고 불쾌한 저 여자를 쫓아내자."

아이들은 그녀에게 다가가 돌을 던지며 욕을 했다. 그녀는 깜짝 놀라 소년을 쳐다보았고, 소년에게서 눈을 뗄 수 없었다. 그때, 그 근처 정원에서 나무를 하고 있던 벌목꾼이 소년이 하는 짓을 보고 소년을 불러 야단을 쳤다.

"정말로 넌 냉정하구나. 동정심이라고는 눈곱만큼도 없는 녀석. 도대체 이 불쌍한 여인이 네게 무슨 해를 끼쳤다고 그딴 짓을 하는 게냐?"

소년은 분노에 차 빨개진 얼굴로 발을 동동 구르며 말했다. "당신이 뭔데 내가 당신한테 내 행동에 대해 변명을 해야 한단 말이에요? 나는 당신에게 복종해야 하는 당신 아들이 아니라고요."

"네 말이 맞다. 하지만 널 숲속에서 발견했을 때 나는 너를 측은히 여겨 데리고 온 거였어."

이 말을 듣는 순간 불쌍한 여인은 외마디 비명을 지르고 기절해버렸다. 벌목꾼은 여인을 집으로 데려갔고, 그의 아내는 그녀를 정성껏 보살폈다. 그녀가 깨어나자 벌목꾼과 아내는 그녀에게 먹을 것과 마실 것을 가져다주며 편안하게 먹으라고 권했다.

하지만 그녀는 먹지 않고 벌목꾼에게 물었다. "아까 그 남자 아이를 숲에서 발견했다고 하지 않으셨나요? 그게 10년 전의 일이 아니던가요?"

"네, 맞아요. 바로 10년 전에 숲에서 제가 그 아이를 발견했어요."

"그 아이에게서 어떤 징표가 될 만한 물건들을 발견하셨나요? 혹시 그 아이가 목에 호박 목걸이를 걸고 있지 않던가요? 그 아이가 별이 수놓아진 황금 천으로 된 외투에 싸여 있지 않았던

가요?"

"그랬어요. 바로 당신이 말한 그대로예요."

벌목꾼은 궤짝에서 외투와 호박 목걸이를 꺼내와 그녀에게 보여주었다.

물건들을 본 그녀는 기쁨의 눈물을 흘리기 시작했다.

"그 아이는 숲에서 잃어버린 제 아들이에요. 제발 그 아이를 좀 불러주세요. 그 아이를 찾기 위해 온 세상을 다 헤매고 다녔어요."

벌목꾼과 그의 아내는 밖으로 나가 별에서 온 아이에게 큰 소리로 말했다. "집으로 어서 오너라. 집에서 네 친어머니가 기다리고 계시단다."

소년은 놀라움과 기쁨으로 부풀어 집으로 달려갔다. 하지만 자신을 기다리고 있는 여자를 본 순간 소년은 경멸조로 말했다. "그래, 내 어머니가 어디에 있다는 거죠? 내 눈에는 구역질 나는 거지밖에 안 보이는데요!"

그러자 여인이 소년에게 말했다. "내가 네 엄마란다."

"그런 말을 하다니, 당신 미쳤군." 소년은 소리치며 화를 냈다. "나는 당신 같은 여자의 아이가 아니야. 당신은 거지인 데다 생긴 건 추악하고 누더기를 걸치고 있잖아. 여기에서 썩 사라져버려. 다시는 그 역겨운 얼굴을 내 눈앞에 드러내지 말란 말이야."

"그렇지 않단다, 애야. 넌 내 아들이 맞아. 내가 숲에서 널 낳았다."

그녀는 울먹이며 무릎 꿇고 앉아 소년에게 손을 내밀었다.

"도둑이 나한테서 너를 데려가서는 너를 버렸단다. 하지만 나는 너를 처음 본 순간 내 아들이란 걸 알아볼 수 있었단다. 그리고 여기 이 황금 천으로 만든 외투와 호박 목걸이도 알아볼 수 있단다. 제발 나하고 함께 가자꾸나. 난 너를 찾기 위해 이 세상을 헤매고 다녔단다. 이리 오너라, 애야. 네 사랑을 받고 싶구나."

하지만 소년은 그 자리에서 꼼짝도 하지 않았다. 그녀에 대한 마음의 문을 꽁꽁 닫아버렸다. 그녀의 고통스러운 울음소리조차 듣지 않았다.

마침내 소년은 아주 딱딱하고 냉정하게 말했다. "당신이 내 어머니라면 차라리 이곳을 떠나세요. 그리고 나를 망신시키고 싶지 않으면 다시는 오지 마세요. 나는 당신 말처럼 거지의 아들이 아니라, 별에서 온 아이일 거예요. 그러니 당장 이곳을 떠나세요. 두 번 다시 내 눈앞에 나타나지 마세요."

"아, 아들아. 정 그렇다면 떠나기 전에 내게 키스를 해주지 않겠니? 너를 찾기 위해 고생을 많이 했단다." 여인이 흥분해서 말했다.

"싫어요, 당신은 불쾌해요. 차라리 뱀이나 두꺼비한테 키스하는 편이 훨씬 낫겠어요."

여인은 일어서서 비통한 표정을 지으며 숲으로 떠났다. 그녀
가 떠나자, 소년은 기뻐하며 같이 놀기 위해 다른 아이들에게 달
려갔다. 하지만 소년을 보자 아이들은 비웃으며 말했다. "에잇,
두꺼비처럼 뻔뻔스러운 놈! 뱀처럼 불쾌한 놈! 꺼져버려. 우리
는 너와 놀지 않을 거야." 아이들은 소년을 쫓아버렸다.

소년은 아이들을 사악한 눈초리로 흘겨보며 중얼거렸다. "도
대체 뭐라고 지껄이는 거야? 샘물가에 가서 내 얼굴을 들여다볼
거야. 샘물이 내 아름다움에 대해 이야기해줄 거야."

소년은 샘물로 가서 물에 비친 자신의 모습을 내려다보았다.
이럴 수가! 소년의 얼굴은 두꺼비 같았고, 몸에는 뱀처럼 비늘
이 돋아 있었다. 소년은 잔디에 누워 엉엉 울었다.

"이건 모두 내가 나쁘게 행동한 벌이야. 엄마를 부정하며 내
쫓고, 냉정하고 무자비하게 대했어. 엄마를 찾아 온 세상을 헤매
고 다닐 거야. 엄마를 찾을 때까지 절대로 쉬지 않겠어."

그때 벌목꾼의 막내딸이 소년에게 다가와 어깨를 어루만져
주며 말했다. "어떻게 된 거야? 오빠의 아름다운 외모가 사라져
버린 거야? 우리 집으로 가자. 오빠를 놀리지 않을게."

"아니야. 나는 내 엄마한테 못되게 굴었어. 그 벌로 이런 재앙
이 내린 거야. 그러니 이곳을 떠나 엄마를 찾아 용서를 받을 때

까지 온 세상을 다 돌아다녀야 해." 소년이 말했다.

소년은 숲을 떠났다. 돌아와달라고 엄마를 외쳐 불렀지만, 아무런 대답이 없었다. 해가 지자, 소년은 잠을 자기 위해 나뭇잎이 있는 곳으로 가 누웠다. 그러자 주위에 있던 새들과 동물들이 모두 달아났다. 그의 잔혹한 행위가 떠올랐기 때문이었다. 그는 혼자 남았다. 그를 몰래 훔쳐보던 두꺼비와 그 옆을 지나가던 느림보 뱀마저도 그의 곁을 떠났다. 다음 날 아침, 잠에서 깬 소년은 시큼털털한 산딸기를 따서 먹고는 대성통곡을 하며 넓은 숲을 헤매고 다녔다. 숲에서 누군가를 만날 때마다 소년은 자신의 엄마를 보았느냐고 물었다.

소년은 두더지에게 물었다. "너는 땅속을 다닐 수 있으니 말 좀 해주렴. 우리 엄마가 그곳에 계시니?"

두더지가 대답했다. "네가 내 눈을 멀게 했는데 내가 어떻게 알 수 있겠니?"

소년은 홍방울새에게 물었다. "너는 저 높은 나무 꼭대기 너머까지 날 수 있으니 이 세상을 다 볼 수 있겠구나. 내게 말해주렴. 우리 엄마가 보이니?"

홍방울새가 대답했다. "네가 놀이 삼아 내 날개를 부러뜨렸는데 내가 어떻게 날 수 있겠니?"

소년은 소나무 속에 혼자 살고 있는 다람쥐에게 물었다. "우리 엄마가 어디에 계시니?"

다람쥐가 대답했다. "너는 우리 엄마를 죽였어. 이제 네 엄마까지 죽이려고 그러니?"

소년은 울면서 고개 숙여 신께서 창조하신 모든 동물들에게 용서를 구하고는 엄마를 찾기 위해 숲을 헤매고 다녔다. 사흘째 되던 날 소년은 숲의 반대편 끝에 이르렀고 평지로 내려갔다.

마을을 헤매고 다닐 때면 아이들이 소년을 놀리며 돌을 던졌다. 농부들은 소년을 외양간에서조차 재워주려 하지 않았다. 행여 썩은 냄새를 풍기는 그 소년이 저장된 곡식들에 깜부깃병을 옮기지 않을까 우려했다. 게다가 농가의 날품팔이꾼들조차 소년을 쫓아냈다. 소년에게 동정심을 보이는 사람은 아무도 없었다. 소년은 3년 동안이나 세상을 헤매고 다녔지만, 그 어느 곳에서도 엄마에 대한 소식을 듣지 못했다. 종종 거리에서 엄마처럼 보이는 여인을 발견할 때마다 엄마를 부르며 날카로운 돌에 발이 찍혀 피가 나도 아랑곳하지 않고 뒤를 쫓아가보았지만, 엄마를 만날 수 없었다. 엄마를 닮은 거지 여인들은 항상 소년의 엄마가 아니라고 말하며 소년의 곤궁한 처지를 웃음거리로 삼았다.

3년 동안 소년은 온 세상을 헤매고 다녔다. 하지만 세상에는 소년에 대한 사랑도 온정도 자비심도 없었다. 소년이 교만하게 굴던 시절에 만들어놓은 것과 똑같은 세상이었다.

어느 날 소년은 강가에 있는 높은 성곽으로 둘러싸인 도시의 성문 근처에 도착했다. 지치고, 많이 걸은 탓에 발은 온통 상처 투성이였지만 소년은 도시로 들어가기 위해 성문을 향해 걸었다. 보초를 서고 있던 군인들이 쌍 칼날이 달린 창으로 입구를 가로막으며 무뚝뚝하게 소년에게 물었다.

"여긴 왜 왔지?"

"엄마를 찾으러요. 제발 부탁이니 들어가게 해주세요. 이 도시에서 엄마를 찾을 수 있을지도 모르니까요."

소년이 말했다. 하지만 군인들은 소년을 비웃었다. 그중 한 명이 검은 수염을 털면서 방패를 내려놓고는 말했다.

"틀림없이 네 어머니는 네 몰골을 봐도 기뻐하지 않으실 게다. 너는 늪에 사는 두꺼비나 습지를 기어 다니는 뱀보다도 추악하니까. 저리 가. 썩 꺼지라고. 네 어머니는 이곳에 없어."

그러자 노란 깃발을 들고 있던 다른 군인이 소년에게 물었다.

"네 어머니가 누군데? 그리고 넌 왜 어머니를 찾아다니는 거냐?"

소년이 말했다. "저처럼 우리 엄마도 거지예요. 저는 엄마한테 못되게 굴었어요. 제발 부탁이에요, 아저씨. 엄마가 이곳에 계시다면 엄마에게 용서를 받을 수 있게 저를 들여보내주세요."

하지만 그들은 소년을 들여보내주지 않고 창을 들이밀었다.

울면서 소년이 돌아가려고 할 때, 황금 꽃으로 뒤덮인 갑옷을 입고 날개 달린 사자가 웅크리고 앉아 있는 장식이 달린 투구를 쓴 누군가가 다가와 군인들에게 누가 그토록 도시 안으로 들어오려 하는지 물었다.

"거지예요. 거지 소년. 우리가 쫓아버렸어요."

"안 되지." 그 사람은 웃으며 큰 소리로 말했다. "우리는 그런 불쾌한 자들을 노예로 팔아넘길 수 있다고. 아마 달콤한 포도주 한 잔값 정도는 받을 수 있을걸."

그때 그곳을 지나가던 사악한 얼굴의 사나이가 말했다.

"그 가격에 내가 그놈을 사겠소."

사나이는 값을 지불하고 소년을 넘겨받았다. 사나이는 소년을 데리고 도시 안으로 들어갔다.

수많은 거리를 지나 그들은 담장 사이, 석류나무로 뒤덮인 조그마한 문 앞에 도착했다. 사나이가 백옥을 잘라 만든 반지로 문을 건드리자 문이 열렸다. 그들은 정원으로 나 있는 청동 계단을 다섯 칸 내려갔다. 정원은 온통 검은 양귀비와 점토로 구워 만든 녹색 단지들로 가득했다. 사나이는 머리에 두르고 있던 터번 속에서 무늬가 있는 비단 천을 꺼내서 소년의 눈을 가린 뒤 앞장세웠다. 눈을 가렸던 천이 풀리자, 소년은 자신이 뿔로 만든 램프가 비추고 있는 지하 감옥 안에 와 있는 것을 보았다.

사나이는 소년 앞에 곰팡이가 핀 빵 쪼가리를 내놓으며 말했다.

"먹어!"

그러고 나서 짜디짠 바닷물이 섞인 강물을 잔에 따라주며 말했다.

"마셔!"

소년이 빵을 다 먹고 물을 마시자 사나이는 밖으로 나가 문을 닫고는 쇠사슬로 자물쇠를 채워 잠갔다.

사실 그 사나이는 리비아에 있는 모든 마법사 중에서 가장 교활한 마법사였다. 그는 나일 강변 지하 납골당에 살고 있는 누군가에게서 마술을 배웠다.

다음 날 아침 사나이는 소년이 있는 지하 감옥으로 들어와 험상궂은 눈초리로 말했다.

"이교도들이 살고 있는 도시 성문 근처 숲에 금이 세 덩이가 있다. 첫 번째 금은 백금이고, 두 번째는 황금이고, 세 번째는 붉은금, 적금(赤金)이다. 오늘 너는 백금을 가져와야만 해. 만일 백금을 가져오지 못하면 백 대를 맞을 줄 알아! 어서 서둘러라. 해 질 녘에 정원 문 앞에서 너를 기다리고 있으마. 반드시 백금을 가져와야 해. 그러지 않으면 네 신상에 좋지 않을 게다. 너는 내 노예란 말이야. 내가 포도주 한 잔값을 지불하고 샀단 말이다."

그러고 나서 사나이는 무늬 있는 비단 천으로 소년의 눈을 가린 뒤 소년을 이끌고 집 밖으로 나가 양귀비 정원을 지나 청동 계단을 다섯 칸 올라갔다. 그리고 반지로 작은 문을 열고는 소년을 거리로 내몰았다.

소년은 도시의 성문 밖에 나가 마법사가 설명한 숲으로 갔다.

겉에서 보기에 숲은 아주 아름다워 보였고 노래하는 새들과 달콤한 향기를 풍기는 꽃들로 가득한 것 같았다. 소년은 기쁜 마음으로 숲에 발을 들여놓았다. 하지만 숲의 아름다움은 소년에게 별 도움이 되지 못했다. 어디로 가든 관목들과 날카로운 가시가 달린 덤불들이 무성하게 자라 소년을 에워쌌기 때문이다. 나쁜 쐐기풀은 소년을 찔렀고, 엉겅퀴는 날카로운 비수처럼 소년을 관통해서 소년은 극심한 통증에 고통스러웠다. 게다가 아침부터 점심까지 그리고 점심부터 저녁까지 금을 찾아다녔지만, 그 어디에서도 마법사가 말한 백금을 찾을 수 없었다. 해가 지자 소년은 엉엉 울며 집으로 향했다. 어떤 운명이 자신을 기다리고 있는지 잘 알고 있었기 때문이다.

소년이 숲을 거의 다 빠져나왔을 때, 우거진 숲에서 누군가 곤경에 처해 있는 듯한 비명 소리가 들렸다. 소년은 자신의 비참한 처지는 잊은 채 다시 숲으로 돌아갔다. 그곳에는 작은 토끼 한 마리가 사냥꾼이 놓은 덫에 걸려 있었다.

소년은 불쌍한 마음이 들어 토끼를 풀어주며 말했다.

"노예 신분인 주제에 너에게 자유를 선물하는구나."

그러자 토끼가 말했다. "참말로 당신은 제게 자유를 주셨어요. 제가 어떻게 감사드리면 좋을까요?"

"백금을 찾고 있어. 하지만 어디에서도 찾을 수 없었어. 주인님께 그 금을 가져가지 못하면 백 대를 맞아야 해."

"저를 따라오세요. 제가 알려드릴게요. 전 그 금이 무슨 목적으로 어디에 숨겨져 있는지 알고 있거든요." 토끼가 말했다.

소년은 토끼를 따라갔다. 거대한 떡갈나무 틈새로 반짝이는 백금이 보였다. 백금을 발견한 소년은 기뻐하며 금을 꺼냈다.

"네게 베푼 도움에 넌 수십 배로 보답하는구나. 내가 보여준 우정에 넌 백 배로 보답한 거야."

"그렇지 않아요. 저에게 도움을 주셨기 때문에 저도 그렇게 한 것뿐이에요."

토끼는 이렇게 대답하고 날쌔게 사라졌다. 그리고 소년은 도시로 돌아왔다.

하지만 성문 앞에는 나병 환자 한 명이 쪼그리고 앉아 있었다. 그 환자의 얼굴 위로 잿빛 아마포로 된 외투에 달린 모자가 드리워져 있었다. 그의 눈동자는 빨갛게 달아오른 숯처럼 번득였다. 나병 환자는 소년이 다가오는 것을 보며 나무 그릇을 두드리고 방울을 딸랑거리며 외쳤다.

"한 푼만 줍쇼. 안 주시면 굶어 죽을 거예요. 사람들이 나를 도시에서 쫓아냈어요. 나에게 동정을 베풀어준 사람이 아무도 없답니다."

"아아, 이 자루 속에 돈이 될 만한 것을 단 하나 갖고 있어요. 하지만 만일 주인님께 가져다드리지 못하면 전 매를 맞아야 해요. 전 그분의 노예거든요."

하지만 나병 환자는 소년이 가지고 있던 백금을 내줄 때까지 소년에게 간청하며 애걸복걸했다.

소년이 마법사의 집에 도착하자 마법사는 문을 열고 소년을 안으로 끌어들이며 백금을 찾았냐고 물었다.

"아니요."

소년이 대답했다. 그러자 마법사는 소년을 때리고 또 때렸다. 그러더니 소년에게 텅 빈 접시를 들이밀며 마법사가 말했다.

"먹어!"

그리고 텅 빈 잔을 주며 말했다.

"마셔!"

그리고는 소년을 다시 지하 감옥에 집어 처넣었다.

다음 날 아침 마법사가 소년에게 와서 말했다.

"오늘 황금을 가져오지 못하면, 확실하게 노예 취급을 해주겠다. 그리고 3백 대를 맞을 줄 알아."

소년은 숲으로 갔다. 소년은 하루 종일 황금을 찾아다녔지만 어디에서도 찾을 수 없었다. 어느덧 해가 지자 소년은 바닥에 주저앉아 울기 시작했다. 한참을 울고 있을 때 덫에서 소년이 풀어주었던 작은 토끼가 소년에게 다가와 물었다.

"왜 울고 있어요? 숲에서 뭘 찾고 있었나요?"

"이 숲에 숨겨져 있다는 황금을 찾아다녔어. 만일 황금을 찾지 못하면 주인님이 나를 때리고 노예 취급한다고 했어." 소년이 대답했다.

"따라오세요."

토끼는 물웅덩이가 있는 곳까지 깡충깡충 뛰어갔다. 그 물웅덩이 바닥에 황금이 있었다.

"네게 어떻게 감사해야 하니? 봐, 네가 날 도와준 게 벌써 두 번째야."

소년이 말했다.

"당신이 처음 제게 베풀어준 것에 비하면 아무것도 아니에요."

이렇게 대답하고 토끼는 휑하니 사라졌다.

소년은 황금을 자루에 넣은 다음 마법사가 기다리고 있는 도시로 서둘러 갔다. 하지만 어제의 그 나병 환자가 소년이 오는 것을 보고는 소년에게 달려가 무릎을 꿇고 소리쳤다.

"한 푼만 줍쇼. 굶어 죽을 것 같아요."

그러자 소년이 말했다.

"내 자루에 황금 한 덩어리가 들어 있어요. 만일 제가 이 황금을 주인님께 가져가지 못하면 저를 때리고 노예 취급을 할 거예요."

하지만 나병 환자가 너무나 절박하게 애원하는 바람에 소년은 결국 황금을 그에게 주고 말았다.

소년이 마법사의 집에 도착하자 마법사가 문을 열어주면서 물었다.

"황금을 가져왔느냐?"

소년이 대답했다.

"아니요."

그러자 마법사는 소년을 때리고 또 때렸다. 그러고는 소년에게 쇠사슬을 채워 지하 감옥에 집어넣었다.

다음 날 아침, 마법사가 소년에게 말했다.

"만일 오늘 붉은 금을 찾아온다면 너를 자유롭게 풀어주겠다. 하지만 금을 가져오지 못할 경우, 때려죽이겠다."

소년은 숲으로 갔다. 하루 종일 붉은 금을 찾아다녔지만 찾을 수 없었다. 저녁이 되자 소년은 주저앉아 비통하게 울었다. 그가 계속 울고 있을 때, 작은 토끼가 다가와 물었다.

"당신이 찾고 있는 붉은 금은 저 뒤쪽의 동굴에 있어요. 그러니 울지 말고 기뻐하세요."

"어떻게 감사해야 할지 모르겠구나. 네가 나를 도운 게 벌써 세 번째야."

소년이 흥분을 감추지 못하고 큰 소리로 말했다.

"당신이 처음 제게 베풀어준 것에 비하면 아무것도 아니에요."

이렇게 대답하고 토끼는 사라졌다.

소년은 동굴 안으로 들어가 안쪽 구석에서 붉은 금을 찾았다. 소년은 금덩어리를 얼른 자루에 집어넣고 마법사가 있는 도시로 향했다. 그러나 나병 환자는 오늘도 소년이 오는 것을 보고는 길 한복판에 서서 소년에게 외쳤다.

"한 푼만 줍쇼. 안 그러면 굶어 죽을 거예요."

소년은 나병 환자에게 측은한 마음이 생겨 붉은 금을 주며 말했다.

"당신의 처지가 저보다 더 궁색하군요."

하지만 소년의 마음은 무거웠다. 어떤 끔찍한 운명이 자신을 기다리고 있는지 잘 알고 있었기 때문이다.

그러나 이게 웬일인가? 소년이 도시로 들어가려 할 때, 보초를 서고 있던 군인들이 그에게 허리 숙여 경의를 표하며 말했다.

"이 얼마나 아름다운 우리의 통치자이신가!"

그리고 한 무리의 시민들이 그를 쫓아오며 외쳤다.

"사실입니다. 이 세상의 그 어느 누구도 이보다 더 아름다울 수는 없습니다!"

그러자 소년은 울며 중얼거렸다.

"내 비참한 몰골은 아랑곳 않고 저들이 나를 조롱하는구나."

사람들이 점점 더 많이 몰려들어 소년은 방향을 잃었고, 마침내 왕의 궁전 광장에 서 있는 자신을 발견했다.

궁전의 문이 열리고 성직자들과 고관대작들이 황급히 소년에게 다가와 몸을 숙이며 말했다.

"당신께서는 우리가 기다리고 있던 이 나라의 통치자이십니다. 바로 우리 나라 황제 폐하의 아드님이십니다."

그러자 소년이 대답했다.

"저는 왕의 아들이 아니에요. 불쌍한 거지 여인의 아들이에요. 내가 추악한 몰골이란 걸 잘 알고 있는데, 왜 저에게 아름답다고 하시는 거죠?"

그러자 황금 꽃으로 뒤덮인 갑옷을 입고 날개 달린 사자가 웅크리고 앉아 있는 장식이 달린 투구를 쓴 사나이가 방패를 높이 쳐들며 외쳤다.

"어찌 감히 우리의 통치자께서 아름답지 않다고 말할 수 있겠습니까?"

소년은 방패를 들여다보았다. 그의 얼굴은 예전처럼 아름다웠고, 또한 외모도 예전의 훌륭한 모습으로 변해 있었다. 소년은 이제까지 한 번도 본 적 없는 모습을 자신의 눈으로 보았다.

성직자들과 고관대작들은 다시 무릎을 꿇으며 말했다.

"우리를 지배할 누군가가 바로 오늘 이곳에 나타날 거라고 오래전에 이미 예언된 바 있습니다. 우리의 왕이시여, 이 왕관과 왕홀을 받아주시옵소서. 또한 당신의 정의로움과 자비로우심으로 우리를 통치하여 주시옵소서."

"저에게는 그럴 자격이 없습니다. 저는 저를 낳아주신 어머니를 부정했습니다. 그래서 어머니를 찾아 용서를 받기 전에는 절대로 쉴 수 없습니다. 전 떠나야 합니다. 어머니를 찾아야 하니, 당신들이 제게 왕관과 왕홀을 준다 하더라도 이곳에 머무를 수 없습니다."

소년이 말을 마치고 얼굴을 돌려 도시의 성문으로 나 있는 길 쪽으로 향한 순간, 군인들 주위에 몰려든 군중 속에서 자신의 어머니인 거지 여인을 보았다. 그 여인 옆에는 길가에 앉아 있던 나병 환자가 서 있었다.

기쁨의 환호성이 그의 입에서 터져 나왔다. 소년은 그리로 달려가 무릎을 꿇고 엎드려 어머니의 발에 나 있는 상처에 입을 맞추며 눈물로 적셨다. 그는 먼지 속에 고개를 떨군 채 흐느껴 울었다.

"어머니, 교만하던 시절 당신을 부인했습니다. 겸손해진 지금 저를 받아주시기를 청합니다. 어머니, 저는 당신에게 증오를 드렸지만, 제게 사랑을 베풀어주십시오. 어머니, 저는 당신을 거부했지만, 저를 제발 당신의 아들로 받아주세요."

하지만 거지 여인은 아무 말도 하지 않았다.

소년은 손을 뻗어 나병 환자의 하얀 발을 부여잡으며 말했다.

"저는 당신에게 세 번이나 측은지심을 베풀었습니다. 제발 우리 어머니께 말씀드려 딱 한 번만 저에게 말해달라고 해주세요."

하지만 나병 환자는 아무 대답도 하지 않았다.

그러자 소년은 또다시 흐느껴 울며 말했다.

"어머니, 제 고통은 제가 견딜 수 없을 정도였습니다. 부디 절 용서해주시고 다시 숲으로 돌아가게 해주세요."

거지 여인은 소년의 머리에 손을 얹으며 말했다.

"일어나거라!"

그러자 나병 환자도 소년의 머리에 손을 얹으며 똑같이 말했다.

"일어나거라!"

소년은 일어서서 그들을 쳐다보았다. 그들은 왕과 왕비였다.

왕비가 소년에게 말했다.

"네가 도와준 이분이 바로 네 아버지시다."

왕이 소년에게 말했다.

"네가 눈물로 적신 발의 주인이 바로 네 어머니시다."

왕과 왕비는 소년의 목을 껴안고 키스하고는 소년을 데리고 궁전으로 들어갔다. 소년은 아름다운 성장으로 갈아입었고 머리에 왕관을 썼으며 손에는 왕홀을 들었다. 소년은 강가의 도시를 지배했고 그 나라의 왕이 되었다. 그는 공명정대함과 자비로움으로 백성을 다스렸으며, 사악한 마법사는 외국으로 추방시켰다. 또한 자신을 키워준 벌목꾼과 그의 아내에게 금은보화를 보내며 벌목꾼의 아이들에게 경의를 표했다. 그는 사냥을 금했으며, 사랑과 온정과 자비심을 널리 알렸다. 가난한 자들에게는 빵을 주었고, 헐벗고 가진 것이 없는 자들에게는 옷을 주었다. 온 나라에 기쁨과 풍성함이 넘쳤다.

하지만 그는 그리 오래 통치하지는 못했다. 그동안의 고통이 너무 심했고 그가 치러야 했던 시험은 혹독하기 그지없었기 때문이다. 결국 3년 뒤 그는 죽고 말았다. 그의 뒤를 이은 왕은 통치를 그리 잘하지는 못했다.

크리스마스이브

기 드 모파상

Guy de Maupassant
1850–1893

프랑스 노르망디에서 태어나 파리에서 법률 공부를 하다
가 1870년 프로이센·프랑스전쟁이 일어나자 자원입대했
다. 전쟁이 끝나자 파리에서 어머니의 친구인 플로베르에
게서 문학 지도를 받으며 에밀 졸라, 이반 투르게네프와
같은 리얼리즘 작가들과 친교를 나눴다. 1880년 졸라가
간행한 단편집 『메당 야화(夜話)Les Soirées de Médan』에 「비
곗덩어리Boule de Suif」를 실어 인간성에 대한 날카로운 관
찰과 뛰어난 짜임새로 주목을 받았다. 1883년에 발표한
장편소설 『여자의 일생Une Vie』은 선량한 한 여자가 걸어
가는 환멸의 일생을 염세주의적 필치로 그려낸 작품으로,
플로베르의 『보바리 부인Madame Bovary』과 함께 프랑스 리
얼리즘 문학이 낳은 걸작으로 평가된다. 약 300편의 단편
소설을 남긴 그는 현대 단편소설의 아버지로 불리며 서머
싯 몸, 오 헨리와 같은 작가들에게 영향을 주었다.
1892년 1월 니스에서 자살을 기도한 그는 파리 교외의 정
신 병원에 수용되었고, 이듬해 7월 43세의 나이로 일생을
마쳤다.
「크리스마스이브Nuit de Noël」는 1882년 크리스마스에 잡
지 〈골루아〉에 발표되었고 이듬해 단편집 『마드무아젤 피
피Mademoiselle Fifi』에 수록되었다.

크리스마스이브

"크리스마스라! 크리스마스라고! 아, 말도 안 돼! 난 절대 축하하지 않아!"

뚱뚱한 앙리 탕블리에가 문득 불쾌한 일이 떠오르기라도 한 듯 화가 난 목소리로 말했다. 다른 사람들이 웃으며 큰 소리로 물었다.

"도대체 왜 그렇게 흥분하는 거야?"

"왜냐하면 크리스마스이브가 내게 아주 불쾌한 장난질을 쳤거든. 그 이후로 다른 사람들이 기뻐 좋아 어쩔 줄 모르는 이 멍청한 크리스마스이브의 밤이 찾아오기만 하면 난 자제하기 어려운 공포심을 느낀다네."

"도대체 무슨 일이 있었는데?"

"무슨 일이 있었냐고? 알고 싶어? 좋아, 내 말해주지."

자네들도 알 거야. 2년 전 이맘때 얼마나 추웠는지 말이야. 극심한 추위 때문에 가난한 사람들이 거리에서 죽었잖아. 센강도 얼고 보도 위를 걸으면 구두창까지 얼어붙을 지경이었잖아. 마치 온 세상이 얼어붙어 차라리 망가지려 하는 것 같았다고.

그 당시 나는 대작을 집필 중이었기 때문에 크리스마스 파티에 오라는 초대를 모두 거절했지. 온밤을 책상에 앉아 글이나 쓸 생각이었다고. 나는 혼자 저녁을 먹었어. 그러고 나서 일을 시작했어. 하지만 한 10시쯤 되자 온 파리 시내를 요란하게 가득 채운 기쁨의 환호성과 거리의 소음이 생각나더군. 게다가 얇은 칸막이를 통해 우연히 듣게 된 옆방 친구의 파티 준비 소리가 나를 흥분시키더군. 더 이상 내가 무엇을 쓰고 있는지 알 수 없었어. 엄청나게 쓸데없는 말들을 쓰고 있더군. 나는 그날 밤 뭔가 쓸모 있는 것을 기록하기 원했던 바람을 포기해야 한다는 사실을 깨달았지.

잠시 후 나는 방 안을 이리저리 왔다 갔다 했다네. 나는 안절부절못하고 앉았다 일어섰다 했지. 거리를 점령해버린 기쁨에 영향을 받아 밖으로 나가려 했다네.

나는 벨을 울려 가정부를 불러 말했지.

"안젤레, 두 사람이 먹을 저녁거리를 좀 사다 줘요. 굴, 차가운 자고새 고기, 가재, 햄 그리고 과자들도 준비해줘요. 샴페인도 두 병 가져다주시고요. 그리고 식사 준비가 끝나면 가서 주무세요."

가정부는 서둘러 내가 말한 대로 했네. 모든 준비가 끝나자 나는 외투를 걸치고 밖으로 나갔지.

하지만 아주 중요한 문제 한 가지를 해결해야 할 필요가 있었지. 과연 누구와 크리스마스 파티를 할 것인가? 내 여자 친구들은 모조리 다른 곳에 초대받아 갔거든. 그 여자들 중 한 명과 지내고 싶었으면 미리 그녀에게 확실하게 해두어야 했던 건데. 순간 여자 친구를 대신할 좋은 상대를 구할 수 있을 거라는 생각이 떠올랐네. 나는 중얼거렸지.

파리에는 예쁘면서도 가난한 여자들이 우글거려. 그 여자들은 저녁을 차리지도 않고 거리에서 돈을 헤프게 쓸 것 같은 놈을 찾아 유혹의 몸짓을 보내고 있어. 나는 자선을 베풀겠어. 이 가난한 프롤레타리아들을 위해 산타클로스가 되겠어. 여기저기 돌아다니며 쾌락이 있는 장소를 살피고 물어보고 사냥감을 찾아 내 맘에 드는 여성으로 골라잡아야지.

그래서 나는 도시를 빈들빈들 돌아다니며 그렇게 했어. 물론 모험에 탐닉하는 가련한 여인들을 많이 만났지. 하지만 그런 여자들은 너무 추악해서 누군가의 기분을 잡쳐놓거나, 아니면 너무 야위어서 선 채로 얼어붙을 것 같아 보였네.

나는 포동포동한 여자들한테 아주 약하거든. 투실투실할수록 훨씬 내 마음에 들지. 그때 엄청난 외모의 여인 하나가 나의 이성을 잃게 했네. 갑자기 버라이어티 극장 근처에서 내 마음에 쏙 드는 여인을 보았던 거야. 머리 아래 앞으로 우뚝 솟은 두 개의 봉우리, 그 가슴 아래에 엄청난 규모의 놀랄 만한 돌출이 이어져 있었네. 바로 거위 같은 배였지. 나는 온몸으로 전율을 느꼈네. 나는 중얼거렸지. "빌어먹을, 어쩜 저리도 아름다울 수가!"

게다가 아주 중요한 부분이 하나 더 밝게 빛나고 있었네. 바로 얼굴일세. 그녀의 얼굴은 디저트 같았네. 나머지 부위는 구운 고기 같다고나 할까.

나는 발걸음을 재촉했고, 운을 하늘에 맡기고 걷고 있는 여인들을 지나쳐 갔네. 그러고는 가스등 아래서 깜짝 놀라 고개를 획 돌려버렸다네. 그녀는 매력적이었고 아주 젊었어. 구릿빛 피부에, 검은 눈동자는 아주 컸지. 나는 그녀에게 제안했고, 그녀는 조금도 주저하지 않고 내 제의를 받아들였네. 한 15분쯤 후 우리는 거실 식탁에 앉아 있었네. 집 안으로 들어서며 그녀는 말했지.

"여긴 참 아늑하네요!"

그리고 그녀는 주위를 빙 둘러보고 이 추운 날 밤에 식탁과 침대를 발견하고는 아주 만족해했어. 내가 연신 감탄하지 않을 수 없을 정도로 그녀는 너무나 화려하고 아름다웠고, 내 심장이 마구 방망이질할 정도로 뚱뚱했다네.

그녀는 외투와 모자를 벗어 던지고는 자리 잡고 앉아 먹기 시작했지. 하지만 그때 그녀는 한창의 나이처럼 보이지는 않더군. 무슨 은밀한 근심거리가 있는 듯 창백한 얼굴은 가끔 움찔거렸다네.

내가 물었지.

"무슨 불쾌한 일이라도 있었소?"

그녀가 답했어.

"푸하! 우리 같은 여자들은 그런 거 생각 안 해요!"

그녀는 술을 마시기 시작했어. 샴페인 한 잔을 단숨에 들이켜더군. 그러고는 한 잔을 더 채워 또다시 단숨에 비우고, 계속 그러더군. 이내 그녀의 뺨은 불그레하게 달아올랐고, 그녀는 웃기 시작했지.

나는 이미 그녀에게 정신이 홀딱 팔려 있었어. 나는 그녀에게 키스를 했다네. 그녀는 다른 거리의 여자들처럼 멍청하지도 천박하지도 상스럽지도 않다는 사실을 깨달았지. 나는 그녀에게 개인적인 질문을 했어. 그랬더니 그녀가 그러더군.

"그게 당신과 무슨 상관이죠, 젊은 양반!"

아아, 그리고 1시간 후……

요점만 말하겠네. 잠자리에 들 시간이 되었지. 내가 벽난로 앞에 있던 식탁을 밖으로 운반하는 동안 그녀는 옷을 훌훌 벗어 던지더니 누비이불 속으로 미끄러지듯 들어가더군.

내가 데려온 창녀는 웃다가 고래고래 소리를 질러댔지. 나는 중얼거렸어. "이 아름다운 여인을 찾아낸 건 정말 잘한 일이야."

하지만 나는 다음 순간 그녀가 내뱉은 탄식에 깜짝 놀라 몸을 돌리며 물었네. "도대체 무슨 일이오, 내 귀여운 고양이?"

그녀는 대답하지 않았고, 계속 괴로운 듯한 한숨을 토해냈어. 마치 커다란 고통에 시달리기라도 하듯이.

나는 다시 물었지. "어디가 불편하오?"

그때 갑자기 그녀는 심장이 찢어지는 듯한 외마디 비명을 내질렀어. 나는 손에 촛불을 들고 얼른 그녀에게로 가보았지.

그녀의 얼굴에는 고통이 서려 있었고, 두 손을 비비 꼬며 숨을 헐떡이고 가슴 속 깊은 곳에서 숨이 막힐 듯한 신음 소리가 새어 나왔어. 색색거리는 그 신음 소리는 내 심장을 멎게 했지.

나는 완전히 정신이 나가서 물어봤어.

"도대체 왜 이러는 거요? 말해봐요, 무슨 일이오?"

그녀는 아무 대답 없이 울부짖기 시작하더군. 그러더니 갑자기 울음을 그치고는 내 눈치를 살피더군. 그래서 내가 다시 한번 물었지. "어디가 아픈 거요? 말해봐요. 도대체 어디가 아픈지?"

그녀는 웅얼거리더군.

"배요. 아, 배가 아파요!"

나는 단박에 이불을 홱 잡아챘지. 그러고는 보았네…….

여보게들, 그녀는 아기를 낳으려고 하던 중이었다네.

나는 어찌할 바를 모르고 벽으로 달려가 있는 힘을 다해 주먹으로 두드리며 고함쳤네.

"도와주세요! 도와주세요!"

우리 집 문이 열렸고 사람들이 우르르 몰려들었네. 연미복 입은 신사들, 가슴이 푹 파인 드레스를 입은 여인들, 피에로, 터키인, 통 큰 바지를 입은 군인까지. 이 사람들이 몰려오는 바람에 나는 더 뒤죽박죽되어 사태를 제대로 설명할 수가 없었다네.

그 사람들은 어떤 사건이 있었다고 추측하는 것 같았네. 범죄는 아니지만 이해하기는 힘든 사건. 마침내 나는 간신히 말했네.

"저… 저… 저 여인이… 아기를 낳으려고 해요."

그러자 사람들은 모든 것을 살펴보고는 서로들 자신의 의견을 말했지. 어떤 수도사는 특히나 잘난 척을 하며 그 일에 대해 훤히 알고 있으니 자신이 돕고 싶다고 하더군.

그들은 죄다 취해 있었네. 그들이 그녀를 죽일지도 모른다는 생각에 나는 모자도 쓰지 않고 계단을 달려 내려갔네. 근처 병원의 나이 든 의사를 데려오려고 말일세.

내가 의사와 돌아왔을 때, 우리 집은 완전 뒤죽박죽에다 분주하고 정신이 하나도 없더군. 각 층에 사는 입주자들이 내 거실에다 몰려들어 있었네. 벌목꾼 복장을 한 네 사람이 식탁에 앉아 내 샴페인과 가재 요리를 끝장냈더군.

갑자기 끔찍스러운 울음소리가 터져 나왔고, 어떤 우유 장사 아주머니가 새끼 고양이같이 야옹야옹거리며 빽빽 울어대고 있는 쭈글쭈글 주름투성이의 소름 끼치는 고깃덩어리를 수건으로 싸서 내게 가져와 말했지.

"여자아이예요."

의사는 산모를 진찰하고는 안심할 만한 상태가 아니라고 말했고, 갓난아이를 즉시 풍족하게 먹이라고 했다네. 그러고는 당장에 간병인과 산파를 보내주겠다는 말을 남기고 가버렸지. 1시간 뒤에 간병인과 산파가 의약품이 든 커다란 가방을 들고 찾아왔네. 나는 그날 밤을 안락의자에서 지새웠다네. 그 후에 일어날 일들을 생각하느라 엄청 혼란스러웠거든.

아침에 의사가 다시 찾아와 환자의 상태가 아주 나빠졌다고 했네. 의사가 말했지. "선생님의 부인께서는……."

나는 의사의 말을 가로막았지. "저 여자는 내 부인이 아니오!"

"아, 그렇다면 선생님의 애인 되시는 분이요. 어쨌거나 그건 나와 상관없는 일이지요."

그러고는 내가 그녀에게 해주어야 할 것들, 즉 몸조리를 위한 식이요법이라든가 치료법을 쭉 열거했지.

내가 어떻게 했어야 됐나? 저 불쌍한 존재들을 병원으로 보내? 그러면 그 집에 사는 모든 사람들이 나를 야만인으로 취급했을 걸세. 심지어는 이 도시 사람들 전체가 나를 욕했을 거야.

나는 그녀를 내 집에 머물게 했네. 6개월 동안 그녀는 내 침대를 독차지했지.

그 아이? 아이는 푸아시에 있는 농가에다 양육을 맡겼네. 그래서 지금 나는 한 달에 50프랑씩을 지불하고 있다네. 시작을 했으니 좋든 싫든 간에 아마도 내가 죽을 때까지 계속 지불해야 할 걸세. 그러면 나중에 그 여자아이는 나를 아빠로 여기겠지. 하지만 더 참을 수 없는 건, 그 여인이 건강을 회복하자 나를 사랑하기 시작했다는 걸세. 그 창녀는 상상을 초월할 정도로 나를 사랑하네.

"그래서?"

"물론 그녀는 하수구에 사는 고양이처럼 아주 수척해졌지. 나는 그 해골바가지를 쫓아냈네. 지금 그녀는 거리에서 몰래 나를 기다리고 있네. 지나가는 내 모습이라도 보려고 숨어 있다네. 저녁 때, 내가 외출하려 할 때면 그녀는 내 손을 꽉 쥐고 키스를 한다네. 간단히 말하면, 내가 미쳐버릴 정도로 치근댄다네. 이게 바로 내가 다시는 크리스마스를 즐기려 하지 않는 이유일세."

강명희

1970년생. 경기대학교 독문학과 및 동대학원을 졸업하고 독일 뷔르츠부르크대학에서 수학했다. 성균관대학교에서 독문학 박사학위를 받았으며 현재 경기대학교 독어독문학과 교수로 재직 중이다. 옮긴 책으로 『카타리나 케플러』, 『시간의 여행자』, 『환상문학 걸작선』(공역) 등이 있다.

명정

1971년생. 경기대학교 독문학과 및 동대학원을 졸업하고 서울대학교에서 독문학과 박사과정을 수료했다. 옮긴 책으로 『소피의 리스트』, 『눈고양이』, 『눈인간』, 『얼음 거인』 등이 있다.

크리스마스, 당신 눈에만 보이는 기적

초 판 1쇄 발행일   2013년 12월 24일
개정판 1쇄 발행일   2019년 12월 24일

지은이 헤르만 헤세 외   옮긴이 강명희 명정   펴낸이 정은영
편집 고은주 정사라   마케팅 이재욱 최금순 한지혜 김하은   제작 홍동근

펴낸곳 꼼지락   출판등록 2001년 11월 28일 제2001-000259호
주소 04047 서울시 마포구 양화로6길 49
전화 편집부 (02)324-2347, 경영지원부 (02)325-6047
팩스 편집부 (02)324-2348, 경영지원부 (02)2648-1311
이메일 spacenote@jamobook.com

ISBN 978-89-544-4029-5 (03850)

• 잘못된 책은 구입처에서 교환해드립니다.
• 저자와의 협의하에 인지는 붙이지 않습니다.
• 꼼지락은 "마음을 움직이는(感) 즐거운(樂) 지식을 담는(知)" ㈜자음과모음의 브랜드입니다.

이 도서의 국립중앙도서관 출판시도서목록(CIP)은 서지정보유통지원시스템 홈페이지
(http://seoji.nl.go.kr)와 국가자료공동목록시스템(http://www.nl.go.kr/kolisnet)에서
이용하실 수 있습니다.(CIP제어번호: CIP2019046151)